Stefanie Suter

The Time We Have

Liebe kennt keine Distanz

AF237673

STEFANIE
SUTER

THE *time* WE HAVE

LIEBE KENNT KEINE DISTANZ

Impressum

1. Auflage 2022

Copyright © 2022 Stefanie Suter

Ebisquare-Strasse 7b, 6030 Ebikon, Schweiz

Umschlaggestaltung: Constanze Kramer, coverboutique.de

Bildnachweise: © CARACOLLA,

©phatthanit – stock.adobe.com

rawpixel.com

Satz: Constanze Kramer, coverboutique.de

Herstellung und Verlag:

BoD – Books on Demand, Norderstedt

ISBN 978-3-754-37922-6

Alle Rechte vorbehalten. Das vorliegende Werk darf weder in seiner Gesamtheit noch in seinen Teilen ohne vorherige schriftliche Zustimmung der Rechteinhaber in welcher Form auch immer veröffentlicht werden. Das betrifft insbesondere jedoch nicht ausschließlich elektronische, mechanische, physische, audiovisuelle oder anderweitige Reproduktion oder Speicherung und oder Übertragung des Werkes sowie Übersetzungen. Davon ausgenommen sind kurze Auszüge, die zum Zwecke der Rezension entnommen werden.

Für alle, die mich auf dem Weg zu meinem ersten Roman unterstützt haben.

Emily

Emilys Hände zittern, als sie den schweren Koffer auf die Waage hebt. Das liegt aber nicht daran, dass er die erlaubten 23 Kilo leicht übersteigt. Genau wie sie wird er etwa sechstausend Kilometer hinter sich bringen. Umgeben von Gleichgesinnten, doch trotzdem ganz allein. Sie beobachtet, wie ihr Gepäck langsam auf dem Förderband verschwindet.

»Hier Ihr Pass und das Flugticket«, sagt die nette Dame hinter dem Schalter und streckt ihr die Dokumente hin.

Emily erschreckt. Ein bisschen zu schnell nimmt sie die Unterlagen von der Frau entgegen, die sie fröhlich anlächelt. Um den unangenehmen Moment zu überspielen, murmelt Emily ein nettes *Danke* und macht sich auf den Weg zu ihrer Familie.

Ihre Mutter schaut sie bedrückt an. Bereits seit Tagen liegt eine traurige, besorgte Stimmung um sie herum. Obwohl sie Emily anlächelt, zieht sich die Freude nicht bis zu ihren wässrigen Augen. Emilys Vater legt den Arm um ihre Taille und zieht sie näher an sich. Es ist schwer für sie, ihre Tochter für ein Jahr weggehen zu lassen.

Gott, sie wird ihre Familie so vermissen!

»Hat das Check-in geklappt?«, fragt ihr Vater liebevoll. Er löst sich langsam von ihrer Mutter und reicht Emily den Rucksack.

»Ja, alles gut. Ich habe sogar einen Fensterplatz«, antwortet Emily und packt die Unterlagen ein. Ihre Hände zittern immer noch.

Ihr Vater scheint Emilys Antwort aber keine Beachtung zu schenken, sondern wendet sich zu ihrem Bruder, der neben ihm steht. »Jetzt leg doch mal das Handy weg!«, sagt er bestimmt.

Daniel verdreht seine blauen Augen, schnalzt laut und verstaut sein Telefon in der Hosentasche. Dabei fallen ihm seine blonden Haare ins Gesicht, die er mit einer schnellen Handbewegung wieder zur Seite wischt.

Ein kurzer Stich macht sich in Emilys Brust bemerkbar. Wie immer, wenn ihr Bruder respektlos ist. Er hat anscheinend Besseres zu tun, als die letzten Momente mit seiner Schwester zu genießen. Alle waren überrascht, dass er überhaupt mit zum Flughafen kam.

Emilys Blick trifft auf den ihrer Mutter. Sofort macht sich Wärme in ihr breit und sie lächeln einander zu.

Es ist auch schwer für Emily, sich von ihrer Familie zu verabschieden. Sie weiß jedoch, dass es das Richtige ist. Sie muss lernen, mit dem Erlebten klarzukommen, und versuchen, es zu verarbeiten. Ein neues Leben in einem neuen Land wird ihr dabei helfen.

Ihr Vater räuspert sich. »Gehen wir doch noch etwas Kleines essen«, schlägt er vor.

»Gute Idee«, antwortet Emily und wirft sich den Rucksack über die Schultern. Sie hat zwar keine Lust auf Essen, aber dieses Herumstehen macht die Situation auch nicht angenehmer.

Gleich neben dem Eingang zur Sicherheitskontrolle ist die *Bye Bye Bar*. Der Flughafen Zürich hätte den Namen nicht besser wählen können.

Während sie sich setzen, verstaut Daniel überraschenderweise sogar von sich aus sein Handy. Vielleicht hat die Ansage von ihrem Vater vorhin doch etwas bewirkt.

Emily erinnert sich an die Zeit, bevor ihr Bruder in die Pubertät kam. Damals war ihre Beziehung noch nicht so kühl und er zeigte ein bisschen mehr Respekt. Heute ist es für die ganze Familie hingegen nicht einfach mit ihm.

Am Tisch ist es ruhig. Emily sucht verbissen nach einem Gesprächsthema, aber ihr kommt nichts Passendes in den Sinn.

»Du machst dir zu viele Gedanken, mein Schatz«, unterbricht ihre Mutter plötzlich die Stille.

»Ja«, stimmt ihr Vater zu. »Freust du dich denn nicht auf die neue Erfahrung?«

Emily seufzt. »Doch, natürlich. Aber was, wenn ich keine Freunde finde oder meine Gastfamilie mich trotz all der Gespräche nicht mag?«

»Du gehst ja vorher zur Training School. Da lernst du bestimmt viele neue Leute kennen«, sagt ihre Mutter aufmunternd.

Das macht Emilys Nervosität nur noch schlimmer. Sie würde lieber direkt zu ihrer Gastfamilie nach Virginia fahren, als zuerst in New York für eine Woche mit vielen fremden Au-pairs zu lernen, wie man auf Kinder aufpasst. Immerhin muss man sowieso schon Erfahrungen in der Kinderbetreuung mitbringen.

Emily schüttelt die Gedanken ab. »Ja, vielleicht hast du recht.« Sie zwingt sich zu einem kurzen Lächeln.

Dann kommt der Moment des Abschieds doch schneller als gewünscht. Gemeinsam gehen sie zum Eingang der Sicherheitskontrolle.

»Okay, Zeit um Tschüss zu sagen«, flüstert Emily und wendet sich ihrem Bruder zu.

Seine Arme streifen ihren Körper nur kurz, bevor er diese wieder wegzieht. »Viel Spaß«, murmelt er knapp. Sein Verhalten ist sicher nicht böse gemeint, aber Emily hatte sich mehr gewünscht.

»Danke. Und bitte benimm dich. Kein Gras mehr, wenn du fährst, okay?«, flüstert Emily so leise, dass ihre Eltern es nicht hören können. Sie muss die beiden im Moment des Abschieds nicht auch noch an diese Nacht erinnern.

Daniel verdreht die Augen, nickt ihr aber kurz zu.

Ihr Vater nimmt sie fest in die Arme und küsst ihren Kopf. »Ich bin so stolz auf dich, mein Sonnenschein. Dieses Jahr wird dir sicher guttun und dir sehr viel Lehrreiches bringen. Genieße jeden Moment davon.«

Emily lächelt. Seit Jahren schon ist sie für ihre Eltern *ihr kleiner Sonnenschein*. Selbst in den letzten Monaten, in denen sie alles andere als Freude versprühte, blieb ihr Kosename bestehen. Es ist schön zu wissen, dass sie immer das Gute in ihr sehen.

Sobald Emily sich vom Körper ihres Vaters gelöst hat, wird sie von ihrer Mutter in eine feste, fast schon zerdrückende Umarmung gezogen. Ihre Mutter bricht sofort in Tränen aus und kann kein Wort sagen. Emily erwidert die Umarmung mit genau so viel Kraft und spürt wieder Wärme in sich. Auch ihr steigen Tränen in die Augen. Doch sie hält diese zurück, sonst macht es den Abschied für sie nur noch schlimmer. »Ist okay, Mam. Wir bleiben immer in Kontakt. Dieses eine Jahr wird schneller vorbeigehen, als du denkst«, flüstert sie mehr zu sich selbst und löst sich aus der Umarmung.

Hastig dreht sich ihre Mutter zur Seite und wühlt in ihrer Tasche herum. Nach einem kurzen Moment zieht sie ein Päckchen heraus und übergibt es Emily. »Damit du uns nicht vergisst. Du darfst es aber erst am Gate öffnen«, sagt sie, immer noch schluchzend.

Emily nimmt das kleine, sorgfältig eingepackte Geschenk entgegen. Es ist schwer und in leuchtendes, gelbes Papier eingewickelt. Ihre Lieblingsfarbe.

Sie bedankt sich bei ihren Eltern und nickt auch Daniel kurz zu. Dann muss sie sich aber wirklich auf den Weg machen. Sie packt das Geschenk ein, nimmt den Boardingpass und schwingt sich den Rucksack wieder über die Schultern.

Das Ticket in ihrer Hand zittert leicht, als sie es an den Scanner für die Barriere hält. »Ich habe euch alle ganz doll lieb. Bis bald!«, sagt sie noch, bevor sich die Türen mit einem grünen Leuchten öffnen und ihr den Weg zur Sicherheitskontrolle freimachen. Sie dreht sich nicht mehr um, weil sie nicht nochmals in das traurige Gesicht ihrer Mutter blicken möchte. Ein mulmiges Gefühl macht sich in ihrem Magen breit. Eine Mischung aus Neugier, Sorge und Nervosität.

Nach der Sicherheitskontrolle packt Emily langsam ihre Sachen wieder ein.

Hinter ihr reden zwei junge Frauen miteinander und kichern. »Auf keinem Fall dürfen wir die Sagrada Família verpassen und shoppen müssen wir auch! Ich freu mich so auf diesen Beste-Freundinnen-Trip!« Beim letzten Wort ist Emily übel geworden und alte Erinnerung kommen in ihr hoch.

Vor knapp einem Jahr war sie ebenfalls hier am Flughafen mit ihrer besten Freundin Kim. Berlin war der erste gemeinsame Städtetrip und sie plauderten die ganze Zeit über die Reisen, die noch folgen sollten. Sogar eine Liste mit all den Städten, die sie zusammen bereisen wollten, hatten sie angefertigt. Sie hatten sich genauso gefreut wie die beiden Mädels. Doch nur einige Wochen danach kam alles anders und es war allein Emilys Schuld.

Sie schließt die Augen, um ihre Erinnerung zu verdrängen. Ihr ist schwindelig und die Welt scheint sich wie ihre Gedanken wild zu drehen. Als sie die Augen wieder öffnet, merkt sie, dass die Leute um sie herum ihr komische Blicke zuwerfen. Die beiden Freundinnen sind verschwunden.

Schnell packt sie ihre Sachen und taumelt ein paar Schritte von der Menschenmasse weg. Ihr Herz schlägt schneller und sie verspürt ein tiefes Verlangen danach, sich hinzusetzen. Als sich ihr Körper immer mehr erhitzt, wird ihr klar, was gerade mit ihr passiert. Wenn sie jetzt eine Panikattacke hat, könnte sie ihren Flug verpassen. Sie muss so schnell sie kann zum Gate. Doch dieses ist am anderen Ende des Flughafens.

Zielstrebig läuft sie durch den Duty-free-Shop, den man hier leider nicht umgehen kann. Der Geruch von Parfum steigt in ihre Nase, was den Schwindel noch schlimmer macht. Ein bisschen zu schnell dreht sie sich nach links, kann sich aber am

Handlauf der Rolltreppe noch fangen, bevor sie komplett das Gleichgewicht verliert.

Die Welt kreist, doch auf dem Weg nach unten hat Emily einen Moment Zeit, um tief durchzuatmen. Sie stützt sich weiterhin ab, um nicht umzukippen. Diese Panikattacken hat sie schon seit ein paar Monaten. Sie tauchten nach dem Zwischenfall mit ihrer besten Freundin Kim auf. Aber sie hat noch niemandem davon erzählt.

Im unteren Stock bei der Passkontrolle angekommen, schlägt ihr Herz ein wenig langsamer. Die Hitze in ihrem Körper macht jedoch klar, dass es noch nicht überstanden ist. Mit schwitzigen Händen nimmt sie ihren Pass aus dem Rucksack und begibt sich zum Schalter.

Der Mann dahinter scheint die Schweißperlen auf Emilys Stirn nicht zu bemerken oder zeigt zumindest kein Interesse daran.

Sie packt die Unterlagen nach der Überprüfung ein und läuft weiter zur nächsten Rolltreppe, die nochmals einen Stock tiefer führt.

Glücklicherweise fährt zum Zeitpunkt, an dem Emily unten ankommt, die Bahn zu Gate E ein.

Mit kurzen, schnellen Schritten steigt sie ein, allerdings ist kein Sitzplatz mehr frei. Sie stützt sich an der Wand ab und atmet durch.

Mit diesem Zug zu fahren ist normalerweise pure Freude. Die typisch schweizerischen Bilder an den Tunnelwänden, das Muhen der Kühe und Läuten der Glocken sind wirklich ein Erlebnis, das nur der Flughafen Zürich bietet. Im Moment machen diese Eindrücke die Panikattacke aber nur noch schlimmer. Denn in der Schweiz fühlt sie sich momentan alles andere als zu Hause. Die Fahrt dauert nur ein paar Minuten, ihr kommt es jedoch wie eine Ewigkeit vor.

Bei der Ankunft am Gate E merkt sie, dass sie es nicht bis zum Schalter für das Boarding schaffen wird, ohne umzukippen. Dafür quält sie die Hitze und der Schwindel zu sehr. Schnell steigt sie aus und setzt sich nach einigen Metern auf eine Bank. Sie atmet tief durch und legt den Kopf in ihr Hände. Als sie diesen wieder hebt, sieht sie hinter den großen Fenstern die Flugzeuge. Bereit, um neue Passagiere und auch sie an einen anderen Ort zu bringen.

Bald bin ich hier weg und kann neu starten.

Dieser Gedanke und die Atemübungen lassen ihren Puls sinken. Sie steht auf und setzt ihren Weg fort. Ihr Flug startet am anderen Ende des langen, breiten Gangs.

Emily schleppt sich langsam in diese Richtung. Auf dem Weg geht sie an einem *Starbucks* vorbei.

Ein heißer Tee ist jetzt genau das Richtige, denkt sie und bestellt sich einen Kamillentee. Dieser sollte helfen, sie etwas ruhiger zu stimmen.

Sie wirft einen Blick auf die Uhr. Das Boarding startet erst in Dreißig Minuten, es bleibt also noch Zeit.

Das Getränk nimmt sie mit zum Gate und setzt sich auf einen Stuhl. Ihre Sachen legt sie vor sich hin. Sie öffnet den Deckel ihres Bechers, damit der Tee schneller abkühlt. Doch dieser sitzt so fest, dass sie beim Öffnen einen Teil des heißen Getränks verschüttet. Die Flüssigkeit landet auf ihren Jeans.

»Ah, scheiße«, flüstert Emily wütend. Sie stellt den Becher neben sich auf ein kleines Tischchen und sucht im Rucksack nach einem Taschentuch. Stattdessen stößt sie auf das Geschenk ihrer Eltern. Sie bekommt ein schlechtes Gewissen, weil sie das Päckchen völlig vergessen hatte.

Ihre Mutter wartet sicher schon sehnlichst auf ihre Reaktion.

Als sie auch das Taschentuch gefunden hat, schließt sie den Rucksack und legt ihn zurück auf den Boden. Sie wischt sich die Sauerei, so gut es geht, von der Jeans und wendet sich dann dem Geschenk zu.

Langsam zerrt sie am gelb schimmernden Papier des Pakets. Darunter befindet sich eine kleine, gelbe Schmuckschachtel mit einer Sonne auf dem Deckel. Die Schachtel und das Papier passen perfekt!

Sie öffnet die Box langsam und sieht eine silberne Kette mit einem Medaillon und ein zusammengefaltetes Stück Papier.

Der runde Anhänger hat ebenfalls eine schwungvolle Abbildung einer Sonne und in der Mitte befindet sich ein kleiner, funkelnder Stein.

Beim genaueren Hinsehen merkt sie, dass sich das Medaillon öffnen lässt. Vorsichtig klappt sie es auf.

Im Inneren lächeln ihr Vater, ihre Mutter und ihr kleiner Bruder sie von einem Foto an.

Emily lächelt zurück.

Der beigelegte Brief ist von ihrer Mutter. Sie würde ihre schwungvolle Schrift überall erkennen.

Liebe Emily,

wir wissen, dass du in den letzten Monaten viel durchgemacht hast und du dieses Zwischenjahr in den USA als Neustart brauchst. Das Leben legt einem manchmal Stolpersteine in den Weg. Es liegt nun an dir, diese zu überwinden und dich weiterzuentwickeln. Für diesen Schritt möchten wir dir einen Rat mitgeben: Die Stärke liegt in der Vergebung. Vor allem in der Vergebung an dich selbst. Und wir denken, dass du diese wichtige Lektion in Amerika lernen wirst.
Damit du uns nicht vergisst und auch in dunklen Zeiten Licht bei dir hast, haben wir ein kleines Geschenk für dich. Wir sind sehr stolz auf dich und freuen uns darauf, dich in einem Jahr wieder in die Arme nehmen zu können.

Haben dich ganz doll lieb.
Mom und Dad

Tränen steigen in Emilys Augen und Freude blüht in ihr auf. Ihre Mutter findet immer die richtigen Worte. Worte, die sie genau jetzt lesen musste. Sie ist dankbar, eine Familie zu haben, die so unterstützend und liebevoll ist. Trotz aller Fehler stehen sie immer zueinander.

Sie nimmt das Taschentuch, das vom Tee nur leicht feucht ist, und trocknet sich die Augen. Das Medaillon legt sie sich um den Hals. Den Rest packt sie zurück in den Rucksack.

Ihrer Mutter schreibt sie sofort eine kurze Nachricht mit einem Bild von sich mit der Kette und dem breitesten Lächeln seit Tagen.

> Vielen lieben Dank für das Geschenk! Es ist wunderschön und genau, was ich jetzt gebraucht habe!

Ihre Mutter antwortet sofort. Wie erwartet.

> Gern geschehen. Wir sind froh, dass sie dir gefällt. Wir werden dich vermissen. Pass auf dich auf, Sonnenschein!

Bevor sie das Handy weglegt, wirft sie noch einen Blick auf die Zeit.

Bald beginnt das Boarding.

Die Unruhe in ihrem Körper, die sich für einen Moment gelegt hat, kehrt zurück. Sie wendet sich ihrem Tee zu.

Dieser hat inzwischen eine gute Trinktemperatur.

Emily atmet tief durch und nimmt einen Schluck. Die Wärme breitet sich in ihrem Körper aus. *Es wird alles gut*, denkt sie immer wieder. Sie trinkt ihren Tee Schluck für Schluck aus und wirft den Becher dann in den Abfall.

Wie geplant erklingt anschließend aus dem Lautsprecher eine Stimme. Das Boarding für ihren Flug beginnt. Keine Sekunde nach dieser Aussage stehen die meisten Leute auf und begeben sich zum Eingang des Gates. Emily schüttelt den Kopf. Sie versteht nicht, weshalb immer gleich alle Passagiere aufspringen müssen. Zuerst sind sowieso die besseren Klassen dran. Sie bleibt noch eine Weile sitzen und beobachtet die Leute, um sich von ihrer Aufregung abzulenken. Emily liebt es sich Geschichten über Mitreisende auszudenken.

Doch ihre Träumerei wird durch Geschrei gestört. »Tommy, was machst du denn da? Ich habe dir gesagt, hier wird nicht gerannt!«, ruft eine Frau wütend.

Ein Kleinkind sitzt weinend am Boden, umgeben von Schokolinsen, die es wahrscheinlich ausgeschüttet hat. Die gestresste Mutter kniet auf dem Boden und versucht, alle Süßigkeiten schnell zusammenzusuchen.

Die Leute rundherum verdrehen verständnislos die Augen und werden leise unangemessene Kommentare los.

In ein paar Tagen könntest du das sein, schießt es Emily durch den Kopf. Dabei ärgert sie sich nicht über das weinende Kind, sondern fühlt mit der Mutter mit. Schnell steht sie auf, um der Frau zu helfen, denn sie wäre ebenfalls um jede Hilfe froh.

»Danke schön«, sagt die Mutter liebevoll, als Emily sich neben sie auf den Boden hockt.

»Gar kein Problem«, antwortet sie lächelnd und sammelt die Schokolinsen ein.

Tommy steht daneben und zieht einen Schmollmund.

»Sobald die Kinder zwei werden, verwandeln sie sich von süßen Babys in kleine Monster. Wutausbrüche, trotziges Verhalten, es ist alles dabei«, flüstert sie Emily leise zu und lacht kurz. »Trotzdem liebt man sie.«

Emily nickt. Sie kann sich erinnern, von den *Terrible Twos* gelesen zu haben. Tucker, eines ihrer Gastkinder, fällt mit zwei

Jahren auch in diese Kategorie. Hoffentlich wird sie diese Probleme mit ihm bewältigen können.

Als die Unordnung wieder beseitigt ist, bedankt sich die Mutter nochmals bei Emily und geht mit ihrem quengelnden Jungen zu einem anderen Gate.

Zufriedenheit macht sich in Emily breit. Wie immer, wenn sie jemandem helfen kann. Das Gefühl ist so stark, dass es die Nachwirkungen der Panikattacke überdeckt.

Bei der nächsten Lautsprecherdurchsage kommt die Aufregung jedoch wieder zurück, denn die Economy-Klasse ist mit dem Boarding dran.

Emily holt ihre Sachen und stellt sich in die Schlange. Sie nimmt schon mal ihren Pass und ihr Flugticket aus dem Rucksack. Sie hatte diese extra in ein Nebenfach gepackt, damit sie alles schneller zur Hand hat.

Als sie an der Reihe ist, lächelt die Flugbegleiterin ihr fröhlich zu.

Emily reicht ihr ihre Unterlagen und zwingt sich ein kleines Lächeln auf die Lippen.

Die Frau nickt ihr zu und gibt ihr die Dokumente zurück. Für einen kurzen Moment huscht ein verwirrter Blick über ihr Gesicht. Wahrscheinlich merkt sie, dass Emily nervöser ist als andere.

Langsam geht sie Schritt für Schritt durch den schmalen Gang in Richtung ihres Sitzplatzes. Nach einer gefühlten Ewigkeit kommt Emily endlich bei ihrer Reihe an. Es sitzt noch niemand da, so dass sie sich in Ruhe einnisten kann.

Sie hebt den schweren Koffer in das Gepäckfach über ihrem Kopf, was sich aufgrund ihrer Größe als sehr anstrengend herausstellt, und setzt sich dann hin. Für den langen Flug benötigt sie unbedingt ihr Handy und ihre Kopfhörer, welche sie aus dem Rucksack nimmt, bevor sie diesen unter dem Sitz vor sich verstaut. Sie tippt noch kurz eine Nachricht für ihre Familie.

Bin jetzt im Flugzeug. Bald geht es los.
Melde mich in New York wieder.

Danach schaltet sie den Flugmodus ein.

Einige Minuten später fängt das Flugzeug an zu vibrieren und kurz darauf zu rollen. Eine Stimme erklingt durch den Lautsprecher, es ist der Pilot. Er heißt die Passagiere willkommen und gibt einige Informationen zum achtstündigen Flug. Anschließend wird das Sicherheitsvideo gespielt, das Emily aber ignoriert. Erstens hat sie es schon oft gesehen und zweitens ist sie momentan zu sehr mit sich selbst beschäftigt, da ihr Herz wieder schneller schlägt.

Sie steckt sich die Kopfhörer ins Ohr und schaltet eine Meditation ein, die sie beruhigen soll. Eine sanfte Musik erklingt, begleitet von einer weiblichen Stimme. Emily schließt die Augen und konzentriert sich darauf, was sie ihr sagt. Ein wohliges Gefühl breitet sich in ihr aus und tatsächlich beruhigt sich ihr Puls. Er beruhigt sich so sehr, dass Emily merkt, wie doch ein Moment der Vorfreude in ihr hervorkriecht als das Flugzeug den Boden verlässt und in die Höhe steigt.

Emily

Auf dem Weg in den Süden wird das Wetter immer besser und der Schnee immer weniger, bis er ganz verschwindet. Emily kann die Wärme der Sonne durch das Fensterglas spüren. Mit Musik in den Ohren beobachtet sie die vorbeiziehende Landschaft. Trotzdem kann sie das Geschnatter der anderen Au-pairs im Bus hören.

Wie befürchtet hat Emily mit niemandem in der Training School eine wirkliche Freundschaft aufgebaut. Es gab zwar ein paar nette Mädchen, die werden aber alle an einen anderen Ort in Amerika reisen. Mit den sechs Mädels im Bus hatte Emily aber nichts zu tun. Für ihren Geschmack waren sie alle ein bisschen zu laut und eingebildet. Deshalb ist Emily froh, als die mehrstündige Busfahrt auch endlich endet.

Bei der Ankunft in Alexandria warten bereits zwei Gastfamilien auf dem Parkplatz, als der Bus einfährt.

Sofort wird das Geplapper der Mädchen noch lauter.

»Ist das deine Familie?«

»Nein, ich glaub meine. Oh, sieh dir den Kleinen an.«

»Das könnte auch meine sein!«

Auch Emily starrt suchend nach draußen, während sie langsam die Kopfhörer und ihr Handy verstaut. Sie hat sich gut gemerkt, wie ihre Gastmutter aussieht, damit sie sie gleich erkennt.

Jedoch kann sie diese nicht entdecken.

Als der Bus endlich hält, steigen alle aufgeregt aus, um ihre Koffer zu holen. Dann kommt eine Familie nach der anderen vorbei und holt ihr Au-pair ab.

Nach einer Weile wartet Emily alleine mit der Betreuerin ihrer Organisation auf dem Parkplatz.

»Keine Sorge. Sie kommen sicher bald. Um diese Zeit herrscht immer viel Verkehr und wir waren etwas zu früh hier«, muntert sie Emily auf.

Emily lächelt ihr zu und entspannt sich ein wenig.

Ihre Gastmutter Helen wird sie bestimmt nicht vergessen. Bereits bei den Videocalls, als sie ihre Gastfamilie kennenlernte, war Helen nie pünktlich und irgendwie waren die Gespräche immer ein bisschen chaotisch.

Tatsächlich fährt einige Minuten später ein Auto auf den Parkplatz.

Emilys Herz fängt vor Freude an wie wild zu schlagen.

Die Autotür öffnet sich. Eine leicht pummelige Frau mit langen, braunen Haaren steigt aus und winkt. Es ist Helen, ganz sicher.

Emily steht auf und grüßt zurück.

Helen geht zur hinteren Tür und öffnet sie. Einen kurzen Moment später hilft sie einem blonden Jungen aus dem Auto.

Der kleine Tucker hält ein selbst gemaltes Schild mit der Aufschrift *Welcome Home, Emily* in den Händen.

Emily geht auf die beiden zu und wird von Helen sofort in den Arm genommen. »Es ist so schön, dich endlich kennenzulernen!«

Sie lächelt. »Das kann ich nur zurückgeben.« Nachdem sie sich aus der Umarmung gelöst hat, kniet sie sich hin, um Tucker ebenfalls zu begrüßen.

Der kleine Junge steht ganz nahe neben Helen und grinst scheu. Er hat wunderschöne leuchtend blaue Augen mit den längsten Wimpern, die Emily je gesehen hat.

»Komm schon, Äffchen. Du musst nicht so schüchtern sein«, spornt Helen ihn an.

Was für ein süßer Spitzname.

Tucker gibt ihr das Willkommensplakat.

»Danke schön. Hast du das selbst gemalt?«, sagt sie, um ihn ein bisschen zum Reden zu bringen.

Er nickt fröhlich und nimmt die Hand seiner Mutter.

Emily verzieht ihren Mund zu einem Grinsen. Die Geste mit dem Plakat zeigt ihr, dass sie mit offenen Armen in die Gastfamilie aufgenommen wird. Genau, was sie sich gewünscht hat. Da sie aber erst die Hälfte der Familie kennt, hofft sie, dass auch ihr Gastvater und das Baby so positiv ihr gegenüber auftreten.

Emily steht wieder auf. Gemeinsam mit Helen packt sie ihr Gepäck in den Kofferraum und steigt ins Auto. Während der Fahrt zum Haus versucht Emily mit ihren Englischkenntnissen, so gut es geht, mit Helen zu plaudern.

Tucker beteiligt sich ebenfalls an der Konversation auf den Vordersitzen. Leider hat Emily extrem viel Mühe, ihn zu verstehen, da er die Worte noch nicht so deutlich ausspricht wie ein Erwachsener und nur ein begrenzter Wortschatz besitzt. Sie beißt sich auf die Lippen und schaut hilfesuchend zu Helen.

Helen schaut in den Rückspiegel und beantwortet rasch Tuckers Frage. Dann wendet sie sich wieder Emily zu.»Du wirst dich an seine Sprache gewöhnen. Auch andere Au-pairs haben anfangs Mühe, die Gastkinder zu verstehen«, sagt sie beruhigend.

Als sie vom Highway hinunterfahren, beobachtet Emily die Umgebung durch das Fensterglas.

Alles sieht so anders aus. Die Hauptstraßen sind einiges breiter und meistens mehrspurig. Die meisten Gebäude in den Wohnvierteln sind große Einfamilienhäuser mit schönen Vorgärten. Davor stehen oft Autos am Straßenrand, sodass zwei Fahrzeuge sich nicht mehr kreuzen können.

Nach etwa einer halben Stunde Fahrt erreichen sie das Ende einer kurzen, engen Einbahnstraße. Vor einem Einfamilienhaus aus braunem Sichtmauerwerk halten sie an. Das muss Emilys neues Zuhause für das nächste Jahr sein.

Sie steigen aus.

»Willkommen zu Hause!«, sagt Helen euphorisch, während sie Tucker aus dem Auto hilft.

Emily lächelt. Sie freut sich auf die Zeit, die sie hier verbringen wird. Doch die Anspannung und Unruhe in ihr macht klar, dass auch die Nervosität mitspielt. Immerhin hat sie keine Ahnung, was sie noch erwarten wird.

Tucker rennt an ihr vorbei über einen langen dünnen Weg zum Haus und bleibt vor der kleinen Treppe stehen, die hinauf zur Eingangstür führt. Er dreht sich um.»Ich brauche Hilfe«, ruft er so laut, wie seine weiche, zierliche Stimme es erlaubt und streckt seine Arme in die Höhe.

Helen ist mit dem Koffer beschäftigt und trägt diesen zum Eingang. Deshalb geht Emily auf Tucker zu und reicht ihm die Hand.

Nach kurzem Zögern nimmt er sie an und setzt einen Fuß nach dem Anderen auf die Stufen.

Erst da bemerkt sie, dass vor der richtigen Haustür auch eine aus Glas ist. Das hat sie noch nie zuvor gesehen. Neben dem Eingang hängt eine amerikanische Flagge, was ihr wiederum schon bei mehreren Häusern auf dem Weg aufgefallen ist.

Helen öffnet die Tür.

Ein Golden Retriever, der dahinter wartet, hüpft ganz aufgeregt umher und wartet auf ihr Herrchen.

»Ist das Blue?«, fragt Emily ungläubig, denn als sie sich vor ein paar Monaten für die Familie entschieden hat, war die Hündin noch fast ein Baby.

Helen lacht.»Ja, sie ist extrem schnell gewachsen. Für einen Golden Retriever ist sie sogar eher zu groß.«

Eigentlich mag Emily Katzen viel mehr als Hunde. Doch da in Amerika so ziemlich jede Gastfamilie einen Hund besitzt, gibt es nicht viel Spielraum. Immerhin ist die Familie wichtiger als ein Haustier.

Sie streichelt den Goldie und sieht sich im Raum um.

Sie stehen in einem kleinen Wohnzimmer, von welchem Emily links die Küche erblickt. Gleich davor ist ein Tisch mit acht Stühlen.

Rechts befindet sich auch noch ein Türbogen, durch welchen Tucker so schnell er kann verschwindet. Emily kann aber nicht erkennen, wohin dieser führt.

Auf dem Sofa gleich beim Hauseingang sitzt eine wunderschöne, junge Frau mit einem Baby auf dem Arm. Das muss Francesca sein. Sie sieht ihr sofort an, dass sie Italienerin ist. Als sich ihre Blicke treffen, steht Francesca auf und begrüßt Emily in ihrem neuen Zuhause.

Über einen Videochat haben sie sich bereits kennengelernt. Sie ist das jetzige Au-pair ihrer Gastfamilie, wird aber in vier Tagen abreisen. In dieser Zeit wird sie Emily alles zeigen und sie einarbeiten.

»Das ist die kleine Maddie«, sagt Francesca und wiegt das fünf Monate alte Baby langsam in ihren Armen.

Plötzlich kommt Tucker zurück ins Wohnzimmer gerast, als würde er um sein Leben rennen. In seinen winzigen Händen balanciert er Dutzende kleine Spielzeugautos, die er vorsichtig aufeinandergestapelt hat. Ein Wunder, dass keines runterfällt. »Schau alle meine Autos«, ruft er ganz aufgeregt, während er diese auf den Boden legt.

Der Torbogen muss also zum Spielzimmer führen, von dem Helen Emily erzählt hat.

Sie kniet sich zu Tucker und betrachtet seine Sammlung aufmerksam.

Er zeigt ihr ein Spielzeug nach dem anderen und bei jedem gibt es irgendetwas Spezielles zu erzählen. Das eine hat eine coole Flamme auf der Seite, das andere kann fliegen und ein Drittes kann im Wasser schwimmen.

Während Emily mit Tucker beschäftigt ist, beginnt Helen zu kochen und Francesca gibt Maddie ein Bad.

Als der Duft des feinen Abendessens sich in der Wohnung verteilt, kommt auch Phil, Emilys Gastvater, nach Hause. »Hi«, murmelt er und schaut ein bisschen verwirrt, so als ob er nicht sicher ist, was Emily hier macht.

Francesca hat ihr bereits erzählt, dass Phil eher der ruhigere Typ ist. Deshalb schiebt sie sein Verhalten einfach auf seine Schüchternheit und grüßt freundlich zurück.

Auch während dem Essen gibt er nicht viel von sich preis, während Helen, Francesca und Emily über ihre Reise und die Training School plaudern. Dies stört sie aber nicht weiter, da sie sich auch so schon genug konzentrieren muss, um in der neuen Sprache korrekt zu kommunizieren.

Nach dem leckeren Abendmahl bringen Emilys Gasteltern die Kinder ins Bett.

Als auch der letzte Teller im Geschirrspüler ist, wendet sich Francesca Emily zu. »Komm, ich zeige dir dein Zimmer.« Sie geht zu einer Tür in der Küche. Nach dem Öffnen kommt eine Treppe zum Vorschein, die mit weichem grauem Teppich ausgestattet ist.

Emily hat sich schon gefragt, was sich wohl dahinter befindet. Zuerst machte es sie stutzig, als sie erfuhr, dass sich ihr Zimmer im Basement befindet. Doch Francesca hat es ihr bei einem Videocall kurz gezeigt. Da wurde schnell klar, dass ein Basement in Amerika nichts mit einem Keller in der Schweiz zu tun hat, sondern eher einem Hobbyraum gleicht.

Unten steuert Francesca die erste geschlossene Tür an. »Dein Zimmer befindet sich gleich hier und daneben«, sie zeigt nach rechts, »ist das Büro. Phil oder Helen arbeiten manchmal von zu Hause aus.« Sie öffnet die erste Tür und ein kleiner, hübsch eingerichteter Raum kommt zum Vorschein.

Das Queensize-Bett nimmt schon die Hälfte des Zimmers ein. Ansonsten steht nur noch eine kleine Kommode davor. Am besten gefallen Emily die große Weltkarte und die leeren Bilderrahmen über dem Bett. Diese wird sie mit Fotos ihrer Familie füllen.

»Ich weiß, es ist klein, aber man hat mehr Platz, als es scheint. In der Kommode kannst du Klamotten und sonstige Sachen einräumen. Und hier«, Francesca läuft zu einer weiteren Tür, »hast du einen Schrank, in dem du alles aufhängen kannst. Es wurde bei mir zwar knapp, da ich viel shoppen war, aber du kriegst das sicher auch hin.«

Emily schaut sich das kleine Zimmer nochmals an. Ja, der Platz ist begrenzt, doch im Moment hat sie sowieso nicht viele Kleider dabei. Sie lächelt Francesca zu. »Das sollte passen.«

»Gut. Ich zeige dir noch kurz das Bad. Du hast ein eigenes für dich, was echt Luxus ist. Das haben nicht viele Au-pairs.« Francesca verlässt das Zimmer, geht am Büro vorbei und biegt um die Ecke. »So, hier ist es. Ich weiß, auch nicht riesig. Aber falls du irgendetwas brauchst, kannst du jederzeit Helen fragen. Sie ist sehr großzügig und sorgt dafür, dass du die Sachen bekommst, die dir wichtig sind.«

»Das ist sehr nett, danke. Ich bin schon froh, meine eigene Dusche zu haben und für die Toilette nicht jedes Mal nach oben zu müssen.« Sie tretet in den Raum. Eine Dusche, die Toilette und ein Waschbecken befinden sich auf so engem Raum, dass sie sich nur knapp im Kreis drehen kann, ohne etwas zu berühren. Neben dem Waschbecken steht eine kleine Kommode mit Schubladen, in der sie alles verstauen kann, was sie im Badezimmer braucht.

Francesca dreht sich um. »Ich werde vor dem Zimmer auf der Couch schlafen. Die kann man zu einem Bett umfunktionieren. Wenn also etwas ist, sag einfach Bescheid.«

Emily nickt Francesca freundlich zu.

In diesem Moment kann Emily hören, wie sich die Tür zum Basement öffnet. Phil bringt Emilys Koffer nach unten. Obwohl er dünn und nicht muskulös ist, trägt er diesen problemlos bis vor ihr Zimmer. Sie bedankt sich.

Phil nickt ihr kurz zu und verschwindet wieder nach oben, ohne ein Wort zu sagen.

»Als du gesagt hast, dass er ein *ruhiger Typ* ist, habe ich ihn mir nicht so ruhig vorgestellt«, flüstert Emily.

Francesca lacht. »Ja, so ist er eben. Aber er ist sehr hilfsbereit, vor allem wenn du technische Probleme hast. Falls du also mit ihm ein

Gesprächsthema suchst, rede über Technik« Sie zuckt mit den Schultern und zieht eine Grimasse. »Ich lasse dich jetzt alleine, dann kannst du dich einrichten.« Lächelnd geht Francesca nach oben.

Emily packt ihren Koffer aus. Irgendwie findet alles seinen Platz. Der Stauraum ist allerdings schon ziemlich voll, wenn man bedenkt, mit wie wenig sie hierhergekommen ist.

Den Rest des Abends verbringt Emily mit Helen und Francesca.

Ein Gespräch mit ihrer Gastmutter zu führen stellt sich als sehr leicht heraus, auch wenn es für Emily mit den Wörtern in Englisch manchmal schwierig ist. Helen gibt sich viel Mühe, um ihr zu helfen, korrigiert sie aber nur, wenn wirklich nötig.

Die Frauen quatschen bis Emily ihre Augen kaum noch offenhalten kann.

Die erste Woche war wegen des Jetlags und dem Kennenlernen der Kinder ziemlich anstrengend. Vor allem, als Francesca am Mittwoch abgereist ist. Deshalb ist Emily froh, dass sie am Freitag schon ein bisschen früher Feierabend hat. Helen kann die Kinder bereits Mitte Nachmittag übernehmen, da sie diese Woche ausnahmsweise von zu Hause aus arbeitete. Das passt perfekt, da Emily so noch kurz mit ihren Eltern skypen kann, bevor sie schlafen gehen.

Als ihr Handy klingelt, geht sie sofort ran. »Mam, Dad«, ruft sie erfreut. »Es ist so toll, euch zu sehen!«

»Sonnenschein, endlich hast du kurz Zeit. Wie geht es dir? War deine erste Woche okay?«, möchte ihre Mutter wissen. Sie strahlt über beide Ohren.

»Super, der Jetlag lässt langsam nach. Francesca hat mich gut eingearbeitet, bevor sie am Mittwoch zurück nach Italien geflogen ist. Im Moment ist Helen auch noch da, um mir zu helfen. Die Kinder müssen sich ja zuerst an mich gewöhnen«, erzählt Emily. Sie kann sich ein Lächeln nicht verkneifen, denn sie scheint wirklich eine tolle Gastfamilie erwischt zu haben.

»Oh, das klingt ja schön«, meint ihr Vater. »Was machst du den ganzen Tag mit den Kids?«

»Ich habe von Helen eine Liste mit Ideen erhalten«, antwortet Emily, steht auf und nimmt den Zettel von der Kommode. »Darauf sind Orte für drinnen und draußen aufgelistet, die die Kinder lieben. Zum Beispiel Spielplätze, Indoor-Parks und die Adressen von Freunden. Ich darf den Tagesablauf aber ganz alleine bestimmen, solange die Kids ihre Energie loswerden. Ich muss mich noch daran gewöhnen, so viel unterwegs zu sein.«

Die Strecken von A nach B sind hier viel länger als in der Schweiz. Sogar der nächste Spielplatz ist zu Fuß rund 30 bis 45 Minuten entfernt. Diese Woche hat Helen sie oft Hin und Her gefahren. Doch sobald Phil ihr gezeigt hat, wie ihr eigenes Auto funktioniert, wird sie alleine fahren. Die Familie stellt ihr nämlich eines zur Verfügung.

»Das ist viel Verantwortung, aber das packst du«, stellt ihr Vater fest. »Hast du denn schon andere Leute kennengelernt?«

»Noch nicht. Aber heute Abend findet ein Au-pair-Meeting statt.«

»Au-pair-Meeting?«, fragt ihr Vater nach.

Emily schmunzelt. Sie hat ihrem Vater bestimmt schon erklärt, wieso sie diese Meetings hat. »Ja, das ist ein Treffen aller Au-pairs, die hier in der Gegend wohnen. Es findet einmal im Monat statt. Dabei organisieren die Lokalbetreuer etwas, das wir miteinander unternehmen können. So lernt man schnell neue Leute kennen und die Organisation bleibt mit allen Au-pairs in Kontakt«, erklärt Emily. Sie findet die Idee mit den Meetings wirklich toll und hofft, dass es dort Mädels gibt, mit denen sie sich versteht und sie vielleicht sogar eine beste Freundin findet.

»Stimmt, das hast du ja bereits erzählt«, bestätigt ihr Vater, was Emily bereits ahnte.

Jetzt schmunzelt auch ihre Mutter. »Du findest bestimmt noch Freunde«, ermutigt sie Emily.

Emily lächelt. Es ist schön mit ihren Eltern über sich zu reden. Aber sie muss auch wissen, wie es ihren Eltern in dieser Situation geht. »Wie kommt ihr denn klar so ohne mich?«

Ein schwarzer Schatten huscht über das Gesicht ihrer Mutter. Vater legt seine Hand auf ihre Schulter. »Wir vermissen dich aber halten uns gut. Du bist ja erst seit zwei Wochen weg«, antwortet er beruhigend.

Ihre Mutter nickt zustimmend.

»Und wie geht es eigentlich Daniel?«, fragt Emily weiter. Es wäre schöner gewesen, ihn selber zu fragen.

Ihre Eltern schauen sich kurz an. Dann ergreift Emilys Vater wieder das Wort. »Nun, es hat sich nichts verändert. Immer unterwegs, nie zu Hause.«

»Und die Polizei? War sie nochmals zu Hause?«, fragt sie weiter.

»Nein, aber er wird immer noch häufig kontrolliert, wenn sie ihn draußen treffen. Das ist jedoch normal. Immerhin wurde er mit Drogen erwischt.«

Emily seufzt. Einerseits ist es gut, dass sie ihn regelmäßig überprüfen, denn so hat er bestimmt kein Gras mehr dabei. Andererseits zweifelt sie daran, dass es lange anhalten wird.

»Mache dir keine Sorgen, Sonnenschein«, versucht ihre Mutter sie zu beruhigen. »Wir haben hier alles im Griff.«

»Ich weiß«, lügt Emily.

Die letzten Monate waren alles andere als einfach für ihre Familie. Zuerst wurde Daniel von der Polizei nach Hause gebracht und eine Woche später sie. Die Gründe waren zwar komplett verschieden, trotzdem machte es das nicht einfacher. Ihre Gedanken werden durch ein Klopfen an der Tür gestört.

»Essen ist fertig«, ruft Helen und verschwindet wieder nach oben in die Küche.

»Ich muss langsam Schluss machen. Es gibt Abendessen und dann geht es direkt zum Meeting.«

»Okay, Sonnenschein«, sagt ihre Mutter. »Viel Spaß. Wir vermissen und lieben dich.«

»Ich euch auch«, antwortet Emily, wirft den beiden einen Kuss zu und legt auf. Für einen kurzen Moment sitzt sie da und versucht das komische Gefühl abzuschütteln. Dann zieht sie sich rasch um und macht sich auf den Weg nach oben.

Helen schneidet gerade das Essen für Tucker klein. »Sorry, ich wollte dich nicht stressen.«

»Alles gut.« Emily setzt sich neben Maddie und fängt an, sie zu füttern. Da die Kleine den Brei bei jedem zweiten Bissen wieder ausspuckt, versucht Emily, nicht zu sehr ins Schussfeld zu gelangen. Sie hat keine Zeit nochmals zu duschen.

»Du kannst dich auf heute Abend freuen. Diese Meetings sind immer super«, schwärmt Helen, während sie sich ihrem eigenen Teller widmet. »Deine Au-pair-Gruppe ist viel grösser als normal. Deshalb kannst du noch viel mehr neue Leute kennenlernen.«

»Ja, ich freue mich schon«, sagt Emily mit gemischten Gefühlen. Die Freundinnenfrage lässt sie nicht los.

»Deine Lokalbetreuerin Megan ist auch supernett. Eine wunderschöne Frau mit viel Pepp. Hat auch ein Au-pair für ihre zwei Kinder. Sie hat schon immer die besten Meetings organsiert. Heute trefft ihr auch im *Starbucks*, richtig?«

»Genau, und danach gehen wir noch bowlen«, antwortet Emily.

»Oh, super! Phil wird dir denn nach dem Essen kurz alles am Auto erklären, damit du selber fahren kannst. So bist du flexibel.«

Ein mulmiges Gefühl macht sich in ihrer Magengegend breit. Obwohl sie Autofahren kann, ist die kleine, manuell geschaltet Klapperkiste ihrer Mutter kein Vergleich zu dem automatischen SUV, den sie hier lenken soll.

»Keine Sorge. Francesca war zuerst auch nervös, aber sie hatte nur einmal einen kleinen Unfall … Oder waren es zwei?«, schweift Helen ab.

Wahrscheinlich wollte Helen sie beruhigen. Doch mit dem Gerede über Unfälle schießt sie an ihrem Ziel vorbei. Sie merkt, wie ihre Knie leicht anfangen zu zittern und ihr der Appetit vergeht. In dem Moment öffnet sich die Tür und Phil steht vor ihr. »Bist du bereit, Emily?«, fragt er leise und monoton. »Klar«, stottert sie und bringt ihren Teller in die Küche. Dann nimmt sie ihre Sachen, verabschiedet sich von den Anderen und macht sich mit ihrem Gastvater auf den Weg nach draußen. Kaum im Fahrzeug, krempelt er seine Ärmel hoch und legt los. Die Worte fließen aus ihm heraus und werden von lebhaften Handgesten begleitet. Er blüht förmlich auf vor Emilys Augen. Wahrscheinlich zählen Autos zu seinen Leidenschaften. »Bremse und Gas weißt du ja. Und hier«, Phil zeigt auf einen Hebel am Steuerrad, »musst du schalten. *P* steht für Park, *R* für Reverse und *D* für Drive.« Francesca hatte recht. Phil strotzt vor Euphorie. Auch seine Geduld, bis sie endlich versteht, wie das Navi im Auto funktioniert, ist bemerkenswert.

»Okay. Ich glaube, ich bin bereit«, murmelt Emily nervös. Sie legt den Hebel auf das *R* und fährt langsam los. Nachdem sie den Parkplatz rückwärts verlassen hat, legt sie den Hebel auf *D*.

»Ja, sehr gut«, lobt Phil und Emily kann einen freudigen Unterton in seiner Stimme ausmachen, auch wenn er diesen nicht direkt zeigt. »Na dann, schönen Abend«, sagt er noch und steigt aus.

Emily schaut ihm nach und für einen kurzen Moment scheint das Gelernte mit ihm gegangen zu sein. Doch dann holt sie tief Luft und fährt langsam los. Schon nach wenigen Metern merkt sie, dass ihr dieses massive Gefährt auf den breiten Straßen gar nicht so riesig vorkommt.

Nach einer fünfzehn Minuten Fahrt kommt Emily heil auf dem großen Parkplatz an. Das Manövrieren hat sich als einfacher herausgestellt, als sie gedacht hat. Einzig der Highway war eine Herausforderung. Anscheinend darf man hier rechts und links überholen, oder falls nicht, scheint die Regel niemanden zu interessieren. Da muss man ganz schön vorsichtig und aufmerksam sein.

Beim Eingang des Coffeeshops wird sie von einer sportlichen, aufgebrezelten Frau empfangen. Sie begrüßt Emily mit einem riesigen Lächeln und einer festen Umarmung. Gemäß Helens Beschreibung muss das Megan sein. »Willkommen in Amerika! Ich bin Megan, deine Lokalbetreuerin. Ich hoffe, du wirst dich hier wohlfühlen. Mit deiner Familie hast du schon mal den Jackpot geknackt. Es gibt keine Bessere bei mir in der Gruppe.« Den letzten Satz hat sie Emily zugeflüstert.

Emily kichert. »Danke schön. Ja, ich bin sehr zufrieden.«

Sie bittet Emily, sich etwas zum Trinken zu holen und dann in den oberen Stock zu kommen.

Als sie den Laden betritt, steigt ihr sofort der Geruch von Kaffee und süße Aromen in die Nase. Sie geht zur Theke und bestellt sich einen Latte macchiato. Dann stellt sie sich hinter eine junge Frau mit blonden Haaren bis zum Po, die bereits auf ihren Kaffee wartet.

»Megan ist wirklich bezaubernd, findest du nicht?«, fragt die Blondine. Ihr Englisch ist sehr gut und Emily hört nur einen ganz leichten Akzent, den sie aber nicht zuordnen kann.

»Absolut. Sie sieht so … so jung und topfit aus. Weißt du, wie alt sie ist?«, stottert sie. Ihr Englisch wird wahrscheinlich eher als *ganz okay* eingeordnet.

»Im gleichen Alter wie die meisten unserer Gastmütter. Ich habe aber gehört, dass sie ein paar Sachen hat machen lassen, um ihr junges Aussehen zu behalten. Abgesehen davon treibt sie extrem viel Sport.«

Emily stößt ein unerwartetes *Oh* aus. Es macht sie nervös, dass die Blondine sie mustert.

Plötzlich streckt die Fremde ihr ruckartig die Hand hin. »Ich bin Laura und komme aus Deutschland.«

Erst jetzt, als sie ihre Arme nicht mehr verschränkt vor sich hat, bemerkt Emily den großzügigen Ausschnitt. Darin liegt eine

Kette mit einem silbernen Anhänger. Er sieht wie der Umriss eines Landes aus. Da merkt Emily, wie lange sie schon auf ihr Dekolleté starrt, und löst ihren Blick.

Lauras blaue Augen leuchten auf und in ihrem runden Gesicht macht sich ein verschmitztes Lächeln breit. Sie muss bemerkt haben, wo Emilys Blick hängen geblieben ist.

Sie nimmt Lauras Hand. »Ich bin Emily aus der Schweiz.«

»Oh, dann können wir Deutsch sprechen«, sagt sie erfreut und schnappt sich ihren Kaffee, der gerade gebracht wurde.

»Ja, das stimmt«, antwortet Emily lächelnd.

Auch wenn die Schweiz noch drei weitere Landessprachen hat, gehen die meisten davon aus, dass die Einwohner Deutsch sprechen.

Als Emilys Kaffee ebenfalls kommt, machen sie sich gemeinsam auf den Weg nach oben.

Es sitzen schon um die zwanzig Leute an den kleinen Tischen und plaudern in vielen Sprachen wild durcheinander.

Laura und Emily setzen sich zu einer Gruppe, bei der nur Deutsch gesprochen wird.

»Du bist also das neue Au-pair für Francesca. Deine Gastfamilie ist anscheinend echt super. Sie hat immer nur Gutes über deine Gastmutter erzählt«, schwärmt eines der Mädchen.

Emily lächelt. Da hat sie wohl wirklich die richtige Familie ausgesucht.

»Was hat dich denn nach Amerika getrieben?«

Emilys zieht die Augenbrauen zusammen und starrt auf ihr Getränk. Seit sie bei ihrer Gastfamilie angekommen ist, hat sie nicht mehr über den Grund ihrer Reise nachgedacht. Sie hat so viel Neues erlebt, dass sie keine Zeit dafür hatte. Sie hebt ihren Kopf und wendet sich wieder den Mädels zu. »Oh, das Übliche. Ich wollte immer einmal ins Ausland und neue Erfahrungen sammeln. Das Au-pair-Jahr ist hierfür perfekt«, sagt Emily mit leicht zitternder Stimme. Das scheint aber niemand zu bemerken außer sie selbst. »Wie lange seid ihr denn alle schon in Amerika?«, fragt sie, um das Thema zu wechseln.

»Ich habe erst gerade mein zweites Jahr begonnen. Das Erste habe ich bei einer Family in Maryland verbracht«, prahlt Laura sofort, so als ob sie nur auf diese Frage gewartet hätte und zeigt auf ihre Kette. »Ich bin erst seit einem Monat in Virginia. Ich habe auch einen Boyfriend, Mike, in Maryland und deshalb meinen Aufenthalt verlängert.«

Emily muss beim Deutsch von Laura grinsen. Sie hat die Angewohnheit, englische Wörter anstatt deutscher Ausdrücke zu benutzen, was zu einem witzigen Mix der Sprachen führt.

Die anderen Mädels verdrehen die Augen und seufzen laut. Sie wenden sich von Laura ab und vertiefen sich in ein eigenes Gespräch.

Emily hingegen schaut Laura mit großen Augen an. »Oh, cool. Wie hast du ihn denn kennengelernt?«

»Bei einem Country Festival. Durch ihn habe ich sehr viele American Friends in Maryland«, erzählt Laura stolz.

Da explodiert in Emily eine Art Feuerwerk. Es ist das erste Mal, dass sie jemanden kennenlernt, der ihren Musikgeschmack teilt. »Sehr toll. Ich liebe Country! Kennst du Luke Bryan?«, platzt es aus ihr heraus. Ihre Stimme zittert aufgeregt.

Laura schaut sie überrascht an. »Yes! Was für ein Zufall. Ich war letztes Jahr auf seinem Konzert. I love him!«

Emily ist sprachlos und kann nicht aufhören zu grinsen. Es ist wirklich ein großer Zufall.

Laura mustert Emily kurz. »Du solltest morgen mit mir nach Maryland kommen. Mike schmeißt eine Houseparty. Es werden eine Menge Leute dort sein und wird bestimmt Fun!«, bietet sie an. »Ich arbeite am Morgen noch und fahre nach dem Mittagessen los.«

Mit dieser Einladung hat Emily definitiv nicht gerechnet. War es wirklich so einfach, eine neue Freundin zu finden? Sie kann es kaum fassen. Ihre Gefühle sind jedoch zwiegespalten. Einerseits möchte sie mehr Zeit mit Laura verbringen und Amerikaner kennenlernen. Andererseits meidet sie seit dem Vorfall in der Schweiz eigentlich Partys und Alkohol. Sie möchte aber ihrer neuen Freundin nicht schon beim ersten Gespräch eine Abfuhr verpassen. »Das wäre super«, sagt sie schließlich. »Ich übernachte dann bei Mike, weil es spät wird. Am besten bleibst du auch gleich da. Er hat ein Gästezimmer, dass du benutzen kannst.«

»Cool. Ich rufe noch kurz bei meiner Gastmutter an, um nachzufragen, ob das okay ist«, sagt Emily und steht auf. In einer ruhigen Ecke nimmt sie ihr Handy zur Hand.

Helen geht sofort ran. »Emily, ist alles in Ordnung?«, fragt sie beunruhigt.

»Ja, alles okay«, antwortet sie schnell. »Ich wollte nur fragen, ob ich morgen mit einer Freundin nach Maryland fahren darf. Sie hat dort einen Freund und er schmeißt eine Party. Wir würden auch bei ihm übernachten.«

»Oh, das klingt nach Spaß. Natürlich kannst du gehen. Du musst mich in Zukunft auch nicht immer fragen. Ich bin einfach froh, wenn ich weiß, wo du bist«, antwortet Helen sofort.

Emily könnte vor Freude Luftsprünge machen. »Danke dir, Helen. Bis später.« Sie legt auf. Emily kann kaum glauben, wie schnell sie sich hier immer wohler fühlt und ihre Sorgen um das Freundinnenthema sich endlich in Luft aufgelöst haben. Jetzt kann sie anfangen, sich hier ein zweites Zuhause aufzubauen und über die Erlebnisse in der Schweiz hinwegzukommen.

Emily

Emily packt ihre Sachen für das Wochenende zusammen, als es plötzlich an der Tür klopft.

»Komm rein!«, ruft sie laut und wendet sich zur Tür zu.

Helen kommt ins Zimmer. »Hi, ähm ich wollte nur kurz mit dir über Laura sprechen.« Sie stützt sich an der Kommode ab und mustert Emily neugierig. »Es freut mich sehr, dass du bereits eine neue Freundin gefunden hast. Wie alt sind denn ihre Gastkinder?«

Emily überlegt kurz. »Ich glaube, eher älter, so elf und dreizehn Jahre alt.«

Helen zuckt mit den Schultern. »Oh, okay. Dann wird es wohl kein Playdate geben.«

»Ein Playdate?«, fragt Emily verwirrt und zieht die Augenbrauen zusammen.

»Oh, sorry! Das kennst du wahrscheinlich noch nicht. Playdates sind in Amerika sehr beliebt. Dabei treffen sich zwei Mütter, oder in eurem Fall Au-pairs gemeinsam mit den Kids. So haben die Kinder jemanden zum Spielen und die Erwachsenen jemanden zum Plaudern. Das macht den Tag abwechslungsreicher«, erklärt Helen lächelnd.

Emilys Gesichtsausdruck lockert sich. »Ach so. Nein, das wird es wohl eher nicht geben.«

»Könntest du Laura noch ins Haus bitten bevor ihr losfährt? Ich würde sie gerne kennenlernen, damit ich weiß, mit wem du unterwegs bist«, fragt Helen liebevoll.

»Ja, sicher, kein Problem«, stimmt Emily zu. Sie versteht, dass Helen sich für sie verantwortlich fühlt. Immerhin wohnt sie nun in ihrem Haus. Ihre Mutter ist auch froh, dass Helen auf sie aufpasst und sich um sie sorgt.»Es wird Laura bestimmt nichts ausmachen.« Gleich nach dem sie den Satz beendet hat, klingelt ihr Handy.

Es ist Laura. Sie steht mit dem Auto bereits vor dem Haus. Emily lädt sie noch kurz ins Haus ein und wie jeder, der zur Tür hereinkommt, wird sie sofort von Blue begrüßt.

»Oh mein Gott, ein Goldie. Sie ist so schön!«, ruft Laura enthusiastisch.»Ich liebe Hunde.«

»Da bist du mir bereits einen Schritt voraus«, gesteht Emily.

»Du magst keine Hunde?«, fragt Laura ungläubig.»Also wenn ich einer wäre, dann ganz bestimmt ein Golden Retriever. Das sind die Besten! Selbstbewusst, lebhaft und intelligent.«

Emily lacht. Sie muss Laura recht geben. Vom Aussehen her, mit den langen blonden, fast schon goldenen Haaren würde das perfekt passen. Und dass sie sich selbst als intelligent bezeichnet, ist ein Zeichen ihres Selbstbewusstseins.

»Blue scheint dich zu mögen.« Helen kommt ebenfalls zum Eingang.»Sorry, ich war noch kurz im Büro. Ich bin Helen.«

Laura steht auf und umarmt Helen sofort.»Ich bin Laura. Zum Glück mag sie mich. Meine Gastfamilie hat keine Haustiere und ich vermisse es so sehr.«

»Nun, komm vorbei, wann immer du Zeit mit einem Hund brauchst. Sie freut sich über Spielgefährten. Richtig, Blue?« Helen kniet sich hin und streichelt Blue wild.

Sofort geht bei der Hündin der Spielmodus an und ihr Schwanz wedelt wie verrückt.

»Diese Einladung nehme ich gerne an«, sagt Laura grinsend.

»Wohin in Maryland fahrt ihr denn?«, fragt Helen, als sie wieder aufsteht. Sie öffnet das kleine Gate zur Küche, sodass Blue durch die Hintertür in den Garten rennen kann.

»Nach La Plata. Das ist etwa eine Stunde südlich von hier. Meine erste Gastfamilie lebt dort in der Nähe«, antwortet Laura, während sie Blue ein wenig bedrückt nachsieht.

»Ah, schön. Meine Eltern wohnen auch in Maryland und ich bin dort aufgewachsen. Das Dorf liegt jedoch nördlich von hier«, erwidert Helen lächelnd.

Emily merkt, wie sich die Anspannung bei ihr löst, da sich die beiden gut verstehen.

»Und gefällt es dir bei der jetzigen Gastfamilie? Oder war die Zeit in Maryland besser?«

Laura verzieht das Gesicht. »Diese hier ist ganz okay, aber vorher hat es mir besser gefallen. Die Kinder waren jünger und ich habe mich mehr zu Hause gefühlt. Ich besuche meine erste Gastfamilie auch noch regelmäßig.« Bei den Worten über ihr erstes Au-pair-Jahr leuchten ihre Augen vor Freude auf.

»Das ist schön«, bemerkt Helen.

Laura nickt ihr zu und steht auf. Sie schaut zu Emily und deutet mit den Augen zum Auto.

Stimmt. Zeit zu gehen, schießt es Emily durch den Kopf.

Sie öffnet den Mund, doch Helen kommt ihr zuvor. »Okay, dann wünsche ich euch viel Spaß.« Sie wendet sich Emily zu. »Melde dich zwischendurch mal, damit ich weiß, dass alles okay ist.«

»Natürlich«, sagt Emily, bevor Laura und sie das Haus verlassen.

Laura fährt einen alten, grünen Volkswagen. Neben dem großen Honda Pilot von Emily sieht das Auto klein aus.

Als der Motor aufheult, macht sich Vorfreude in ihr breit. Ihre erste amerikanische Hausparty. »Was ist jetzt der Plan, bis die Party beginnt?«, fragt sie mit großen Augen.

»Sie startet schon am Nachmittag. Es gibt zuerst ein Cookout mit Burgern und Hotdogs. Es werden wahrscheinlich um die zwanzig Leute dort sein. Du wirst bestimmt auch ein paar neue Freunde finden.«

Emily senkt den Kopf. Da sie sich fest vorgenommen hat, auf den Alkohol zu verzichten, ist das leider nicht so sicher, denn angeheitert zu sein, hat ihr immer geholfen, offener auf Leute zuzugehen.

Da fällt ihr ein, dass ihre neue Freundin davon noch gar nichts weiß. Ob es wohl ein Problem für sie darstellt? »Ähm, ich muss dir noch etwas beichten«, stottert sie.

Laura wirft ihr kurz einen fragenden Blick zu, bevor sie wieder auf die Straße achtet.

»Ich trinke nicht. Also, nicht mehr. Ich meine, keinen Alkohol«, stammelt Emily.

Laura stößt ein überraschendes *Oh* aus, zuckt aber gleich darauf mit den Schultern. »Ich denke nicht, dass das ein Problem sein wird. Es gibt sicher genügend alkoholfreie Getränke, denn ein paar andere Leute trinke auch nicht, weil sie noch fahren müssen.«

Emily atmet erleichtert auf.

»Ist etwas passiert, dass du darauf verzichtest?«, hakt Laura nach.

Emilys Anspannung schleicht sich wieder in ihren Körper. Sie will sich nicht zurückerinnern, sonst kommen alle Emotionen wieder hoch. »Oh, nein, nein. War einfach mal ein Entschluss«, lügt sie deshalb.

Laura nickt ihr kurz zu und wechselt das Thema.

Nach einer Stunde Fahrt biegt Laura in eine Nebenstraße ein.

Das Grundstück von Mike ist so riesig, dass der Weg vom Tor zum Haus allein etwa fünf Minuten dauert. Links und rechts ragen viele Bäume in die Höhe. Als Emily ein Gebäude erblickt, stößt sie nur ein leises *Oh* aus. Das Haus hat vier Stockwerke und eine wunderschöne, große Terrasse.

Ein eher kleiner, jedoch breiter und durchtrainierter Typ kommt aus dem Haus gelaufen, als sie auf dem Parkplatz anhalten. Er hat ganz kurze braune Haare und sieht ein bisschen aus, als ob man ihn von oben und unten her zusammengedrückt hätte.

Laura gibt ihm einen Kuss. Das muss also Mike sein.

Emily begrüßt ihn ebenfalls und wird sofort in eine Umarmung hineingezogen. Ihr gefällt, wie freundlich und offen die Amerikaner sind. In ihrer Heimat gibt es zur Begrüßung meistens einen Händedruck oder maximal drei Küsschen auf die Wangen.

»Schön, dich kennenzulernen. Du bist die erste Person aus der Schweiz, die ich treffe. Hättet ihr eine amerikanische Militärbasis, würde ich versuchen, mich dahin versetzen zu lassen«, meint er und grinst Laura an.

Sie wirft ihm einen bösen Blick zu, lächelt aber gleich wieder. »Solange du nicht mehr nach Afghanistan musst, ist mir egal, wo du stationiert wirst«, sagt sie und gibt ihm einen intensiven Kuss.

»Lasst uns reingehen. Wir feiern unten im Basement.« Er zeigt mit einer Handbewegung, dass Emily ihm und Laura folgen soll.

Der Partyraum ist riesig. Er hat eine Bar und einen Billardtisch. Gleich draußen im Garten steht noch ein Pool.

Emily fällt sofort auf, wie patriotisch alles dekoriert ist. Im Basement, welches hauptsächlich als Partyraum genutzt wird, hängen Bilder und Sachen wie Helme und Militärjacken an den Wänden. Natürlich darf die amerikanische Flagge nicht fehlen.

Noch nie hat sie erlebt, dass ein Land so stolz und patriotisch ist. Hier ist es eine Ehre, für seine Heimat zu kämpfen. In der Schweiz hingegen werden die meisten jungen Männer gezwungen, ins Militär zu gehen.

»Alles in Ordnung?«, fragt Laura grinsend. »Du siehst so geschockt aus.«

»Ja, sorry. Ich bin nur ein bisschen überwältig von diesem Basement. Ich kenne niemanden, der einen Partyraum im eigenen Haus hat«, antwortet Emily.

Mike und Laura brechen in Gelächter aus.

»Mike geht etwas Kleines einkaufen«, meint Laura als sie sich wieder beruhigt haben. »Wir können schon mal alles einrichten. Der Billardtisch muss hier hin und der Grill befindet sich noch in der Abstellkammer.«

Emily nickt und folgt ihren Anweisungen.

Als endlich alles seinen Platz gefunden hat, kommt Mike mit dem Grillfleisch zurück.

Gleich darauf trudeln bereits einige Gäste ein. Emily lernt so viele neue Leute kennen, dass sie sich die Namen und die Gesichter unmöglich merken kann.

Ein Junge, der erst ein bisschen später auftaucht, fällt ihr jedoch sofort auf. Er sieht perfekt aus: groß, gebräunt und gutaussehend mit wuscheligen braunen Haaren. Zu Emilys Überraschung geht er auf direkten Weg zu ihr und Laura. »Sieh mal einer an. Hast du etwa eine neue Freundin mitgebracht?« Er umarmt Laura, ohne den Blick von Emily abzuwenden.

»Ja, das ist Emily. Auch Au-pair, aber aus der Schweiz.« Sie wendet sich ihr zu. »Das ist Alex.«

»Sehr schön. Und damit mein ich nicht, was Laura gerade gesagt hat.« Er umarmt Emily ebenfalls.

Sofort macht sich ein ungutes Gefühl in ihr breit. Wahrscheinlich liegt es an seiner Hand, die an ihrem Rücken etwas zu tief gerutscht ist.

»Wo hast du denn Jason gelassen?«, möchte Laura wissen.

»Konnte nicht kommen. Ein Familientreffen oder so.« Sein Blick aus den grünen Augen scheint an Emily zu kleben.

Sie fühlt sich immer unwohler und wünscht, sie könnte auf der Stelle verschwinden.

»Lust auf einen Drink?«, fragt er sie direkt.

Dieses unwohle Gefühl sagt ganz klar nein. Hilfesuchend schaut sie zu Laura, die aber bereits mit jemanden anderem redet. Sie ist auf sich alleine gestellt. »Ähm, nein, danke, ich trinke nicht«, antwortet sie mit zitternder Stimme und wendet sich Laura zu, um sich zu ihr zu stellen. Doch bevor sie einen Schritt gehen kann, packt Alex ihren Arm. Der feste Griff löst Panik in ihr aus.

»Bist du sicher? Wir könnten eine Menge Spaß haben.«

»Was auch immer sie gesagt hat, ja, sie ist sich sicher«, rettet Laura sie aus der Patsche.

Erst jetzt merkt Emily, dass sie Lauras Hand geschnappt hat und fest zudrückt.

Alex lässt von ihr ab und Laura zieht sie von ihm weg. »Ist alles okay?«, fragt sie besorgt.

Emily nickt.

»Halt dich besser von ihm fern. Ich habe gehört, was er anderen Frauen angetan hat. Er kann froh sein, dass er nicht im Gefängnis sitzt.«

Emily schnappt nach Luft und schaut Laura mit großen Augen an.

»Leute, wir spielen Flipcup. Kommt schon!«, schreit Mike über die laute Musik, bevor Emily etwas sagen kann.

Sie schaut fragend zu Laura. »Flipcup?«

»Ein Trinkspiel. Man bildet zwei Teams und stellt sich in einer Reihe am Tisch gegenüber vom anderen hin. Jeder hat einen Becher vor sich mit Bier. «

Emily beißt sich auf die Lippen.

»Keine Sorge, du kannst auch Wasser nehmen«, beruhigt Laura sie gleich. »Dann startet der Erste, trinkt den Becher leer und versucht diesen anschließend am Tischrand so in die Höhe zu schnipsen, dass er umgekehrt landet. Sobald er das geschafft hat, ist der Nächste an der Reihe«, erklärt Laura. »Super einfach und echt witzig.« Sie nimmt Emily bei der Hand und zieht sie zu einem Tisch, an dem sie sich aufreihen.

Als sie an der Reihe ist, trinkt sie das Wasser im Becher leer und dreht ihn schon beim ersten Versuch auf den Kopf.

Laura, die nach ihr dran ist, tut es ihr gleich und gewinnt die Runde somit für ihr Team.

»Gut gemacht. Du bist ein Naturtalent«, lobt Laura sie.

Emily strotzt vor Euphorie und würde am liebsten gleich eine weitere Runde spielen. Doch ihre Blase möchte, dass sie eine Pause macht. »Ich muss kurz auf die Toilette.«

Laura nickt ihr zu und zieht ein anderes Mädchen, das Emily bisher nicht gesehen hat, an ihren Platz, um weiterzuspielen.

Emily wendet sich dem langen Gang zu und verschwindet im Badezimmer. Als sie auf der Toilette sitzt, hat sie einen Moment der Ruhe. Sie kann nicht glauben, wie viel Spaß sie hier hat. Auch dass sie nicht selber auf Leute zugeht, ist kein Problem, da die meisten von sich aus mit ihr anfangen zu reden.

Nachdem sie sich die Hände gewaschen hat, schließt sie die Badezimmertür auf und schaut wieder in die zwei grünen Augen.

»Em, du wurdest mir ein bisschen zu früh von Laura gestohlen«, sagt Alex lässig, als sie die Toilette verlässt. Er muss ihr gefolgt sein.

Em? Dein ernst? Niemand nennt sie so. Sie hatte noch nie einen Spitznamen. »Ja, sie musste etwas Dringendes besprechen«, platzt es aus Emily heraus. Ihre Muskeln verkrampfen sich, als er einen Schritt auf sie zumacht. Es sind nur ein paar Meter den Gang entlang und nach links und schon ist sie wieder bei den anderen. Da Alex ihr aber den Weg versperrt, kann sie nicht vorbei.

»Du könntest dich auch mit mir unterhalten«, meint er mit einem schmierigen Grinsen. Sein Blick wandert über Emily, als wäre sie ein seltenes Ausstellungsstück in einem Museum. »Komm schon. Nur ein bisschen plaudern.«

Emily macht einen Schritt nach links, doch Alex tut es ihr gleich. Sie schluckt. »Okay. Lass uns auf die Couch setzen«, schlägt sie vor, um ihn zumindest wieder zur Party zu kriegen.

Er nickt, dreht sich zur Seite und lässt Emily vorbei.

Sie schaut sich um, doch Laura ist nicht in der Nähe, sonst hätte sie Emily sicher geholfen.

Sie setzt sich hin und Alex gleich neben sie.

»Und wie gefällt's dir hier?«, fragt er und rutsch näher.

»Super. Alle sind sehr nett und nehmen mich gut auf«, antwortet Emily irritiert über diese harmlose Frage. Nach seinen bisherigen Aussagen hatte sie etwas Unangebrachtes erwartet.

42

»Nun ja«, Alex legt seine Hand auf ihren Oberschenkel, »wir könnten ganz nett auch ein bisschen aufpeppen, oder nicht?«

Da schießen sofort Bilder wie in einer Diashow durch ihren Kopf. Diese zeigt ihr aber nicht, was hier mit Alex noch passieren könnte, sondern was vor neun Monaten bereits passiert ist.

Gehetzt steht sie auf. So schnell sie kann, geht sie in das Gästezimmer, das ihr Laura vorhin noch gezeigt hat, und schließt die Tür. Sie zittert am ganzen Körper und setzt sich auf das Bett. Der Versuch, langsamer zu atmen, scheitert. Deshalb legt sie sich hin und schließt die Augen.

Sie muss die Bilder vertreiben. An etwas anderes denken. Auf der Suche danach wird die Attacke aber nur noch schlimmer.

Da erinnert sie sich an die Meditation, die sie im Flugzeug gehört hat. Sie sucht ihr Handy und spielt diese ab. Die Worte hallen in ihrem Kopf wider. Sie braucht nur wenige Sekunden, um sich darauf zu konzentrieren.

Als sie sich endlich beruhigt, ist sie so erschöpft, dass sie das Zimmer nicht mehr verlassen will. Sie wechselt ihre Kleidung und legt sich zurück ins Bett.

Hoffentlich sehe ich diesen Alex nie wieder, denkt sie sich bevor die Stimmen im Hintergrund langsam weggleiten.

Als Emily aufwacht, ist es still. Sie setzt sich im Bett auf und merkt, wie ihr ein wenig schwindelig wird. Die Attacke zeigt wahrscheinlich noch ihre Nachwirkungen.

Sie steht auf, um sich das Gesicht kurz mit kaltem Wasser zu waschen, und macht sich dann auf den Weg nach unten. Plötzlich hört sie Stimmen. Es klingt nach Laura und Mike.

Emily bleibt stehen und lauscht ihrer Konversation.

»Vielleicht ging es ihr nicht gut«, meint Mike.

»Vielleicht. Ich bin einfach froh, dass Alex nicht auch verschwunden ist. Sonst hätte ich ihre Zimmertür aufgebrochen.«

»Natürlich hättest du das«, sagt Mike belustigend.

Emily geht langsam weiter.

Unten angekommen, wendet sich Laura ihr zu. »Emily, alles in Ordnung?«, fragt sie besorgt. »Du warst gestern so plötzlich weg.« Sie lässt Emily nicht aus den Augen.

»Sorry, mir ging es nicht gut. Deshalb bin ich ins Bett gegangen«, antwortet Emily und schlendert in die Küche. Mike gibt ihr ein Glas Wasser, das sie dankend entgegennimmt.

Laura schaut sie verwirrt an. »Wie meinst du *nicht gut*? Du hattest ja keinen Alkohol getrunken, oder?«

Emily schaut nervös zu Boden. Sie möchte ihr nicht sagen, dass sie eine Panikattacke hat. Sonst folgen nur Fragen, die sie nicht beantworten will. »Nein, nur Alkoholfreies. Aber ich hatte starke Kopfschmerzen. Deshalb habe ich eine Tablette genommen und mich ein wenig hingelegt. Dann bin ich wohl eingeschlafen.«

»Ah, gut. Ich habe mir schon Sorgen gemacht.« Lauras Gesichtsausdruck entspannt sich. »Gib mir doch nächstes Mal Bescheid, wenn du die Party verlässt, ja?«, bittet Laura sie.

Emily nickt erleichtert. Zum Glück glaubt Laura ihr.

»Hast du Hunger?«, fragt Mike. »Wir wollen gleich essen gehen.«

Emilys Magen knurrt. Sie hat gestern kaum etwas gegessen. »Ja, und wie.«

»Wir fahren danach gleich heim, deshalb nehmen wir mein Auto und Mike seins«, meint Laura und nimmt den Autoschlüssel. Mike tut es ihr gleich.

Im Auto angekommen, fährt Laura vom Parkplatz und folgt Mikes Truck. »Gestern Abend war echt nice. Ich bin so froh, wieder eine Freundin gefunden zu haben. Du solltest öfters mit nach Maryland kommen.«

Emily lächelt. »Ja, es war echt großartig. Bis auf Alex. Ist der immer bei diesen Partys dabei?«

Laura seufzt. »Meistens. Aber normalerweise ist Jason mit ihm unterwegs. Irgendwie schafft er es, Alex zu zügeln. Bestimmt lernst du ihn bei der nächsten Party kennen.«

Hoffentlich. »Wann findet diese denn statt?«, meint Emily schließlich grinsend.

»Ein Country-Konzert nächstes Weekend in einer Bar in *Port Tobacco*«, erwidert Laura mit einem Lächeln.

Emily klatscht in die Hände. »Cool, da bin ich natürlich dabei!«

»Lass uns dann am Mittwoch noch shoppen gehen«, schlägt Laura vor. »Wir könnten beide ein neues Outfit gebrauchen.«

Emily

Es ist die erste Woche, in der Emily alleine mit den Kindern ist. Tucker macht mit seinem Herumgeschrei klar, dass ihm das gar nicht passt. »Wo ist Mommy? Ich will mit Mommy sprechen.« Dann schluchzt er vor sich hin.

»Wir können jetzt nicht mit ihr reden, denn sie ist bei der Arbeit«, erklärt Emily ihm bereits zum zehnten Mal. Sie weiß jedoch, dass das die Situation nicht besser macht, sondern Tucker nur noch mehr zum Weinen bringt.

Wie in einem dramatischen Theaterstück wirft er sich zu Boden und scheint an den Schmerzen beinahe zu sterben.

Für einen kurzen Moment bereut sie, dass sie das Au-pair-Jahr überhaupt angefangen hat. Sie hätte auch einfach eine Sprachschule besuchen können. Genau wie alle anderen. Doch um das Geld dafür zusammenzubekommen, hätte sie noch einige Monate sparen müssen und diese Zeit wollte sie nicht investieren. Deshalb war aufgrund ihrer Erfahrung in der Kinderbetreuung schnell klar, dass dies der schnellste Weg aus der Schweiz ist.

In diesem Moment ist sie mit Tucker aber maßlos überfordert. Deshalb setzt sie sich neben ihn auf den Boden und wartet. Sagt nichts, macht nichts.

Als er sich endlich beruhigt, breitet sich Stille um sie aus.

»Möchtest du zu *Tysons* gehen und dort mit dem kleinen Zug fahren?«, fragt Emily vorsichtig.

Helen hat ihr erzählt, dass dies einer seiner Lieblingsbeschäftigungen ist und vielleicht lenkt es ihn ab. Allgemein soll das *Tysons Corner Center* ein super Ort sein, um ein bisschen Zeit zu verbringen. Es hat eine Spielecke, den kleinen Zug und auch ein Kino.

Er nickt wortlos und seine Augen leuchten auf.

Emily packt alles zusammen, holt Maddie aus dem Bettchen und steigt mit den Kids ins Auto.

Zum Glück ist die Fahrt zur Mall kurz. Maddie mag es gar nicht, lange im Kindersitz zu liegen und noch ein schreiendes Kind mehr kann sie nun wirklich nicht gebrauchen. Sie kann die Kleine auch verstehen, denn sie würde es auch nicht mögen, immer nur den eigenen Sitz anzustarren.

Bei Tysons angekommen, rennt Tucker sofort in Richtung Eingang.

»Tucker, warte, auf den Parkplätzen musst du immer meine Hand halten. Das weißt du doch«, ruft Emily ihm nach.

Er gehorcht, setzt aber einen beleidigten Blick auf, dem Emily keine Beachtung schenkt.

Den Eingang für die Zugfahrten zu finden ist einfach, denn Tucker weiß genau, wo er lang muss.

Emily erblickt einen kleinen Zug mit fünf Waggons bei einer Spielecke. So wie es aussieht, kreist dieser ein paar Mal durch den Gang im dritten Stock. Sie schaffen es gerade noch rechtzeitig für die nächste Fahrt.

»Drei Tickets, bitte«, sagt Emily am Schalter mit Maddie auf den Armen und wendet ihren Blick zu Tucker hinunter.

Er klatscht aufgeregt mit den Händen und lässt ein freudiges Lachen hören.

Der Mann hinter dem Schalter schaut sie kurz grimmig an, wendet sich dann aber wieder seinem Bildschirm zu und murmelt: »Das Baby ist gratis.« Dann tippt er gelangweilt auf der Tastatur herum und übergibt Emily schließlich zwei Tickets, die sie dankend annimmt.

»Okay, Tucker. Wo möchtest du sitzen?«, fragt Emily. Die Anhänger haben verschiedene Farben und bestimmt hat er eine Lieblingsfarbe.

»Im blauen!«, ruft Tucker und rennt los.

Emily hängt sich natürlich, so gut es mit Maddie auf den Armen geht, an seine Fersen und hilft ihm in den Wagen. Dieser ist so eng, dass sie nicht einmal ihre Beine strecken kann. Kinder bis sechs Jahre dürfen nicht alleine fahren. Da würde es Sinn machen, den Platz zu vergrößern, sodass auch Erwachsene gemütlich sitzen können.

Der Zug setzt sich langsam in Bewegung. Da fällt ihr ein, dass sie gar nicht gefragt hat, wie viele Runden der Zug um die Einkaufsetage dreht. Wenn die Fahrt vorbei ist, muss sie eine neue Ablenkung bereit haben.

»Möchtest du nachher ein bisschen in der Spielecke spielen?«, fragt sie vorsichtig.

Tucker nickt und stampft lachend mit den Füssen.

Langsam hat Emily den Dreh raus. »Und auf der Heimfahrt können wir noch etwas Süßes kaufen. Mommy würde sich sicher auch über eine Kleinigkeit freuen«, sagt sie und bereut es sogleich.

Tuckers Gesicht verzieht sich zu einem schmerzenden Ausdruck und nur Sekunden später fließen wieder die Tränen.

Sie versucht ihn zu beruhigen, macht aber alles nur noch schlimmer. Schließlich erträgt sie es einfach – gefangen auf engstem Raum, umgeben von Fremden, die sie anstarren und wahrscheinlich denken, was für eine schlechte Nanny sie ist. Gott stehe ihr bei.

Am Mittwochabend treffen sich Emily und Laura wie vereinbart zum Shopping bei Tysons.

Jetzt, da Emily Zeit hat, die Mall genauer anzuschauen, stellt sie fest, dass man es mit den Einkaufszentren in Europa nicht vergleichen kann. Es hat drei Etagen. Im obersten Stock befinden sich nur Essensstände und der kleine Spielplatz mit dem Zug. Die vielen Shops auf den anderen zwei Stockwerken lassen keinerlei Wünsche offen.

Trotz des großen Shoppingspaßes kann Emily jedoch nur an die anstrengende Zeit mit Tucker denken. Den Tag in der Mall konnte sie auch nicht mehr retten. Erst als Helen am Abend nach Hause kam, hat sich Tucker endlich benommen.

»Ist alles in Ordnung?«, fragt Laura besorgt.

Emily seufzt. »Es geht um Tucker. Ich habe so Mühe mit ihm und er scheint mich nicht zu mögen.«

Die Angst, dass sie wegen einem Gastkind wieder in die Schweiz reisen muss, ist groß. Die Gastfamilie kann ein Au-pair jederzeit nach Hause schicken, wenn es Probleme gibt.

Laura legt ihren Arm um sie. »Du musst einfach noch ein bisschen Geduld haben. Sobald er sich an dich gewöhnt hat, wird es besser.« Sie wendet sich wieder ein paar Kleidern zu. »Eltern können manchmal auch helfen, das Ganze ein bisschen geschmeidiger über die Bühne zu bringen. Hast du schon mit Helen darüber gesprochen?«

Emily verneint. »Vielleicht rede ich diese Woche mal mit ihr. Aber lass uns nun shoppen. Ich brauche dringend mehr Klamotten«. Sie wendet sich ebenfalls einem Ständer zu, an dem hübsche Sommerkleider hängen, und versucht sich abzulenken.

»Yes! Wir brauchen etwas fürs Weekend«, ruft Laura und klatscht in die Hände.

Emily schmunzelt. »Wer spielt eigentlich am Samstag?«

»Eine Coverband. Aber glaube mir, die sind wirklich toll. Die kennen fast jeden Song und nehmen gerne Wünsche entgegen.«

»Cool«, sagt Emily erfreut. Egal, was für eine Band spielt, sie kann es kaum erwarten in eine Bar zu gehen, wo nur Country-Musik läuft. Hoffentlich wird sie auch genügend Lieder kennen, bei denen sie mitsingen kann.

»Dieses Konzert ist der Place to be dieses Weekend. Es werden bestimmt viele Leute aus der Region da sein.«

Emily dreht sich geschockt zu Laura um. »Auch Alex?«

Laura verzieht den Mund. »Wahrscheinlich. Aber bestimmt mit Jason. Und ich verspreche, auf dich aufzupassen.«

Emily entspannt sich, denn auf Laura ist Verlass. Die Gedanken an Alex dürfen ihre Vorfreude jetzt nicht klauen. »Perfekt.

Ich kann es kaum erwarten«, quietscht Emily vor Freude. »Vielleicht kann ich dann endlich mal wieder ein bisschen tanzen.«

»Bestimmt.« Laura gibt Emily eine feste Umarmung. »Das weiße Kleid da ist übrigens perfekt für dich. Du solltest es anprobieren.«

Als Emily wieder zu Hause ankommt, ist Helen im Wohnzimmer. Sie begrüßt sie mit einem Lächeln. »Wie war das Shopping mit Laura?«

»Super, und ein echtes Schnäppchen. Ich habe auch ein paar Sachen für den Frühling und Sommer gekauft. Es ist ja bereits echt warm draußen. Ich bin mir kältere Temperaturen im März gewöhnt.«

Helen schmunzelt. »Es ist auch für uns eine Überraschung.« Dann ändert sich ihr Gesicht zu einem ernsteren Ausdruck. »Hättest du kurz Zeit, damit wir uns über die letzten Tage unterhalten können?«, fragt Helen, als ob sie gehört hätte, über was Emily und Laura heute gesprochen haben.

Nervosität macht sich in Emily breit. Schickt Helen sie nach Hause, weil es mit Tucker nicht klappt? Nickend legt sie ihre Einkaufstüten auf den Tisch links von ihr und setzt sich ebenfalls auf die Couch.

»Wie waren die ersten Tage für dich?«, fragt Helen ruhig.

Emily überlegt kurz, was sie antworten soll. Sie möchte nicht über Tucker herziehen, doch trotzdem so viel sagen, dass Helen die Situation versteht. »Tuckers Trennungsschmerz hat uns durch die ganzen Tage begleitet, aber ich denke, das wird sich noch ändern. Vielleicht braucht er einfach ein wenig mehr Zeit. Bei Maddie gab es keine Probleme«, meint Emily, ohne vorwurfsvoll zu klingen.

Helen schaut kurz zu Boden, seufzt tief und blickt dann wieder zu Emily. »Ich habe heute Abend mit Tucker gesprochen. Es ist der erste Wechsel von einem Au-pair zum nächsten. Ich denke, das setzt ihm ein wenig zu. Mit Änderungen umzugehen ist nicht so seine Stärke«, erklärt Helen besorgt.

Emily stimmt ihr zu.

Ihr ist auch schon aufgefallen, dass Tucker mit Veränderungen nicht so gut klarkommt. Selbst wenn er von einer Aufgabe zur nächsten wechseln muss, weint er immer.

»Geben wir ihm noch ein bisschen Zeit«, schlägt Emily vor, um Helen klarmachen, dass sie die Situation in den Griff bekommen wird. Sie muss positiv bleiben, denn zurück in die Schweiz will sie nicht.

Helen lächelt. »Du hast recht. Vielleicht mache ich mir zu früh zu viele Sorgen.« Sie steht auf, bleibt jedoch nach ein paar Schritten stehen. »Es muss aber auch für dich stimmen. Mir ist wichtig, dass du dich wohlfühlst und dir nicht zu viel Stress machst.«

Emily winkt ab. »Keine Sorge, ich achte schon auf mich.« Sie ist froh, eine Gastmutter zu haben, die sich so um sie kümmert und auf sie eingeht. Das schätzt sie wirklich sehr.

Mit einem Nicken verschwindet Helen nach oben und Emily machst sich ebenfalls auf den Weg ins Bett.

Emily

Die nächsten Tage waren genau so anstrengend wie der Anfang der Woche und eine Besserung ist nicht in Sicht. Die Situation mit Tucker beschäftigt Emily sehr. Sie hat sich die Zeit mit ihrer Gastfamilie glücklicher vorgestellt. Doch seit sie in Amerika ist, ist jeder Tag eine neue Herausforderung. Das lässt sie ein wenig in Heimweh versinken. Da ihre Eltern aber bereits schlafen, ist ein tröstendes Gespräch, wie sie es schon gestern geführt haben, leider nicht möglich.

Um sich trotzdem ein bisschen wie in der Schweiz zu fühlen, gönnt sie sich eine heiße Schokolade, frisch zubereitet mit *Felchlin-Schokolade* aus ihrer Heimat. Aus der Schublade in ihrem Zimmer, wo sie allerlei Krimskrams aufbewahrt, holt sie die riesige Tafel heraus und geht nach oben in die Küche. Sie nimmt sich eine Pfanne und eine Tasse. Aus dem Kühlschrank holt sie sich noch die Milch, gibt den Inhalt in den Topf und startet den Herd.

Plötzlich hört sie kleine Fußtritte hinter sich in die Küche kommen. Lächelnd dreht sie sich um.

»Was machst du da?«, fragt Tucker mit großen Augen.

»Eine heiße Schokolade.« Bestimmt möchte er auch eine. Kinder sind ja bekanntlich immer auf süße Sachen aus. »Ich erwärme gerade die Milch. Willst du mal sehen?«

Tucker nickt mit glänzenden Augen.

Emily hebt ihn hoch, sodass er in die Pfanne blicken kann.

Die Milch kocht bereits und Tucker muss beim Anblick der Blasen lachen. »Ich will auch!«, sagt er dann wie erwartet.

Emily setzt ihn neben sich auf den Tresen und zögert. Sie weiß nicht, ob sie Tucker am Abend noch Süßes geben darf, denn es ist bereits kurz vor der Schlafenszeit. Deshalb entscheidet sie sich für eine Notlüge. »Dafür habe ich nicht genug gemacht. Du kannst aber gerne von mir ein wenig haben, okay?« Sie nimmt die Schokolade, schneidet sie mit dem Messer klein und gibt sie in den Topf. Dann rührt sie die Masse, bis sich die Milch braun verfärbt. Natürlich wird jeder Schritt genauestens von zwei blauen, wachsamen Augen verfolgt.

Dann gießt sie die heiße Flüssigkeit um und setzte sich mit Tucker an den Tisch.

»Das riecht ja lecker hier.« Helen kommt in die Küche und atmet den süßen Duft nochmals durch die Nase ein. »Schokolade?«, fragt sie anschließend.

»Genau«, antwortet Emily lächelnd.

»Dann ist klar, warum Tucker hier sitzt. Es ist jetzt aber Zeit, die Zähne zu putzen und anschließend geht's ab ins Bett.«

»Nein, Mommy. Ich will noch die Schokolade probieren«, beklagt er sich.

Emily beißt dich auf die Lippen. »Ich habe ihm versprochen, dass er ein wenig probieren darf«, gesteht sie und zwinkert Tucker zu.

»Okay, aber danach geht's ab ins Bett!«, willigt Helen ein und setzt sich neben Tucker, der über beide Ohren stahlt. Sie verwuschelt sein Haar und wendet sich Emily zu. »Wir werden morgen mit den Kids in den Zoo fahren. Hast du Lust mitzukommen?«

»Ich gehe mit Laura wieder nach Maryland, wenn das für dich okay ist. Aber das nächste Mal komme ich sehr gerne mit.« Emily hat sogleich ein schlechtes Gewissen, denn es ist schon das zweite Wochenende, das sie nicht mit ihrer Gastfamilie verbringt.

»Ja, klar. Das klingt doch nach Spaß. Falls du mit deinem Auto fahren willst, kannst du das gerne tun.«

Emily lächelt und bedankt sich. Sie nimmt einen Schluck von der Schokolade. »Ich denke, sie ist jetzt kühl genug. Hier, Tucker.« Sie gibt ihm die Tasse.

Bereits nach dem ersten kleinen Schluck weiten sich seine Augen. »Mmmmh, lecker«, ruft er und nimmt gleich noch einen. Helen und Emily brechen in Gelächter aus.

»Das sieht auch ganz anders aus als unsere Version.« Helen nimmt die Tasse zu sich. »Wie hast du sie gemacht?«, fragt sie neugierig.

»Mit richtiger Schweizer Schokolade und Milch. Eigentlich ganz einfach.«

»Das klingt absolut himmlisch! Bestimmt besser als unsere Schokoladensauce in Milch.«

Emily verschlägt es die Sprache. Mit Pulver kann sie ja noch etwas anfangen. Schokoladensauce hingegen gehört auf Vanilleeis und nicht in eine heiße Schokolade.

»So, Tucker. Das war genug Zucker vor dem Schlafengehen. Zeit fürs Bett. Sagst du noch gute Nacht?«, sagt Helen und steht auf.

Tucker nickt, rennt um den Tisch zu Emily und umarmt sie. »Gute Nacht, Emily, und danke.« Er huscht zurück zu Helen und die beiden gehen hoch ins Kinderzimmer.

Emily hofft, wieder ein paar Pluspunkte bei Tucker gesammelt zu haben. Gegen ihr Heimweh hat die Situation auf jeden Fall geholfen. Sie nimmt ihre Tasse und verschwindet in ihr Zimmer.

Emily steht vor dem Spiegel und betrachtet sich. Das weiße Kleid, das Laura vorgeschlagen hat, sieht bezaubernd aus. Der A-Linien-Schnitt betont ihre Figur perfekt und es ist lang genug, dass sie sich ohne ungewollte Einblicke gut setzen kann. Der herzförmige Ausschnitt lässt ihren kleinen Busen größer wirken und am Rücken machen zwei waagrechte Cut-Outs das Kleid auch von hinten interessant.

Sie zupft ihre Haare zurecht und fährt ihren rosa Lippenstift nach. Ohne geht sie nie auf Partys.

»Die Farbe passt zu dir«, stellt Laura fest, als sie aus der Toilettenkabine kommt.

Emily bedankt sich, verstaut ihre Sachen wieder in der kleinen Handtasche und geht gemeinsam mit Laura zurück in den Gastraum.

Sie ist froh, dass sie abends zu *Port Tobacco Marina* gefahren sind, nachdem sie nachtmittags bei Mike zu Hause herumsaßen.

Am Tisch treffen sie auf ein paar Freunde, die Emily vom vorherigen Wochenende kennt. Alex ist zum Glück nicht dabei.

Sie setzt sich hin und wirft einen Blick in die Speisekarte. Erstaunt zieht sie die Augenbrauen hoch, denn jedes zweite Gericht beinhaltet irgendetwas mit Fisch, vor allem Krabbe. »Ist dieses Restaurant bekannt für Krabben?«

Laura lacht. »Nicht das Restaurant, aber Maryland.«

»Toll, ich liebe alles, was aus dem Meer stammt«, meint Emily erfreut und wendet sich wieder der Karte zu. Ihre Augen bleiben bei *Crab Pretzels* hängen.

Gemäß dem Menü ist das eine weiche Brezel mit einem käsigen Krabbendip und *Old Bay*.

»Was ist denn *Old Bay*?«, fragt Emily.

Lauras Augen leuchten hell auf. »Das ist DAS Gewürz in Maryland. Obwohl man es hauptsächlich mit Krabbe isst, kann man ziemlich alles damit würzen. Du solltest es probieren.«

Emily nickt.

Nach der Bestellung kann sie es kaum erwarten, das Essen zu probieren. Ihr Bauch knurrt laut.

Zum Glück ist der Service schnell.

Als der Teller vor Emily hingestellt wird, ist sie überrascht, wie groß die Portion ist.

Da sie nicht mehr warten kann, schneidet sie sich gleich ein Stück von der Brezel ab.

Das Geschmackserlebnis ist einmalig! Der Krabben-Käse-Dip ist salzig und das Old Bay Gewürz gibt allem eine nussige Note mit einem Hauch von Sellerie. Die Brezel rundet alles perfekt ab.

»Das ist der Hammer! Dieses Old Bay muss ich unbedingt mit nach Hause nehmen«, meint Emily mit vollem Mund, während sie ihr Essen verschlingt.

Als die leeren Teller abgeräumt sind, kommen die Liveband und die anderen Freunde von Mike.

Emily und Laura gehen zur Bar und gönnen sich einen Drink. Im Hintergrund läuft ein Song von Florida Georgie Line, als neben Emily plötzlich jemand auftaucht. »Em, was war denn los letzte Woche?«, fragt eine nur allzu bekannte Stimme. Alex.

Sie erschreckt und dreht sich langsam zu ihm. »Migräne«, antwortet sie knapp und wendet sich wieder Laura zu.

»Er lässt dich einfach nicht in Ruhe.« Laura schnaubt und wirft Alex einen bösen Blick zu.

Seine Reaktion sieht Emily nicht, aber sie hört eine neue männliche Stimme dazukommen.

»Hast du schon bestellt?«, fragt diese.

»Nein, ich war abgelenkt«, antwortet Alex.

Plötzlich verändert sich Lauras Miene zu einem Lächeln. »Jason!« Sie geht zu ihm.

Emily dreht sich um. Für einen kurzen Moment verschlägt der Anblick von Jason ihr die Sprache. *Gott, ist dieser Mann schön.*

Er hat seine blonden Haare locker nach rechts gestylt, sein Gesicht ist markant und seine braunen Augen lassen ihn mysteriös erscheinen. Sein flammender Blick durchdringt sie und sein Lächeln lässt sie für einen Augenblick vergessen, wo sie ist. Sogar die Country-Musik, auf die sie sich so gefreut hat, scheint weit weg zu sein.

»Das ist Emily, ein neues Au-pair aus der Schweiz«, stellt Laura sie vor.

»Ah, du bist also Emily.«

Sie fängt sich wieder und gibt Jason ebenfalls eine Umarmung. Dabei fallen ihr sofort die starken, muskulösen Arme auf. Als sie sich voneinander lösen, kribbelt ihre Haut an der Stelle, wo sie sich gerade berührt haben.

»Was darf's sein?«, fragt der Barkeeper hinter dem Tresen.

»Hi, zwei Whiskey Cola bitte«, antwortete Jason und wendet sich zu Emily. »Auch einen Drink?«

Sie schaut auf ihr Glas, das schon fast leer ist. »Ein Wasser gerne«, presst sie heraus.

Jason hebt die Augenbrauen. »Ein Wasser?«, wiederholt er. »Ah, stimmt, Alex hat erzählt, dass du nicht trinkst.« Er schaut kurz über Emilys Schulter zu Laura. Sie muss verneint haben, den Jason gibt seine Bankkarte dem Barkeeper. »Mach ihr irgendeinen alkoholfreien Drink«, fügt er noch hinzu, bevor der Barkeeper verschwindet, um die Bestellung vorzubereiten.

»Oh, danke«, sagt Emily verlegen und lächelt ihm zu.

»Keine Ursache.« Er stützt sich lässig an der Bar ab. »Gibt es einen Grund für den Alkoholverzicht?«

Da kommt hinter ihm Alex zum Vorschein. Er war überraschend ruhig bisher. »Ja, vielleicht können wir das Problem lösen und dich zu einem Drink überreden«, schlägt er vor und beißt sich auf die Lippen, was ihn nicht sexy, sondern wie ein Schwachkopf aussehen lässt.

Emily schaut hilfesuchend zu Laura. Diese grinst sie aber nur an. Da kommt Emily in den Sinn, dass auch Laura nichts über ihre Vergangenheit weiß. »Ein Experiment«, antwortet sie schließlich und dreht sich zurück zu den Jungs. »Ich schaue, wie lang ich es ohne Alkohol in Amerika aushalte.«

Die anderen brechen in schallendes Gelächter aus.

Was für eine dumme Antwort, schießt es ihr durch den Kopf. Glücklicherweise haben es alle als Witz aufgefasst.

Der Barkeeper kommt zurück und stellt die Getränke hin. Emilys Drink sieht aus wie Gingerale.

»Ich habe noch nie jemanden aus der Schweiz kennengelernt, obwohl ich für ein Jahr an der *London School of Economics* studiert habe. Da gab es Leute aus der ganzen Welt«, Jason nimmt einen großzügigen Schluck von seinem Drink.

Emily schaut ihn erstaunt an. »Ich liebe London! So viel Kultur und Geschichte.«

Ein überraschter Blick ziert Jasons Gesicht. »Ja, die Stadt ist bezaubernd. Trotz der vielen Leute habe ich mich nie gestresst gefühlt. Gut, vielleicht vor den Semesterprüfungen.« Er grinst. »Es gibt auch genügend Platz und nur selten Hochhäuser, die einem die Sicht nehmen.«

»Ja, das Gegenteil von New York«, meint Emily.

»Genau das wollte ich auch gerade sagen.«

Emily traut ihren Ohren nicht. Bei ihren Freunden ist die Stadt, die niemals schläft, sonst immer beliebt. Nur selten zieht jemand London vor.

»Alles okay?«, unterbricht Jason Emilys Gedanken und grinst.

»Ja, bestens sogar.« Sie kriegt das Grinsen nicht mehr von ihren Lippen. »Du magst New York also auch nicht besonders?«

Jason zuckt mit den Schultern. »Von mir erhält die Stadt keine 5-Sterne-Bewertung. Eher eine knappe drei.« Sein Blick gleitet langsam über Emily. »Wenn dir London so gut gefällt, passt du perfekt nach Washington D.C. Ich finde, die beiden Städte haben viel gemeinsam.«

Emily nimmt einen Schluck von ihrem Drink. Es schmeckt nach einem alkoholfreien Moscow Mule. »Ich war ehrlich gesagt noch nicht in D.C. Aber meine Gastmutter meinte, dass es einen besonderen Charme hat. Vor allem im Frühling, wenn die Kirschblüten blühen.«

»Oh, ja. Das würde dir gefallen. Du musst jedoch das richtige Timing haben. Meistens ist Mitte, spätestens Ende April Schluss.«

»Gut zu wissen«, meint Emily lächelnd.

»Wie lange bleibst du denn in Amerika?«

»Sicher bis nächsten Februar. Ich bin ja erst seit etwa einem Monat hier.«

»Gut! Dann habe ich ja noch genügend Zeit, dich besser kennenzulernen oder dir sogar D.C. inklusive Kirschblüten zu zeigen.« Sein Blick durchbohrt Emily förmlich und sie verliert sich wieder in seinen Augen.

Als sie sich zu Laura drehen will, merkt sie, dass sie nicht zu finden ist. Auch Alex scheint plötzlich verschwunden zu sein.

»Ich glaube, sie haben sich unter die Menge gemischt«, stellt Jason fest. »Wenn es für dich okay ist, würde ich mich aber lieber weiter mit dir unterhalten.«

»Liebend gern«, sagt Emily sofort. Sie möchte das Gespräch auf keinem Fall beenden. Vielleicht gibt es ja noch mehr Gemeinsamkeiten. »Was hast du denn studiert?«

»Finanzen an der *Wharton School* in Philadelphia, aber eben ein Jahr in London. Ich hätte gerne das ganze Studium im Ausland gemacht, mein Vater bestand jedoch darauf, mich bereits in seiner Firma zu integrieren, wo ich jetzt auch arbeite.«

Emily hebt die Augenbrauen. »Oh, hat er diese selber aufgebaut?«

»Ja, und das sehr erfolgreich. Er bietet Finanz- und Unternehmensberatungen an. Ich hoffentlich auch irgendwann.«

Emily hatte schon immer großen Respekt vor Personen, die den Mut haben, etwas Eigenes aufzubauen. Deshalb kommt sie aus dem Staunen gar nicht mehr heraus. Doch gerade als sie das Gespräch fortsetzen will, kommt ihr Alex dazwischen.

»Jason, ein paar Leute haben nach dir gefragt.«

Jason dreht sich zur Seite und runzelt die Stirn. »Okay«, antwortet er misstrauisch und wendet sich dann wieder Emily zu. »Wir können uns ja später weiter unterhalten.«

Sie nickt ihm zu. Als sie sieht, dass Jason sich wegdreht, Alex sich aber nicht bewegt und nur blöd vor sich hin grinst, wird ihr unwohl.

»Alex, komm schon. Wer hat nach mir gefragt?«, ruft Jason ihm zu.

Da wendet sich auch Alex zum Gehen.

Emily atmet auf und wagt einen Blick in die Menschenmenge.

Auf der Suche nach Laura stößt sie auf weitere nette Jungs, mit denen sie sich unterhält.

Da taucht Laura plötzlich auf. »Da bist du ja.« Sie zieht Emily zur Seite in die Nähe der Toiletten, wo es etwas ruhiger ist. »Als ich Jason gesehen habe, aber dich nicht, habe ich mir schon Sorgen gemacht. Ich glaube, er findet dich richtig nice.« Ihr Grinsen reicht von einer Wange bis zu nächsten und sie hüpft vor Aufregung auf und ab.

Ein Kribbeln macht sich in Emilys Magen breit. »Meinst du? Ich habe das Gefühl, dass er wahrscheinlich mit jeder so flirtet«, antwortet sie verlegen.

»Ach«, Laura winkt ab, »er flirtet vielleicht hier und da mal mit einer, aber bei dir blüht er richtig auf. Wo ist er eigentlich hin?«

Emily zuckt mit den Schultern. »Keine Ahnung. Alex kam dazwischen und hat ihn mitgenommen. Da habe ich mich mit ein paar anderen Leuten unterhalten.«

»Aber du findest ihn auch toll, oder?«, fragt Laura, ihre Augen weit geöffnet.

Wärme steigt in Emilys Wangen und ein Lächeln huscht über ihre Lippen. »Er ist umwerfend!«, platzt es aus ihr heraus.

»Wen findest du umwerfend? Habe ich Konkurrenz erhalten?« Wie aus dem Nichts steht Jason neben den beiden.

Emily zuckt zusammen und schaut verschämt zu Laura.

Diese formt ein kurzes *Sorry* mit ihrem Mund und verschwindet dann schnell wieder in der Menschenmenge.

Scheiße, was sag ich jetzt? Sie beißt sich auf die Lippen. »Vielleicht. Was würdest du denn machen, wenn es Konkurrenz gäbe?«, fragt sie, um ihre Verlegenheit zu überspielen, und bereut es, als die anziehende Spannung zwischen ihnen sofort wieder auftaucht.

»Zeigen, dass du bereits zu mir gehörst.« Er nimmt Emilys Hand.

Der Herzschlag in ihrer Brust wird schneller.

Jason beugt sich zu ihr vor. Sie rechnet damit, dass er sie küsst, doch stattdessen führt er seine Lippen an ihr Ohr.

Sie spürt seinen Atem an ihrem Nacken und merkt wie sich die Härchen aufrichten.

»Ich würde dich jetzt gerne küssen, wenn du mich lässt«, flüstert er.

Ein Schauder fließt durch ihren Körper und die Aufregung nimmt jede Zelle in ihr ein. Sie möchte ihm die Erlaubnis geben. Doch nicht heute. Nicht jetzt. Aber, wie soll sie ihm das sagen? Jason zieht seinen Kopf zurück und grinst sie an.

Emily versucht die Wirkung dieses Moments zu verstecken und sucht nach einer Ausrede. »Das sagst du bestimmt zu allen Mädchen, die du rumkriegen willst. Doch bei mir funktioniert das nicht«, stammelt sie unsicher, dreht sich um und verschwindet in Richtung Toilette. Ihr ist plötzlich heiß und sie braucht einen Moment, um sich abzukühlen.

Jason

Jason schaut Emily verwundert nach, als sie in der Toilette verschwindet. Er hat nicht damit gerechnet, dass sie seinen Kuss ablehnt. Normalerweise funktioniert es immer, wenn er nach einem Kuss fragt. Dass sie dies anders sieht, macht es nur noch spannender. So schnell wie Laura vorhin verschwunden ist, taucht sie nun neben ihm wieder auf. »Und wie läuft's?« Sie wirft ihm einen fragenden und gleichzeitig auffordernden Blick zu.

Jason kratzt sich den Kopf. »Alex wird sich bestimmt von ihr fernhalten, solange ich ein Auge auf sie werfe. Ich kann jedoch verstehen, was er in ihr sieht.« Er wendet seinen Blick wieder der Toilette zu. Erst jetzt merkt er, was er da gerade gesagt hat. Schnell sucht er nach etwas, um das Thema zu wechseln. »Aber … ähm… sie ist nicht gerade einfach rumzukriegen«, stottert er und scheitert damit kläglich.

Laura verschränkt die Arme. »Normalerweise sind die Mädels betrunken, wenn du sie anbaggerst. Mal sehen, ob dein Charme auch bei einem nüchternen funktioniert«, meint sie lachend.

»Ich hoffe, das tut er. Sie ist echt super sympathisch und wunderschön«, bemerkt Jason und bereut es sogleich wieder. *Warum kann ich nicht einfach meine Klappe halten?*

Laura mustert ihn. »Jetzt komm nur nicht auf falsche Gedanken«, warnt sie. »Es geht hier darum, dass Alex sie in Ruhe lässt.«

»Was hast du eigentlich gegen ihn? Du weißt doch nicht einmal, ob die Gerüchte wahr sind.«

Lauras Blick wird ernst. »Das muss ich nicht. Gerüchte von dieser Art schenke ich einfach mein Vertrauen. Da ist kein Platz für Zweifel«, antwortet sie und erhebt leicht ihre Stimme.

Jason kann Lauras Meinung verstehen. Seit er davon gehört hat, ist auch er aufmerksamer geworden, wenn er mit Alex unter-

wegs ist. Aber er ist sein bester Freund, deshalb hält er zu ihm.
»Ich habe eine Idee!«, unterbricht Laura seine Gedanken. »Du kannst doch tanzen, oder?«

Jason schaut sie verdutzt an. »Ja, klar. Ich bin ziemlich gut«, antwortet er mit einem stolzen Grinsen. Seine Eltern haben ihm das früh beigebracht. Frauen sind oft von seinen Tanzkünsten beeindruckt. Aber das hier ist ein Country-Konzert, kein festlicher Anlass. »Wieso?«

»Fordere Emily zum Tanzen auf. Es ist ihre größte Leidenschaft und wenn du das wirklich so gut kannst, wie du sagst, wirst du sie damit sicher umhauen. Plus, Alex wird euch nochmals zusammen sehen und die Finger endgültig von ihr lassen.« Laura klopft Jason auf die Schulter und verschwindet wieder.

In dem Moment kommt Emily zurück von der Toilette. »Hast du hier auf mich gewartet?«, fragt sie überrascht.

Wie erbärmlich muss es aussehen vor der Frauentoilette auf jemanden zu warten. »Äh, nun«, stottert er. Er muss irgendetwas selbstbewusstes antworten. »Wir waren mit unserem Gespräch noch nicht fertig.«

Emily schaut verlegen zu Boden. Vielleicht hat Laura recht und tanzen ist eine gute Idee. Wenn es ihre Leidenschaft ist, wird sie dabei bestimmt aufblühen.

Er nimmt sie bei der Hand und zieht sie auf die kleine, leere Fläche, die sich gleich vor der Bühne befindet. Es ist zwar ein wenig eng, doch die Leute werden ihnen bestimmt Platz machen, sobald sie loslegen.

»Was machst du denn?«, fragt Emily. Doch das Lächeln auf ihren Lippen zeigt, dass sie versteht, was gerade passiert.

Er legt seine Hand auf ihre Hüfte und zieht sie näher an sich. Ihren Körper an seinem zu spüren verstärkt das Verlangen nach ihr nur noch mehr.

Sie entspannt sich und ihr Strahlen fühlt sich an, als würde die Sonne aufgehen.

Jason muss sich konzentrieren, damit er mit ihr mithalten kann. Die Leute rundherum gehen klatschend ein paar Schritte zurück und jubeln ihnen zu. Einige greifen sogar nach ihren Handys, um diesen Tanz festzuhalten.

Zum Schluss des Liedes dreht er Emily einmal im Kreis und lässt sie über seinen Arm fallen. Ihre Blicke treffen sich und verharren eine Weile aufeinander.

Das ist er. Der perfekte Moment für einen Kuss. Doch diesmal wird er nicht um Erlaubnis fragen.

Er beugt sich über sie und legt seine Lippen auf ihre. Wie erwartet macht Emily mit und küsst ihn leidenschaftlich zurück. Ihre Lippen sich weich und schmecken leicht nach Vanille. Als sich ihre Zungen berühren, kann er einen Hauch Ingwer ausmachen. Süß und trotzdem scharf – genau wie Emily.

Bevor er sich vollständig in dem Kuss verlieren kann, bemerkt er die Leute um sich herum, die immer noch applaudieren. Langsam hebt er Emily wieder hoch, ohne seine Lippen komplett von ihren zu lösen. Als er die Augen öffnet, schaut er in Emilys fröhliches Gesicht und lächelt ihr ebenfalls zu.

Lauras Vorschlag war brillant. Anders als bei anderen Frauen, nimmt Jason ein leichtes Kribbeln in der Magengegend war, doch er ignoriert es. »Und, wie war ich?«, fragt er selbstgefällig, um die erregte Stimmung zu brechen.

»Sehr gut. Ich bin überrascht!«, antwortet sie völlig außer Atem.

»Überrascht, ja?« Er führt seinen Mund wieder an ihr Ohr. »Was wenn wir diese Bar gemeinsam verlassen. Das wäre doch überraschend«, flüstert er verführerisch.

Emilys Wangen werden rot und sie lächelt verlegen. Doch die heiße Stimmung verfliegt, als plötzlich Laura und Mike neben Jason auftauchen.

»Ihr beide wahrt so gut zusammen!«, ruft Laura aufgeregt.

Jason grinst Emily an und merkt an ihrem verträumten Blick, dass seine Worte immer noch in ihrem Kopf herumschwirren.

Oder ist es Lauras Kompliment?

Er legt den Arm um sie. »Wir sind überraschend gute Tanzpartner«, scherzt er.

Emily kichert und schaut zu ihm auf.

Er muss sich beherrschen, sie nicht gleich wieder zu küssen.

»Die Liveband hat Feierabend. Zeit für uns zu gehen«, meint Mike und schaut Jason mit ernstem Blick an.

Sie konnten sich noch nie leiden. Hätte Laura Jason nicht vor Mike kennengelernt, wären sie wahrscheinlich nie Freunde geworden. *Und dann hätte ich Emily nie getroffen*, kommt ihm schlagartig der Gedanke, den er sofort wegschüttelt.

»Ja, wenn die Band weg ist, wird es sowieso lame«, fügt Laura noch hinzu.

Doch Jason möchte nicht, dass Emily geht. Nicht ohne ihn. Wieso sollte er jetzt aufhören, wenn es eigentlich erst losgeht? In dieser Nacht kann definitiv noch mehr passieren als nur ein Kuss.

»Du könntest mit mir nach Hause kommen, wenn du willst«, sagt er zu Emily.

Laura wirft ihm einen bösen Blick zu. »Oh, nein. Sie kommt mit uns nach Hause. Richtig?«

Emilys Augen weitet sich, bevor sie die Stirn runzelt. »Ja, klar«, stammelt sie und wendet sich zu Jason. »Ich kann ja nicht gleich am ersten Abend mit dir nach Hause gehen«, sagt sie lächelnd und streicht mit ihren Fingern über seine Brust.

Doch diese Geste lässt die Lust nach ihr nur noch mehr brennen. Als sie sich zum Gehen wendet, nimmt er Emilys Hand, holt sie mit einer Drehung zurück zu ihm und gibt ihr einen intensiven Kuss. »Damit du mich nicht vergisst«, flüstert er, nachdem er sich von ihr gelöst hat.

Emily errötet. Als sie den Mund öffnet, hofft er, dass sie ihre Meinung geändert hat. »Wir sollten die Nummern tauschen«, schlägt sie vor und nimmt ihr Handy zur Hand.

Jason seufzt enttäuscht und tut es ihr gleich.

Als sie sich das zweite Mal zum Ausgang bewegt, lässt Jason sie gehen und schaut ihr nach. Er ist sich sicher, dass es früher oder später bestimmt ein Wiedersehen geben wird.

Er mischt sich wieder unter die Leute. Normalerweise würde er sich jetzt eine andere Frau suchen, doch er hat kein Interesse, jetzt noch jemand anderen zu finden.

Die Band hat inzwischen aufgehört zu spielen und der DJ hat den Musikstil auf Pop geändert.

»Jason, Bruder«, ruft Alex und kommt aus der Menschenmenge getorkelt. Er legt den Arm um Jason, der sofort merkt, wie sehr Alex die Stütze benötigt, um nicht umzukippen. »Echt uncool, dass du mir die Kleine weggeschnappt hast. Aber du hattest wohl auch kein Glück.«

»Sorry, ich konnte nicht anders. Und was das Glück angeht, bin ich dir doch einen Schritt voraus.« Jason hält sein Handy in die Luft. »Ich habe ihre Nummer.«

Alex schaut in verdutzt und verärgert an. »Du kannst sie mir jetzt nicht komplett wegschnappen. Für heute Abend war das ja okay, aber ich habe sie zuerst gesehen«, argumentiert er mit lauter Stimme.

Jason lacht. »Es geht nicht darum, wer sie als Erstes gesehen hat. Sie hat anscheinend mehr Interesse an mir. Komm schon, du findest schnell eine Andere.«

Alex löst sich von Jason und versucht, ohne Hilfe vor ihm zu stehen. »Solange Eure Majestät das hat, was Ihr wollt«, sagt er und mischt sich wieder unter die Leute.

Jason schüttelt den Kopf. Sie sind sich schon oft in die Quere gekommen und immer haben sie sich wieder vertragen.

Doch die Diskussion mit Alex hat seine Partylaune nun komplett verschwinden lassen. Es ist Zeit für ihn zu gehen.

Als er von der Bar in die Dunkelheit tritt, klingelt sein Telefon. Sofort denkt er, dass es Alex ist, der ihn vielleicht sucht. Doch es ist nicht sein Name auf dem Display, sondern Ashleys, seine Ex.

Jason seufzt. Obwohl sie schon seit über einem Monat getrennt sind, lässt sie nicht locker. Er hat keine Lust auf sie aber das Handy wird so lange klingen, bis er ran geht. »Hi, Ashley«, sagt er mit dumpfer Stimme.

»Und hattest du Spaß mit deiner neuen Freundin?« Jason hört sofort, dass sie betrunken ist. »Ich kann nicht glauben, dass du bereits eine Neue am Start hast! Die Sache zwischen uns ist noch nicht einmal geklärt!«, schreit sie, sodass Jason das Handy von seinem Ohr weghalten muss, um nicht gleich taub zu werden. Heute Abend ist nicht die traurige Ashley voller Sehnsucht am Telefon, sondern eine wütende Bestie.

Er versucht ruhig zu bleiben. Woher weiß sie denn von Emily? Wenn sie auf der Party gewesen wäre, hätte sie sicher nicht angerufen. »Wie kommst du darauf, dass ich etwas mit einer anderen hatte?«, fragt Jason vorsichtig. Er möchte nicht gleich auf den Beichtstuhl, sondern zuerst herausfinden, was Ashley genau weiß.

»Euer Tänzchen sieht man überall auf Social Media!«, ruft Ashley mit bebender Stimme.

Shit. Bestimmt haben einige der Zuschauer die aufgenommenen Videos gepostet.

Während er von Ashley weiter angeschrien wird, überlegt er, wie er sie für heute loswerden kann. Es ist mitten in der Nacht und er möchte einfach nur nach Hause ins Bett.

In diesem Moment fährt sein Taxi auf den Platz.

»Lass uns morgen darüber reden. Ich melde mich bei dir, okay?«, schlägt Jason vor.

Obwohl Ashley zuerst nicht einwilligt, gibt sie nach einem kurzen Hin und Her und ein paar überzeugenden Worten von Jasons Seite nach.

Er legt auf, setzt sich ins Taxi und fasst sich an den Kopf. Wie konnte er sich nur auf so eine Dramaqueen einlassen?

Emily

Am nächsten Morgen erwacht Emily im gleichen Bett wie vorherige Woche. Das aufregende, glückliche Gefühl vom gestrigen Abend steigt sofort wieder in ihr hoch und sie strotzt voller Euphorie. Schnell nimmt sie ihr Handy zur Hand und checkt, ob Jason ihr eine Nachricht geschrieben hat. Doch neben einigen Anfragen auf Social Media sind keine neuen Mitteilungen eingegangen.

Dann hört sie plötzlich ein Klopfen an ihrer Tür und ohne auf Emilys Antwort zu warten, steht Laura im Zimmer.

Normalerweise würde sie das nerven, aber bei Laura stört es sie nicht.

Sie setzt sich neben Emily aufs Bett und hebt die Augenbrauen. »Du siehst happy aus. War ein guter Abend gestern, was?«

Emily kann das riesige Grinsen nicht verstecken. »Es war einfach so schön! Ich habe mir immer gewünscht, jemanden kennenzulernen, der so gut tanzen kann. Das gibt es so selten«, schwärmt sie. Sie wirft sich zurück aufs Bett und denkt an den Tanz. Das war der Moment, als Jason sie wirklich in der Hand hatte. Sie weiß nicht, wann sie jemals so von einem Mann umgehauen wurde.

»Hat er sich nochmals gemeldet?«, fragt Laura neugierig.

»Nein, nicht seit wir gegangen sind.«

Ein dunkler Schatten huscht kurz über Lauras Gesicht.

Die Euphorie wandelt sich in Unruhe um. »Ist es schlecht, dass er sich nicht gemeldet hat? Denkst du, er hat jemand anderes kennengelernt?«, fragt sie und dreht sich auf den Bauch.

»Mach dir keine Gedanken«, beruhigt Laura sie schnell und legt die Hand auf Emilys Schulter. »Er wird bestimmt noch schreiben.«

Laura hat recht. Es ist zu früh, um sich den Kopf zu zerbrechen. Aber das mulmige Gefühl bleibt.

»Leute, das Essen ist da«, ruft Mike von unten.

Die beiden stehen auf und gehen in die Küche.

Mike sitzt am Tisch, vor ihm eine Menge Fast Food. »Ich hoffe, ihr habt Hunger«, sagt er und zeigt auf das Essen von verschiedenen Fast-Food-Ketten. »Ich konnte mich nicht entscheiden«, entschuldigt er sich.

Es ist bereits Mittag und Emily ist kurz vorm Verhungern. Doch auch wenn das Essen absolut himmlisch schmeckt, ist sie von ihrem Handy abgelenkt.

»Emily, wenn du so dringend von ihm hören willst, dann schreibe ihm selber. Immerhin können sich ruhig auch die Frauen mehr bei den Männern melden, findest du nicht?«, meint Laura selbstbewusst.

Soll sie sich wirklich bei ihm melden? Es ist eigentlich nicht ihre Art. Normalerweise melden sich die Jungs immer bei ihr. Aber sie platzt fast vor Ungeduld.

Laura steht auf, nimmt Emilys Telefon und legt es vor ihr hin. »Entweder du schreibst ihm jetzt oder du hörst auf, so trübe Stimmung zu verbreiten und die ganze Zeit auf dein Handy zu starren.«

»Okay, okay, du hast recht.« Sie nimmt ihr Handy zur Hand und schreibt eine kurze Nachricht.

> Hi Jason. War ein schöner Abend gestern. Du hast mich mit deinen Tanzkünsten echt überrascht. ;)

Schnell drückt sie auf Senden, bevor der Mut sie wieder verlassen kann, und starrt Laura an. »Zufrieden?«

Sie nickt grinsend. »Zufrieden. Jetzt lass uns nach Hause fahren. Ich muss heute Abend noch arbeiten.«

Jason

Jason hält vor Ashleys Haus an und atmet tief durch. Er hat sich fest vorgenommen, die Sache mit ihr nun endlich zu klären. Sie kann nicht ewig an ihm hängen, sonst denken sich die Leute noch, dass er mehrere Frauen gleichzeitig hat und jemanden zu betrügen geht ihm absolut gegen den Strich.

Er steigt aus und klopft an die Tür.

Ashley öffnet sofort. Sie sieht müde aus. »Da bist du ja endlich. Wir reden im Wohnzimmer. Meine Eltern sind nicht da«, meint sie schroff und geht zur Seite, sodass Jason eintreten kann.

Als die beiden auf dem Sofa sitzen, macht Ashley keine Anstalten, die Konversation zu beginnen. Anscheinend ist ihr Mut gemeinsam mit dem Alkohol weggeflossen.

»Hör zu, Ashley. Das geht so nicht weiter«, meint er bestimmt. »Du weißt, dass das mit uns nicht gut war. Wir haben uns genau wie gestern Abend immer nur gestritten und darauf habe ich einfach keinen Bock.«

Ashleys Miene verändert sich schlagartig. Ihre Augen werden zu Schlitzen und sie knirscht mit den Zähnen. »Es wäre nicht so weit gekommen, wenn du mir keinen Grund dazu gegeben hättest. Die ganze Zeit hattest du andere Frauen am Start«, schreit Ashley hysterisch.

»Du weißt, dass das nicht stimmt! Du hast in ein paar harmlose Flirtereien viel zu viel reininterpretiert.« Jason merkt, wie sie von Thema abkommen. »Darum geht es jetzt aber nicht. Wir passen einfach nicht zusammen. Du musst über mich hinwegkommen und mich in Ruhe mein Leben leben lassen.«

Da scheint Ashley die Selbstbeherrschung völlig zu verlieren. Sie bombardiert Jason mit wütenden Worten und Flüchen, bis es ihm reicht. Das hat er sich bereits zu oft gefallen lassen.

Er steht auf und geht zur Tür.

Ashley rennt ihm fluchend hinterher. Als Jason sich umdreht, um sich zu verabschieden, verpasst sie ihm eine Backpfeife. Ein pochender Schmerz schießt in seinen Kopf. Er kann sich aber beherrschen. »Tschüss, Ashley«, flüstert er in die Stille und geht.

»Das wirst du bereuen!«, ruft sie ihm nach, als er auf dem Weg zum Auto ist.

Doch ihn interessiert die Drohung nicht. Er fährt los und lässt die Zeit mit Ashley hinter sich. Er ist froh, wenigstens versucht zu haben, die Sache zu klären, auch wenn Ashley wieder nur ausgerastet ist.

Als sein Handy vibriert, wirft er einen kurzen Blick darauf und sieht eine Nachricht von Emily, die bereits vor über einer Stunde eingegangen ist. Sofort breitet sich eine Wärme in ihm aus, die er noch nie zuvor gespürt hat. Er wird ihr jedoch erst später antworten, denn im Moment hat er anderes im Kopf.

Emily

Als Emily aus der Dusche in ihr Zimmer kommt, hört sie einen Piepton. Mit klopfenden Herzen schaut sie zu ihrem Handy auf dem Bett, doch leider ist es nicht Jason, sondern eine Nachricht auf *Instagram*. Sie runzelt die Stirn. Niemand schreibt ihr Nachrichten auf Instagram. Neugierig öffnet sie die Mitteilung und erschrickt.

> Hi, hier ist Ashley! Ich habe gehört, dass du gestern Abend was mit Jason hattest. Ich weiß nicht, ob da noch mehr lief, aber er ist mein Freund. Ich bin nicht böse auf dich, aber ich dachte, du solltest es wissen.

Emily erstarrt. Tausend Gedanken fliegen ihr durch den Kopf, doch einer sticht ganz klar heraus: *Ich habe es wieder getan.* Die Hand, in der sie das Handy hält, zittert und sie bekommt Schweißausbrüche. Tränen steigen ihr in die Augen und ein erdrückendes Gefühl macht sich in ihrer Brust breit. Schnell legt sie sich hin, damit sie nicht umkippt.

In ihrem Kopf wiederholt sie die Worte der Nachricht immer wieder. Der Druck auf ihrer Brust macht es ihr schwerer zu atmen. Sie erinnert sich daran, dass Atemübungen und geordnete Gedanken bei einer Panikattacke helfen. Angestrengt versucht sie, ihre Atmung in den Griff zu bekommen. In ihrem Kopf wiederholt sie immer wieder den gleichen Satz: *Ich habe es nicht gewusst und es ist nicht meine Schuld.*

Nach einer gefühlten Ewigkeit kann sie sich endlich beruhigen. Ihr Brustkorb bewegt sich langsamer und das Gefühl der Angst schwindet.

Doch was soll sie Ashley antworten? Emily möchte einfühlsam und ehrlich sein. Immerhin kann sie ja nichts dafür, dass Jason so ein Arschloch ist. Sie nimmt das Handy wieder zur Hand und tippt die sorgfältig gewählten Worte ein.

> Hi. Oh Gott, das wusste ich nicht. Wir haben uns bei der Party geküsst. Er wollte, dass ich mit ihm nach Hause gehe, aber ich habe abgelehnt. Es tut mir so leid, dass ich mich zwischen euch gedrängelt habe.

Offenbar hat Ashley auf die Reaktion von Emily gewartet. Sie antwortet nämlich innerhalb wenigen Sekunden.

> Versucht er dich seit gestern Abend noch zu erreichen?

> Nein, ich habe heute nichts von ihm gehört.

Da kommt Emily in den Sinn, dass sie ihm geschrieben hat. Ob sie das Ashley erzählen soll? Um nicht noch mehr Drama zu starten, entscheidet sie sich, es für sich zu behalten.

Sie legt das Handy weg und legt sich zurück aufs Bett. Trotz der ganzen Sache mit Ashley, lässt Jason sie nicht los. Wieso macht er sich all die Mühe mit Emily, wenn er sowieso bereits jemanden hat? Es ergibt keinen Sinn. Und war alles gelogen, was er ihr gestern Abend gesagt hat? Sie konnte doch spüren, dass da mehr zwischen ihnen war.

Wärme steigt in ihre Wangen und als ob das Universum ihr alle Fragen beantworten möchte, gibt ihr Handy ein Piepton von sich.

Dieses Mal ist es die nicht mehr so ersehnte Antwort von Jason.

Ja, es war wirklich ein schöner Abend. Du konntest
gut mit mir mithalten. ;) Wie war dein Tag?

Gemäß der Nachricht weiß er nicht, was Ashley ihr gerade erzählt
hat. Auch wenn Emily jetzt lieber mit ihm über banale Sachen ge-
plaudert hätte, kann sie es nicht mehr, denn die Wut in ihr nimmt
Überhand.

Sie fängt an, auf den Bildschirm zu tippen. Es fällt ihr schwer,
die richtigen Worte zu finden. Immer wieder schreibt und löscht
sie den Text und korrigiert Fehler, die sie wegen des schnellen
Tippens macht. Doch zum Schluss bleibt nur das Offensicht-
liche stehen.

Ashley hat sich bei mir gemeldet. Wie konntest
du nur so mit mir spielen?

Sofort klingelt ihr Handy. Jason versucht sie anzurufen.

Ihr Herz schlägt noch schneller, während sie auf den Bildschirm starrt, und nervös wird. Sie kann nicht mit ihm tele-
fonieren. Was, wenn sie wieder eine Panikattacke hat?

Als das Handy verstummt, beruhigt sich ihr Puls.

Eine Nachricht von Jason folgt nur einen Moment später.

Ashley ist meine Ex, wir sind nicht mehr
zusammen. Denkst du wirklich, ich hätte
mir sonst solche Mühe bei dir gegeben?
Bitte ruf mich an!

Emily starrt auf den Bildschirm.

Seine Ex? Das hat bei Ashley aber ganz anders geklungen. Ist diese vielleicht einfach eifersüchtig?

Nein, sie hat Emily netterweise vor Jason gewarnt.

Aber er war so eindeutig auf Emily fixiert und hat nicht lockergelassen. Er hätte ja auch eine andere Frau anbaggern können.

Emilys Gedanken kreisen wie in einem Wirbelsturm wild durcheinander. Sie weiß nicht, was sie auf diese Nachricht antworten soll. Deshalb legt sie das Handy weg und kuschelt sich wieder ins Bett.

Doch dann klingelt ihr Telefon erneut.

Sie möchte es schon ausschalten, als sie sieht, dass es Laura ist.

»Emily, wie geht's dir? Hast du von Jason etwas gehört?«, fragt sie in einem Atemzug.

Emily weiß, dass die erste Frage nur höflich gemeint war. »Ja, du hast gutes Timing«, antwortet sie völlig außer Atem.

»Du klingst bedrückt. Was ist passiert?«

Emily fasst sich an den Kopf und nimmt einen tiefen Atemzug. »Jason hat eine Freundin. Natürlich streitet er es ab, aber sie hat mir selbst geschrieben.«

Laura seufzt. »Meinst du Ashley?«

Emily starrt verwirrt an die Decke. Woher kennt Laura ihren Namen? Sie setzt sich auf. »Ja, genau. Kennst du sie?«

»Kennen ist übertrieben. Aber die sind nicht zusammen, sondern seit etwa einem Monat getrennt. Sie lässt ihn aber nicht in Ruhe und meldet sich jedes Wochenende bei ihm«, erklärt Laura mit einem enttäuschenden Unterton.

»Oh, okay«, stammelt Emily und versucht zu verarbeiten, dass Ashley und nicht Jason lügen könnte. »Ich weiß einfach nicht, wem ich glauben soll.«

»Well, glaubst du mir?«, fragt Laura sichtlich verletzt.

»Klar«, antwortet Emily schnell. »Aber ich möchte niemanden verletzen. Dieses ganze Drama kann ich nicht gebrauchen.«

»Das verstehe ich. Aber vergiss nicht, dass Alex dich in Ruhe gelassen hat. Wenn du jetzt nicht mehr mit Jason sprichst, wird sich das schnell wieder ändern.«

Emilys Gedanken stoppen für einen Moment. »Wie meinst du das?«

Auf der anderen Seite der Leitung wird es still. Laura braucht ganz schön lange, um auf diese einfache Frage zu reagieren. »Nun ja … Sei jetzt nicht böse. Alex hat nicht von dir abgelassen und da habe ich gedacht, dass er sicher aufhört, wenn Jason dich toll findet. Deshalb habe ich ihn gebeten, auf der Party mit dir Zeit zu verbringen.«

Es fühlt sich an, wie ein Stich ins Herz. Nun ergibt es Sinn, wieso Jason nicht lockergelassen hat. »Dann war alles nur gespielt?«, platzt es aus ihr heraus.

»Das glaub ich nicht. Ich kenne Jason bereits eine Weile und habe ihn oft mit Frauen erlebt. Bei dir war er anders. Ich habe das Gefühl, dass er dich wirklich mag.«

Emily weiß, dass Laura es nur gut meinte, da Alex echt nervig und widerlich ist. Deshalb kann sie nicht wütend sein. Aber Lauras Erklärung überzeugt sie zu wenig, als dass sie sich auf weiteres Drama einlassen wollen würde.

»Ich denke, es ist das Beste, wenn ich vorerst nicht mehr nach Maryland mitkomme. Diese Sache wird mir echt zu viel. Tut mir leid.«

»Okay, schade …«, antwortet Laura enttäuscht. »Aber mit uns ist alles in Ordnung, oder?«

»Natürlich. Wir können uns ja diese Woche mal abends treffen«, schlägt Emily vor.

Laura willigt ein und nach einem kurzen Abschiedsgruß beenden sie das Gespräch.

Emily legt sich zurück ins Bett. Von all den Informationen dröhnt ihr der Kopf. Im Moment fühlt sich ihr Leben in Amerika verschwommen und verblasst an. Die Probleme mit

Tucker, Alex und jetzt noch Jason, werden ihr einfach zu viel. Sie muss ihre Gedanken erstmals ordnen, um das Bild klarer zu sehen.

Jason

Als Jasons Wecker am Montagmorgen klingelt, ist er sofort wach. Er war so müde von der Partynacht, dass er früh ins Bett gegangen ist. Er nimmt sein Handy zur Hand und sieht, dass Emily ihm nicht mehr geantwortet hat. Er kann nicht glauben, dass er die Sache mit ihr versaut, bevor sie überhaupt begonnen hat. Vielleicht war sie gestern aber einfach zu müde und die Antwort folgt noch.

Er steht auf, zieht sich an und geht nach unten.

In der Küche wartet schon sein Vater mit einer Tasse Kaffee auf ihn. »Guten Morgen, mein Sohn. Bereit für dein erstes Beratungsgespräch?«, meint er stolz.

»Klar, aber so was von«, antwortet Jason erfreut. Auf diesen Tag hat er lange hingearbeitet. Endlich kann er seine analytischen und kommunikativen Fähigkeiten in Aktion unter Beweis stellen. Doch die Sache mit Emily geht ihm nicht aus dem Kopf und trübt seine Stimmung.

»Sehr gut. Jetzt kannst du zeigen, dass sich dein Finanzstudium und die letzten sechs Monate, in denen ich dich eingearbeitet habe, gelohnt haben. Vergiss nicht, es ist ein wichtiger Klient, den ich dir hier zutraue.«

Jason nickt seinem Vater zu und nimmt einen Schluck von seinem Kaffee.

In diesem Moment gibt sein Handy einen Piepton von sich.

Mit klopfendem Herzen greift er so schnell danach, dass er beinahe das heiße Getränk verschüttet.

»Was ist denn so dringend?«, fragt sein Vater neugierig.

Jason entsperrt das Telefon, nur um von einer Nachricht auf Instagram enttäuscht zu werden. Er hat wirklich gehofft, es sei Emily.

»Jason?«, hakt sein Vater nach.

»Ach, nichts«, antwortet er schließlich. Wenn er eines in seiner Vergangenheit gelernt hat, dann dass er mit seinem Vater nicht über Frauen reden kann. In dessen Augen sind diese nämlich nur Ablenkungen für ihn.

Sein Vater mustert ihn trotzdem vorwurfsvoll.

»So, meine Geschäftsmänner«, unterbricht ihre Mutter glücklicherweise die Unterhaltung und gibt ihnen je einen Kuss. »Ich mache euch jetzt ein ausgiebiges Frühstück, bevor ihr ins Büro verschwindet.« Sie geht zum Kühlschrank, nimmt ein paar Eier und Speck und stellt sich vor den Herd.

Jason schaut erneut auf sein Handy.

Immer noch nichts.

Er hofft, die Sache wenigstens bei der Arbeit zu vergessen, denn für das Gespräch müssen seine Gedanken zu hundert Prozent beim Kunden sein.

Emily

Als Emily hört, wie die Haustür aufgeht, sitzt sie gerade auf dem kalten Boden im Badezimmer und gibt Maddie ein Bad. Sie schaut auf die Uhr. Feierabend. Endlich.

Helen begrüßt Tucker und kommt dann zu Emily und Maddie.
»Hi, wie war dein Tag?«

Emily schaut zu ihr auf. »Ganz okay«, antwortet sie und zwingt sich ein Lächeln auf. Auch wenn sie die Sache mit Jason nicht in ihrem Kopf hätte, wäre heute kein guter Tag mit den Kids gewesen.

Helen setzt sich neben Emily auf den Boden. »Wie war es mit Tucker? Ist es besser, wenn ich mich morgens einfach rausschleiche?«

Emily hält kurz inne, um die richtigen Worte zu finden. »Nun ja, er hat trotzdem ein Theater veranstaltet, als er gehört hat, wie die Haustür ins Schloss gefallen ist und hat nicht aufgehört zu weinen.« Dass Emily in diesem Moment völlig überfordert war und deshalb Tucker einfach alleine ließ, verschweigt sie. Sie weiß nicht, ob Helen das als die richtige Vorgehensweise für seinen Trennungsschmerz empfindet.

»Er muss sich halt daran gewöhnen. Wie war Tucker sonst?«, fragt Helen weiter.

Emily schaut zu Maddie und versucht die Tränen zurückzuhalten. Ihr wird es einfach alles zu viel. Langsam nimmt sie einen Becher mit Löchern im Boden, füllt ihn mit Wasser und hält in der Kleinen über den Kopf.

Maddie lacht, was auch Emily für einen Moment ein Lächeln ins Gesicht zaubert.

»Es war ein schwieriger Tag«, antwortet sie schließlich. Sie weiß nicht, was sie sonst sagen soll. Es muss nicht unbedingt nur an den Kindern liegen. Da die Sache mit Jason immer noch in ihrem Kopf herumschwirrt, war sie heute sicher auch nicht die Freude in Person.

Helen wendet sich ebenfalls Maddie zu.

Für einen kurzen Moment ist es still.

»Ich möchte, dass du weißt, dass Tucker kein schwieriges Kind oder schlecht erzogen ist«, sagt Helen plötzlich. Ihre Stimme war ruhig, aber zitterte leicht. Als Emily sich ihr zuwendet, sieht sie, wie sich ihre Augen mit Tränen füllen. »Er tut sich im Moment einfach schwer, und der Gedanke daran, dass du deswegen schlecht über uns denken oder vielleicht unsere Familie verlassen könntest …« Sie schluchzt. Die Tränen laufen ihr über die Wangen.

Emily ist geschockt und legt ihre Hand auf Helens Schulter. Damit hat sie nicht gerechnet. »Es ist alles okay. Ich würde niemals schlecht über deine Familie denken. Mir ist bewusst, dass Tucker einfach mehr Zeit braucht, sich an mich zu gewöhnen.« Auch sie kann die Tränen nicht mehr zurückhalten. »Wir schaffen es durch diese schwere Zeit gemeinsam! Und keine Angst, ich bin sicher, dass ich Tucker noch für mich gewinnen kann.«

Helen nimmt Emily fest in die Arme.

Durch die Umarmung verfliegen langsam die Sorgen um Jason. Seit Tagen hat sie sich Gedanken um einen Typen gemacht, den sie gerade erst kennengelernt hat, und so die gemeinsame Zeit mit ihrer Gastfamilie verpasst. Sie kann diese eine schlechte Erfahrung nicht ihr neues Leben hier in Amerika beeinflussen lassen. Sie muss jeden Moment genießen.

»Und was das nach Hause gehen angeht, glaub mir, so einfach werdet ihr mich nicht los. Dafür habe ich ein zu großes Durchhaltevermögen«, fügt Emily noch hinzu.

Helen lacht und löst sich aus der Umarmung. »Gut, da bin ich froh«, sagt sie und wischt sich die Tränen aus dem Gesicht.

Nach dieser Aussprache fühlt sich Emily gleich viel leichter. Wer hätte gedacht, dass dieser Moment so emotional werden würde.

In der Metro ist es heiß. Es ist das erste Mal, dass Emily mit der U-Bahn nach D.C. fährt – wahrscheinlich auch das letzte Mal, denn wegen der stickigen Luft wird ihr ganz übel.

»Puh, bin ich froh, wenn wir hier wieder draußen sind«, sagt sie und runzelt die Nase.

Laura lacht. »Ja, ich auch. Ich nehme sonst nie die Metro. Aber während des Cherry Blossom Festivals mit dem Auto in die Stadt zu fahren, ist eine ganz schlechte Idee.«

Die Metro hält an.

»Das ist unser Stopp. Komm«, sagt Laura und steht auf.

Gemeinsam verlassen sie die Metrostation durch einen langen Gang und dann die Treppe hinauf. Oben angekommen, müssen sie das Festival nicht suchen – sie sind bereits mittendrin.

Bis weit in die Ferne sieht Emily die rosa Baumwipfel der Kirschbäume, die alles in eine romantische Frühlingsstimmung hüllen. Der Geruch der kleinen Blüten ist fruchtig-süß, aber trotzdem zart. Wie kann es sein, dass so etwas Schönes nur einige Wochen im Jahr zu sehen ist?

»Wow!«, platz es aus Emily heraus. »Es ist traumhaft.«

»Ja, das ist es wirklich. Kennst du die Geschichte hinter den Bäumen?« Laura grinst Emily zu. Wahrscheinlich weiß sie es und kann es kaum erwarten, mit ihrem Wissen zu prahlen.

Da Emily keine Ahnung hat, schüttelt sie den Kopf.

»Die Bäume waren ein Geschenk der Freundschaft des Bürgermeisters von Tokio irgendwann um 1910 herum.«

»Ich würde dieses Geschenk auch annehmen. Jason hatte recht, die Bäume sind echt zauberhaft.« Emily stockt der Atem. Hat sie das gerade wirklich gesagt?

Laura starrt sie mit großen Augen an. »By the way, hast du dir schon Gedanken gemacht, ob du wieder mal mit nach Maryland kommst?«

Emily seufzt. Sie möchte Laura nicht enttäuschen, aber sie ist noch nicht bereit. Deshalb entscheidet sie sich für eine kleine Notlüge. »Ich weiß nicht. Im Moment bin ich zufrieden, so wie es ist. Mit Tucker wird es jeden Tag ein bisschen einfacher. Das liegt bestimmt auch daran, dass ich an den Wochenenden viel zu Hause bin. Gib mir noch ein wenig Zeit, ja?«

Laura nickt ihr verständnisvoll, aber auch bedrückt zu. Es ist bestimmt nicht die Antwort, die sie hören wollte. »Okay, kein Ding.« Ihr Blick schweift über die Straße, wo später die Parade stattfinden wird. »Wir sollten uns einen Platz mit guter Sicht suchen.« Sie mischt sich unter die bereits eingereihten Leute.

Emily folgt ihr. Während sie versuchen, einen geeigneten Platz zu finden, kriegt sie Jason nicht aus dem Kopf. Wäre sie vielleicht mit ihm hier, wenn die ganze Sache mit Ashley nicht passiert wäre?

»Hier ist doch gut.« Laura grinst Emily zufrieden an.

»Ja, perfekt«, antwortet sie schnell und versucht, ihre Gedanken zu verdrängen. Sie wird den Tag mit Laura genießen. Immerhin ist sie heute extra wegen Emily nicht nach Maryland gefahren.

Jason

Als Jason durch die Tür tritt, ist die Party im vollem Gange.

Alex folgt ihm grinsend. »Samstagabend und so viele Chicks«, ruft er erfreut. »Lass uns loslegen.« Und mit diesen Worten ist er in der Menschenmenge verschwunden.

Jason ist froh, dass endlich wieder eine Party bei Mike stattfindet. Die Chance, dass Emily hier aufkreuzt, ist groß, deshalb schaut er sich sofort nach ihr um. Doch stattdessen stößt er auf jemand anderen. »Laura, hey«, ruft er durch die laute Musik und geht auf sie zu.

»Oh, hi Jason. Wie geht's dir?« Zu seiner Überraschung wirkt sie überhaupt nicht angepisst. Anscheinend ist sie wegen der Sache mit Ashley nicht wütend auf ihn.

»Gut … ähm… Ist Emily hier?«, erkundigt er sich gleich. Auch wenn er sich gerne mit ihr unterhält, geht ein Gespräch mit Emily vor.

Laura verzieht ihr Gesicht und presst die Lippen zusammen. »Nein, sie kommt seit der Sache mit Ashley nicht mehr nach Maryland mit. Sorry.«

Enttäuscht schaut Jason zu Boden.

»Ich habe ihr auch nochmals gesagt, dass sie deine Ex ist«, fügt Laura hinzu. »Aber sie hat keine Lust auf das ganze Drama. Anscheinend hatte sie in der Schweiz genug und …«

»Kannst du nicht nochmals mit ihr reden?«, fällt er Laura ins Wort. »Bitte. Es ist jetzt bereits einige Wochen her und sie reagiert weder auf Nachrichten noch auf Anrufe. Ich weiß nicht, wie ich sonst zu ihr durchdringen soll. Dieses ganze Drama möchte ich ja auch nicht.« Jason atmet laut aus und fasst sich an den Kopf. Sie kann ihn doch wegen dieser Sache nicht komplett aus ihrem Leben streichen.

Laura schaut ihn mit großen Augen an. »Wow, ich glaube, ich habe dich noch nie so verzweifelt gesehen.«

Jason senkt seinen Kopf und schüttelt ihn leicht. »Keine Ahnung, was los ist, aber irgendwie kann ich nicht aufhören, an sie zu denken. Ich möchte sie weiter kennenlernen und die Sache mit Ashley vergessen.«

»Na gut«, willigt Laura ein. »Vielleicht kriege ich sie auf die 4th of July Party. Aber ich hoffe für dich, dass das nicht irgendein Spiel ist, was du hier abziehst.« Sie hebt ihren Finger so nahe an Jasons Nase, dass er zurückweicht.

»Ist es nicht.« Er atmet erleichtert auf und grinst. »Danke, Laura. Du bist die Beste!«

»Ich weiß«, antwortet sie und wischt sich die Haare aus dem Gesicht. Als sie sich wieder unter die Leute mischt, zeigt sie ihm erneut den Finger.

Er versteht und wird Laura zeigen, dass es ihm ernst ist. Die drei Wochen zu warten, bis er Emily wiedersieht, hält er ganz sicher durch.

Emily

Tucker hüpft vor Aufregung wie ein Gummiball rauf und runter. Immer wieder zeigt er auf das große Trampolin, dass sein Vater gerade zusammenbaut.

»So, es ist bereit«, sagt Phil stolz. Er hat heute extra von zu Hause aus gearbeitet, um das Trampolin aufzustellen.

Tucker wartet keine Sekunde. Er steigt die Stufen hoch und hüpft sofort los.

»Hast du die Treppe selbst gemacht?«, fragt Emily.

Sie hat diese bereits im Keller gesehen. Es ist eine Holztreppe, die genau die richtige Größe für das Trampolin hat. Die Kinder erreichen den Eingang so viel einfacher, als wenn sie die Leiter hochsteigen müssten.

»Nein, das war Helens Vater. Was Holz angeht, bin ich nicht so begabt.« Er zuckt mit den Schultern und verschwindet wieder im Haus.

»Emily, komm«, ruft Tucker und winkt mit seiner kleinen Hand. Sein Gelächter schallt durch den ganzen Garten.

»Okay, aber ich muss deine Schwester im Auge behalten«, meint Emily und nimmt ihr Handy mit. Da in Maddies Zimmer eine Kamera ist, kann sie die Kleine beobachten und sieht, wenn sie aufwacht. Emily schnappt sich noch einen mittelgroßen, weichen Ball und kriecht durch die kleine Öffnung im Netz zu Tucker auf das Trampolin.

Zusammen hüpfen sie voller Energie auf dem Gummi auf und ab. Den Ball werfen sie sich dabei zu. Es ist einer der Momente, in denen Emily realisiert, wie gut ihr ihre zweite Familie hier tut.

Nach ein paar energiegeladenen Minuten brennt die Sonne so stark auf sie hinunter, dass beiden die Puste ausgeht und sie sich hinlegen.

»Möchtest du etwas trinken?«, fragt Emily und steht auf.

»Ja! Apfelsaft!«, ruft Tucker, der wie ein Seestern mit ausgestreckt Armen und Beinen auf dem Rücken liegt.

»Okay, bin gleich wieder da«, sagt sie und verschwindet im Haus. In der Küche nimmt sie sich ein Glas Wasser und trinkt es in einem Zug leer. In ihrem trockenen Mund fühlt sich die Flüssigkeit wie eine Erlösung an. Dann füllt sie Tuckers Flasche mit Wasser und einem Schuss Apfelsaft, da Helen den Kids nur verdünnte Fruchtsäfte erlaubt.

Als sie wieder in den Garten kommt, wirft Tucker den Ball fröhlich sitzend an das Netz und fängt ihn wieder.

»Hier, trink«, fordert sie ihn auf.

Er gehorcht und trinkt die halbe Flasche leer. »Danke!«, ruft er laut und rutscht zu Emily herüber. Dann legt er seinen Kopf auf ihren Schoss und schaut sie mit den großen blauen Augen an. »Ich habe dich lieb«, murmelt er leise, doch gerade laut genug, dass Emily ihn versteht.

Überrascht schaut sie zu ihm hinunter. Sie kann nicht glauben, dass das wirklich aus seinem Mund kam. Endlich konnte sie sein kleines Herz für sich erobern.

»Du musst es zurücksagen«, meint Tucker gekränkt und zieht einen Schmollmund.

Emily lächelt. »Ich habe dich auch ganz doll lieb, Äffchen.« Sie fängt an, ihn zu kitzeln.

Er krümmt sich vor Lachen und versucht sich langsam von ihr freizukämpfen. Als es ihm gelingt, nimmt er den Ball und wirft ihn Emily zu.

Sie steht lachend auf und wirft den Ball zurück. Jetzt kann ihr Au-pair-Jahr nur noch besser werden.

Am Sonntagnachmittag sitzt Emily auf der Lounge im Garten und tankt ihr Vitamin D auf, als ihr Handy piept. Die heiße Sonne brennt auf die Erde nieder und der Duft nach Barbecues liegt in der Luft. Der Sommer ist offiziell eingetroffen.

Sie zieht die Sonnenbrille nach oben und schaut auf den Display. Die Nachricht ist von ihrer Mutter.

Noch 5 Minuten. Wir freuen uns!

Emily freut sich auch mit ihren Eltern zu plaudern. Dann kann sie ihnen von dem tollen Erlebnis mit Tucker berichten. Plötzlich hört sie Schritte auf die Terrasse kommen. Helen streckt ihren Kopf durch die Tür. »Wir gehen jetzt zum Pool. Sicher, dass du in dieser Hitze hierbleiben willst?« Sie hebt die Augenbrauen.

»Ja, alles gut. Ich skype gleich mit meinen Eltern«, antwortet Emily. Sie war die letzten Tage immer mit den Kids beim Gemeinschaftspool in der Nachbarschaft. Sie benötigt dringend mal wieder einen Tag ohne Kinder um sich.

»Okay, kein Problem. Grüße sie von mir und bis später.« Helen verschwindet wieder im Haus und Emily hört, wie sich die Haustür schließt.

Gleich darauf klingelt ihr Telefon.

Sie hält es so vor ihr Gesicht, dass ihre Eltern sie gut sehen können.

»Mein Sonnenschein, da bist du ja!«, ruft ihr Vater aufgeregt. »Wie geht's dir?«

Emilys Mund verzieht sich zu einem Grinsen. Es tut so gut, ihre Eltern wiederzusehen. »Alles super«, antwortet sie fröhlich. »Wie geht es euch und Daniel?«

»Gut, gut«, meint ihre Mutter. »Daniel ist in seinem Zimmer.« Sie schaut kurz zur Seite und dann wieder zum Bildschirm.

Erst jetzt fällt Emily auf, dass im Hintergrund Musik läuft und das ziemlich laut.

»Wieso bist du denn heute bei diesem schönen Wetter nicht unterwegs?« Ein besorgter Blick zeigt sich auf dem Gesicht ihrer Mutter.

»Ach, ich wollte mal einen kinderlosen Tag und Laura ist wieder nach Maryland gefahren.«

»Wolltest du denn nicht mit?«

Emily schaut kurz zu Boden. Sie hat ihren Eltern nicht davon erzählt, was mit Jason passiert ist. Sie wendet den Blick wieder zur Kamera. »Nein, dieses Wochenende nicht. Laura ist schon Freitag los und Samstag war ich noch mit der Gastfamilie unterwegs«, lügt sie.

Sie hätte auf die Party bei Mike gehen können, aber da Jason bestimmt auch dort gewesen ist, hatte sie keine Lust darauf.

»Es gibt übrigens Neuigkeiten, was Tucker betrifft. Die Zeit mit ihm hat sich gelohnt. Ich habe mir endlich ein *Ich-hab-dich-lieb* verdient«, sagt Emily schnell, weil sie sich nicht noch mehr in Ausreden verstricken will.

Die Gesichter ihrer Eltern leuchten auf.

»Oh wie schön!«, ruft ihre Mutter.

»Siehst du, Geduld zahlt sich aus«, meint ihr Vater.

Emily würde ihre Freude gerne in die ganze Welt hinausschreien. »Ja, definitiv. Ich habe auch an den Wochenenden viel Zeit mit meiner Gastfamilie verbracht und Tucker hat diese zusätzliche Aufmerksamkeit gebraucht.«

»Anscheinend.« Ihre Mutter lächelt. »Okay, Sonnenschein, wir müssen jetzt los. Wir treffen uns noch mit deinen Großeltern.«

»Kein Problem. Grüßt sie von mir.«

Sie verabschieden sich.

Danach genießt Emily weiterhin die Sonne. Für einen Moment scheint die Sache mit Jason so weit weg und sie kann sich vollkommen entspannen.

Emily

Emily und Laura liegen auf dem Bett und arbeiten an ihren Scrapbooks. Es handelt sich dabei um ein Fotobuch, dass man von Hand mit Hintergründen, Sticker, farbigem Klebeband und vielem mehr gestalten kann. Laura hat ihr davon erzählt. Sie war sofort begeistert und hat ebenfalls eines angefangen. Erst vor kurzem hat sie sich für den nächsten großen Feiertag ein paar Sticker gekauft.

»Hat deine Familie schon Pläne für den 4th of July?«, fragt Emily neugierig.

»Nein, nichts was mich involvieren würde«, antwortet Laura und zuckt mit den Schultern. Es scheint ihr ziemlich egal zu sein, dass ihre Gastfamilie sie nicht sonderlich bei Familienaktivitäten mitnimmt. Doch vielleicht täuscht es auch dadurch, dass sie gerade eine Pause macht und gelangweilt am Handy herumdrückt. »Aber deine bestimmt, oder?«

»Ja, der Gemeinschaftspool in unserer Nachbarschaft organisiert eine 4th-of-July-Parade, bei der die Kids mitmachen. Dafür müssen wir noch einen Umzugswagen mit den Kids dekorieren. Abends fahren wir dann nach Washington D.C., um das Feuerwerk zu schauen.«

»Das Feuerwerk ist awesome!«, schwärmt Laura. »Doch viel wichtiger ist, was wir am Weekend danach unternehmen.« Sie setzt sich auf dem Bett auf. Ihre Augen funkeln wie bei einem Kind, das gerade seine Weihnachtsgeschenke auspacken darf. »Ich war letztes Jahr bei einer großen Houseparty in Maryland mit über hundert Leuten. Da habe ich übrigens auch Mike das erste Mal getroffen«, erzählt sie.

Es überrascht Emily nicht, dass sie sich auf einer Party kennengelernt haben. Immerhin scheinen Hauspartys hier Lauras Leben zu sein.

»Die Party findet dieses Jahr wieder statt und ich werde mit Mike hingehen. Du solltest auch kommen. So eine Fete erlebt man nur here!«, fügt Laura hinzu.

Für einen kurzen Moment möchte Emily ablehnen. Diese Party klingt jedoch nach einem echten Erlebnis. Wahrscheinlich würde sie nie wieder auf so eine riesen Hausparty gehen können. »Klar! Das lass ich mir nicht entgehen«, sagt sie deshalb.

Laura klatscht in die Hände und gibt einen lauten Freudenschrei von sich. Doch dann wird ihr Gesichtsausdruck schlagartig ernst. »Jason wird aber ziemlich sicher auch dort sein. Ich möchte dich einfach vorwarnen.«

In Emilys Magen macht sich wieder ein ungutes Gefühl breit. Seit dem Zwischenfall mit Ashley hatte sie keinen Kontakt mehr mit ihm und sie hat keine Lust, ihm erneut über den Weg zu laufen. Allerdings werden sehr viele Leute auf dieser Party sein und es ist gut möglich, dass sie sich nicht einmal begegnen.

»Ist okay. Ich werde wegen ihm nicht auf den Spaß verzichten«, sagt Emily deshalb und lässt ein kurzes Lächeln über ihre Lippen gleiten.

»Das ist die richtige Einstellung!«, ruft Laura enthusiastisch und hebt ihre Hand zu einem High Five.

Emily klatscht ein. Doch das mulmige Gefühl in ihr bleibt bestehen.

»Wer weiß, vielleicht hast du ja dann trotzdem das Bedürfnis, mit ihm zu reden.«

Emily runzelt die Stirn und hebt kurz die Mundwinkel. »Wahrscheinlich nicht.« Bei den Gedanken an Jason kommt ihr in den Sinn, dass sie auch auf jemand anderen stoßen könnte. »Alex wird bestimmt auch auf der Party aufkreuzen, oder?«

Für einen Moment meint Emily, einen besorgten Blick über Lauras Gesicht huschen zu sehen. »Nun, ja, ziemlich sicher.«

Emily seufzt. »Hoffen wir, dass er sich benimmt.«

»Und sonst wehr dich einfach gegen ihn. Du musst dir nicht alles gefallen lassen. Von niemandem.«

Emily verzieht ihr Gesicht zu einem betrübten Ausdruck. Sie ist schon immer eher Problemen ausgewichen, als sich ihnen zu stellen. »Ich versuche es«, antwortet sie trotzdem.

Die Zeit bis zum 4th of July vergeht wie im Flug.

Emily war immer der Meinung, dass die Schweiz sehr patriotisch ist, doch ihrer Meinung nach übertrifft Amerika dies eindeutig.

Helen hat das ganze Haus in den Farben der amerikanischen Flagge dekoriert, von der Phil ein besonders großes Exemplar beim Hauseingang montiert hat.

Emily musste sich auch passende Kleidung besorgen. Zum Glück war bei *Target* und *Walmart* für den Nationalfeiertag alles in den typischen Farben erhältlich. Sie hat sich schließlich für ein dunkelblaues T-Shirt mit der Aufschrift *USA* in Rot mit weißen Sternen entschieden. Dazu eine passende Haarspange. Ihr Look ist nicht sonderlich aufwendig, aber immerhin dem Tag entsprechend.

»Dein T-Shirt sieht super aus«, meint Helen, als sie das Kinderzimmer betritt.

Emily zieht Maddie gerade ihr Outfit an. Die Kleidung inklusive der Badeoutfits für die Kids erstrahlen ebenfalls in rot-weiß-blau und *Stars and Stripes*. »Danke, du und die Kinder auch. Ich finde es toll, dass sich alle so passend anziehen.«

»Das ist Tradition. Hast du alles für den Pool und die Parade eingepackt?«

»Ja, klar. Alles hier drin«, antwortet Emily schnell und zeigt auf den Rucksack neben ihr. »Jetzt müssen wir nur noch das Auto beladen. Nehmt ihr den Umzugswagen zu euch in den Kofferraum?«

»Ja, den nehmen wir. Den Rest packen wir in dein Auto.«

»Perfekt«, antwortet Emily, nimmt die Kinder und macht sich auf den Weg nach unten, um ein paar Snacks vorzubereiten.

Dann macht sich die ganze Familie auf den Weg zum Gemeinschaftspool.

Es sind bereits sehr viele Leute da, obwohl die Parade erst am Nachmittag stattfindet. Das liegt bestimmt an dem heißen Wetter. Da möchten die meisten die Zeit am Pool noch ein bisschen genießen, bevor die Show losgeht.

Emily nimmt Maddie auf den Arm, Tucker an die Hand und geht ins kühle Nass.

Pooltage sind für sie immer die besten Tage, denn die Kinder sind die ganze Zeit glücklich und Maddie macht einen guten Mittagsschlaf. Letzteren müssen sie heute wegen der Parade jedoch relativ kurz halten. Helen legt Maddie nach dem Mittagessen schnell für eine Stunde zu Hause ins Bett. Danach kommt sie für die Parade wieder zurück. Die Kleine sieht jedoch immer noch sehr müde aus.

»Wie hat sie geschlafen?«, fragt Emily.

»Kurz, aber intensiv. Das hoffe ich zumindest.«

Emily atmet erleichtert auf, da Maddie eine echte Dramaqueen sein kann, wenn sie mittags nicht genügend Schlaf bekommt. Sie nimmt die Kleine zu sich auf den Arm und macht sich auf den Weg zu ihrem Wagen. Sie haben alle gemeinsam einen Bollerwagen angemalt und mit verschiedenen Accessoires dekoriert. Sie legt Maddie in den Wagen und sieht, wie sich auch die Angestellten des Pools zu den Zuschauern gesellen, da sowieso alle Besucher der Parade zusehen.

Tucker hüpft aufgeregt von einem Fuß auf den Anderen. »Geht es bald los?«

»In fünf Minuten. Mommy und Daddy sitzen gleich da drüben und schauen uns zu.« Sie nickt in die Richtung und Helen winkt ihnen fröhlich zu.

»Wo?«, ruft Tucker und kneift die Augen zusammen.

Emily kniet sich zu ihm und zeigt mit der Hand in die Richtung, wo Phil und Helen sitzen. »Dort drüben. Mommy winkt dir zu.«

»Ich kann sie nicht sehen«, jammert er verzweifelt.

Emily seufzt. Gespräche über Sachen, die er nicht sehen kann, führte sie mit ihm in den letzten Wochen nur zu oft. Sie ist sich sicher, dass er eine Brille braucht. »Während der Parade zeig ich dir, wo sie sind«, verspricht Emily und steht auf.

Nur einen Moment später erklingt das Startsignal und die Schlange setzt sich in Bewegung. Begleitet von Kinderliedern marschieren alle langsam einmal um das Poolareal.

Erst jetzt fällt Emily auf, dass viele Kinder ohne Begleitung mitlaufen. Sie hat den Gedanken kaum beendet, als sie plötzlich ein Platschen gefolgt von einem lauten Schrei hört.

Emily dreht sich um und sieht, dass eines der Kinder hinter ihr ins Wasser gefallen ist. Sie zögert nicht lange und springt voll bekleidet in den Pool, um dem Kind zur Hilfe zu eilen. Als sie den kleinen Jungen erreicht, ist er bereits unter Wasser. Schnell zieht sie ihn wieder an die Oberfläche.

Als sie diese erreichen, schnappt der Junge nach Luft. Er ist noch bei Bewusstsein.

Emily zieht ihn zum Poolrand, wo etliche Eltern stehen und das Spektakel beobachten. Eine junge Mutter an vorderster Front kreischt den Tränen nahe, während ein Mann versucht, sie zu beruhigen. Das müssen seine Eltern sein.

Als Emily es zu ihnen schafft, nehmen sie ihr den Jungen gleich ab.

Er hustet wie verrückt, um das Wasser aus seinem kleinen Körper zu pumpen.

»Danke! Vielen, vielen Dank!«, sagt seine Mutter immer wieder erleichtert, während sie ihn weinend in ein Tuch wickelt und fest umarmt. »Du hast ihm das Leben gerettet!«

»Gern geschehen«, antwortet Emily, die immer noch im Wasser steht. Sie steigt aus dem Pool und merkt, wie ihr Körper vor lauter Adrenalin zittert und ihr Herz wie wild hämmert. Schnell setzt sie sich auf einen Liegestuhl.

Helen kommt mit Maddie auf dem Arm zu ihr gerannt. »Ist alles okay?«

»Ja, mir geht es gut.« Sie schnappt nach Luft. »Was ist mit den Kids?« Als sie ins Wasser gesprungen ist, hat sie die beiden für einen Moment vergessen. Natürlich war Maddie im Wagen sicher und Tucker wäre ihr nicht ins Wasser gefolgt. Trotzdem hat sie ein schlechtes Gewissen.

»Ihnen geht es gut. Als ich gesehen habe, dass du springst, bin ich gleich zu ihnen gerannt und habe sie beruhigt«, sagt Helen erleichtert und legt ihre Hand auf Emilys Schulter.

Das lässt ihren Puls ein wenig langsamer schlagen.

Aus dem Nichts taucht Tucker auf und klammert sich weinend an Emilys Bein fest. Obwohl er wahrscheinlich nicht ganz verstanden hat, was gerade passiert ist, muss ihn die panische Aufregung der anderen Leute verunsichert haben.

Emily hebt ihn auf ihren Schoss. »Alles ist in Ordnung, Tucker«, versucht sie ihn zu beruhigen und nimmt ihn fest in die Arme.

»Ich hatte Angst«, antwortet er mit seiner zarten, weinerlichen Stimme.

»Manchmal ist es gut, Angst zu haben, aber es ist alles okay.« Sie drückt ihn noch fester an sich.

»Ich denke, Emily braucht eine Pause«, meint Helen mit einem besorgten Blick und nimmt ihr Tucker ab.

Emily nickt und macht sich auf den Weg zur Toilette. Dort angekommen merkt sie, dass sie kreidebleich ist und ihr Körper vor Aufregung immer noch zittert. Sie wäscht sich das Gesicht mit kaltem Wasser und legt sich danach auf einen Liegestuhl beim Pool. Bevor sie die Augen schließt, sieht sie noch, wie die Eltern mit den Kindern anfangen, alles aufzuräumen. Dann schläft sie vor Erschöpfung sofort ein.

Als Emily am Samstagnachmittag bei Lauras Haus vorfährt, kann sie es kaum erwarten, auf die Party zu gehen. Obwohl sie zuerst wegen Jason unsicher war, freut sie sich und möchte gleich los.

Laura kommt aus der Tür und rennt beinahe zum Auto. »Bist du ready?«, fragt sie und setzt sich neben Emily auf den Beifahrersitz.

»Klar! Ich freue mich schon auf die Party«, antwortet Emily und lehnt sich zu Laura, um sie zu umarmen.

»Hast du dich ein wenig vom Zwischenfall beim Pool erholt?«, fragt sie weiter und schaut sie besorgt an.

»Ja, das Feuerwerk am Abend hat meinen 4th of July doch noch zu einem tollen Tag gewandelt«, antwortet Emily.

»Gut, und jetzt hast du ja auch noch ein wenig Ablenkung.«

»Genau.« Emily startet den Motor. »Wo muss ich eigentlich lang?«

»Zuerst zu Mike, da treffen wir die anderen und fahren gemeinsam zur Party. Du musst übrigens nicht Fahrer spielen, wenn du nicht willst. Mike hat irgendetwas an seinem Truck machen lassen und möchte den Part selber übernehmen«, erklärt Laura und verdreht lächelnd die Augen.

Emily lacht. »Okay, ich bin auch froh, wenn ich die Kindersitze nicht aus dem Auto nehmen muss.«

Während der Fahrt erzählt Laura ihr von der letzten grossen 4th-of-July-Party, was Emilys Vorfreude nur noch mehr aufflammen lässt. Bei Mike angekommen warten ihre Freunde bereits auf sie. Verteilt auf drei Autos machen sie sich auf den Weg zum Partyareal.

Die Fahrt dauert nicht lange und nach einem kurzen Waldabschnitt kann Emily ein Haus auf einer großen Wiese ausmachen, auf welcher die Autos geparkt sind. Gleich daneben befindet sich eine Garage. Die Tore stehen weit offen und Dutzende Menschen tummeln sich darin.

Vor dem Haus befindet sich ein steiler Hang, auf dem eine selbst gemachte Slip-and-Slide aus einer langen Plastikplane,

Babypool und Wasserschlauch aufgebaut ist. Einige der Partygäste rutschen einer nach dem anderen hinunter.

Es kommt Emily beinahe so vor, als ob sie für ein Festival hier wären. Die Party ist bereits voll im Gange. Sie merkt, wie sie ein wenig nervös wird, denn es sind echt viele Gäste.

»Lass uns gleich was trinken«, meint Laura, steigt aus dem Auto, und zieht Emily in Richtung Haus.

Emily ist fasziniert und gleichzeitig beunruhigt wegen dieser großen Party. Plötzlich merkt sie einen Druck auf ihrer Handfläche. Laura ist stehen geblieben und hat ihr einen Drink in die Hand gedrückt.

»Alles okay?«, fragt sie verwirrt.

»Oh, klar, sorry! Ich bin nur so baff von all diesen Leuten.«

Emily nimmt einen großzügigen Schluck von ihrem Drink. Die Flüssigkeit bleibt ihr aber fast im Hals stecken, als sie merkt, dass es Bier ist. Sie hustet.

»Ups, sorry, das ist mein Drink«, entschuldigt Laura sich und tauscht die Becher. »Das sind übrigens noch nicht einmal alle Leute.«

Emily nippt an ihrem Getränk und merkt sofort, dass es sich dieses Mal um alkoholfreies Gingerale handelt. »Krass! Bei uns hätte niemand überhaupt genügend Platz für so viele Leute.« *Geschweige denn würden die Eltern das erlauben*, denkt sie, denn nicht einmal der Gastgeber kann wissen, wer alles hier ist.

Doch eine Person lässt nicht lange auf sich warten.

»Em, schön, dich wiederzusehen. Ne Weile her«, sagt Alex.

»Oh, hi«, antwortet sie. Wie kann er sie in dieser Menschenmenge so schnell gefunden haben? Sie schaut sich um.

Wenn er hier ist, kann Jason nicht weit sein.

»Nach wem suchst du denn? Ich bin doch hier. Das ist alles, was zählt.« Alex wirft seinen Arm um sie. Dieser liegt schwer auf ihren Schultern. »Du trinkst Bier? Was für eine schöne Überraschung.«

»Gingerale«, bemerkt Emily und wackelt mit den Schultern, sodass Alex von ihr ablässt. »Laura, wollten wir nicht zur Slip-and-Slide?«

Laura nickt ihr zu, nimmt sie am Arm und zieht sie mit sich.

»Oh, das lass ich mir nicht entgehen. Dann bis gleich«, ruft Alex ihnen nach, bevor sie ihm Haus verschwinden, um sich umzuziehen.

»Gut gerettet«, meint Laura und klopft Emily auf die Schultern. »Obwohl Alex wahrscheinlich nicht von dir ablässt, wenn du gleich nur noch im Bikini rumläufst.«

»Ich weiß, aber mir ist nichts anderes eingefallen.«

Sie schlüpfen in den Bikini und gehen dann zum Hügel. Wie angekündigt wartet Alex bereits auf sie und stößt einen lauten Pfiff aus. Emily ignoriert ihn.

»Rutschen wir gemeinsam?«, fragt Laura.

Emily nickt. »Klar! Auf drei?«

Sie stellen sich einige Meter hinter dem Hang hin, um genügend Anlauf zu haben. »Eins, zwei, drei!«, rufen sie gleichzeitig und rennen los. Bei der Plane angekommen, lassen sie sich mit dem Po auf das Plastik fallen.

Emily kann noch Alex' Stimme hinter sich hören, doch versteht nicht, was er sagt. Mit hoher Geschwindigkeit rasen sie den Hügel hinab und unten in ein kühles Wasserbecken. Die beiden können nicht aufhören zu lachen.

»Oh Gott, das war so geil! Lass uns gleich nochmals rutschen!«, ruft Emily voller Freude und klettert aus dem Becken.

Laura stimmt zu und folgt ihr jubelnd. So schnell wie es geht, rennen sie den Hügel hinauf, um sich für eine zweite Runde anzustellen. Sie zählen wieder bis drei und als Emily losläuft, sieht sie ihn.

Jason. Mit ernster Miene schaut er ihr direkt in die Augen.

Für einen kurzen Moment kommt ihr alles wie in Zeitlupe vor. Trotzdem wirft sie sich wieder auf die Rutsche, doch diesmal ohne Gejubel. Unten angekommen dreht sie sich gleich zu Laura. »Jason ist mit Alex oben.«

Auch ihr Gelächter verstummt. Sie schaut langsam den Hügel hinauf, während sie aus dem Becken steigen.

Emily versucht, es ihr nicht gleichzutun.

»Ich sehe ihn nicht. Bist du sicher?«

»Natürlich«, antwortet Emily schnell. Sie hat ihn klar gesehen, da gibt es keine Zweifel.

»Das packst du schon. Du wusstest ja, dass er hier ist. Na los!«, meint Laura und macht sich auf den Weg nach oben, den steilen Hang hinauf.

Ja, Emily wusste es. Doch jetzt, da er wirklich hier ist, hat sie keine Ahnung, was sie machen soll. Trotzdem folgt sie ihr.

Als sie oben ankommen, ist Jason jedoch nirgends zu sehen. Auch Alex ist verschwunden.

»Bist du dir wirklich sicher, dass er es war?«, fragt Laura erneut.

»Ja, ganz sicher«, wiederholt Emily und schaut sich weiter um, kann ihn jedoch auch nirgends mehr entdecken. »Vielleicht möchte er genau so wenig mit mir sprechen wie ich mit ihm.«

»Vielleicht«, sagt Laura achselzuckend. »Komm, wir machen uns kurz frisch. Wenn er wirklich hier ist, muss du bombastisch aussehen. Nicht so … nun ja … *nass*.« Sie zieht Emily in Richtung Haus.

Laura hat recht. Von dem Wasser ist ihr Make-up ganz verschmiert und ihre Haare sind wild zerzaust. Sie versucht zu retten, was noch zu retten ist.

»Und wie gefällt dir die Party bis jetzt?«, fragt Laura, während sie ihre Haare zurechtmacht.

»Echt gut. Ich bin froh, dass ich mich entschieden habe mitzukommen.« Es ist die Wahrheit. Doch dass Jason nun wirklich hier ist, geht ihr nicht mehr aus dem Kopf.

»Die Party wird noch besser, glaube mir. Letztes Jahr hatten wir ein riesiges Feuerwerk.«

Emily grinst. Sie liebt Feuerwerk und kann es kaum erwarten, wenn es so weit ist.

Plötzlich grummelt es laut.

Laura schaut entsetzt zu Emily. »War das dein Magen?«, fragt sie lachend. »Wir müssen wohl etwas essen.«

»Gute Idee. Ich habe bei der Garage einen Grill mit Hotdogs und Hamburger gesehen«, meint Emily.

Als Haare und Make-up wieder sitzen, gehen die beiden nach draußen zur Garage.

Doch auf dem Weg treffen sie hinter einer Ecke auf Jason. Emily erstarrt. In ihrem Kopf wirbeln tausend Gedanken durcheinander, sie kann jedoch keinen einzigen fassen.

»Können wir reden?«, fragt er mit ruhiger Stimme.

Da sie kein Wort herausbekommt, nickt sie ihm nur kurz zu und sieht, wie Laura leise zur Tür hinaushuscht.

Jason geht an Emily vorbei zurück ins Wohnzimmer. Dabei streift er kurz ihren Arm, was sich wie ein kleiner Elektroschock anfühlt.

Sie folgt ihm und setzt sich neben ihm auf die Couch. Ihr Herz rast und macht es ihr schwer zu atmen. Sie holt tief Luft und lässt sie dann leise wieder entweichen.

»Wir müssen darüber sprechen, was passiert ist«, sagt Jason langsam. Sein Blick wandert über Emily, als ob er sichergehen möchte, dass es okay ist, weiterzureden. »Ashley *war* meine Freundin. Wir haben uns einige Wochen, bevor ich dich kennengelernt habe, getrennt. Sie will das allerdings nicht begreifen.« Er schaut Emily tief in die Augen. Erst jetzt fällt ihr auf, dass das Innere seiner braunen Iris heller ist als das Äußere. »Ich hätte mir doch nie solche Mühe gegeben, wenn ich bereits eine Freundin hätte. Dieser Abend mit dir war genauso unvergesslich wie du selbst«, fügt er hinzu.

Sofort denkt Emily wieder an den Kuss auf der Tanzfläche. Bereits ein Abend hat gereicht, um die Lust nach mehr hervorzurufen. Sie versucht seinem Blick auszuweichen. Es scheint, als ob er die Wahrheit sagen würde. Sie ist jedoch noch nicht überzeugt. »Laura hat mir von Ashley erzählt. Aber auch, was euer Plan wegen Alex war. Und ich bin mir jetzt unsicher, ob du es wirklich ernst meinst. Dieses ganze Hin und Her kann ich nicht gebrauchen«, fließt es langsam aus Emily heraus. Sie hat sich diese Worte schon vor einer Weile zurechtgelegt. Es aber laut auszusprechen, jetzt, während die gut aussehende Quelle des Dramas vor ihr sitzt, tut weh.

»Doch, ich meine es ernst. Und ich weiß, dass du die Anziehung zwischen uns auch merkst. Das habe ich auf der Tanzfläche gespürt. Bitte, Emily, lass uns da weitermachen, wo wir aufgehört haben.« Jason greift nach ihrer Hand.

Emily weicht nicht zurück. Lässt ihre Hand genau dort, wo sie ist. So oft hat sie in den letzten Wochen an ihn gedacht. Ihn jetzt zu berühren, lässt ihre Haut kribbeln. Ja, sie will ihn. Es fühlt sich wie eine schlechte Angewohnheit an: Sie möchte ihn hinter sich lassen, kann es aber einfach nicht. »Okay, wir können das mit uns nochmals versuchen. Aber kein Drama mehr!«, gibt sie nach.

Auf Jasons Gesicht macht sich ein Lächeln breit. Er legt die Hand an ihre Wange und beugt sich für einen Kuss nach vorne.

Auch wenn sie diesen gerne erwidern will, zieht sie ihren Kopf weg und lächelt. »Lass es uns langsam angehen. Ich möchte mir sicher sein, dass du es ernst meinst«, erklärt sie und ignoriert die Sehnsucht nach seinen Lippen.

Er weicht zurück und schaut sie sichtlich enttäuscht an. »Okay. Dann werde ich es dir beweisen.«

Emily kann sich ein breites Grinsen nicht verkneifen und steht auf.

»Was machst du denn?«, fragt Jason verwirrt.

»Laura suchen. Wir können uns später wieder unterhalten«, antwortet sie und geht zur Tür. Erstens hat der Hunger nun doch die Überhand gewonnen und zweitens muss sie Laura unbedingt erzählen, was gerade passiert ist. Bestimmt wird diese sich freuen, dass sich alles geklärt hat. Bevor Emily nach draußen tritt, dreht sie sich um, schenkt Jason nochmals ihr schönstes Lächeln und verschwindet in Richtung Grill.

Jason

Jason bleibt allein zurück und grinst.

Emily wirkt immer so zurückhaltend und trotzdem gibt es Momente, in denen sie wahrscheinlich unbewusst schlagfertig reagiert.

Er steht auf und macht sich auf den Weg nach draußen zu seinen Kumpels.

Diese warten schon auf ihn.

»Und hast du Em wieder rumgekriegt?«, fragt Alex und reicht Jason ein Bier. Sein Gesicht wirkt ausdruckslos.

»Ja, alles in Ordnung, aber sie macht es mir nicht einfach«, antwortet er und nimmt einen großen Schluck von seinem kühlen Getränk.

»Ach, sonst findest du auch schnell eine Andere. Es gibt hier mehr als genug«, ruft Alex ein bisschen zu laut und dreht sich mit ausgestreckten Armen im Kreis.

Damit du einspringen kannst, denkt sich Jason und schüttelt den Kopf. So weit wird es nicht kommen. »Keine Sorge, meine Geduld ist noch nicht am Ende.«

Ein schwarzer Schatten huscht über Alex' Gesicht, was ein ungutes Gefühl in Jason auslöst.

Schnell schüttelt er es ab und hebt sein Glas. »Auf das niemand von uns heute alleine nach Hause geht.«

Seine Kumpel jubeln und stoßen mit ihm an, doch Alex' merkwürdiger Blick bleibt.

Ein paar Bierchen mit den Jungs später schaut sich Jason nach Emily um. Immerhin möchte er heute noch seinen Kuss erhalten. Es geht nicht lange, bis er sie findet. Sie ist jedoch nicht allein.

Jemand, den er nicht kennt, ist bei ihr.

Er fühlt einen Stich in der Brust. Sie sind zwar nicht offiziell zusammen, trotzdem macht sich sofort Eifersucht in ihm breit. Ohne sich über die eventuellen Konsequenzen Gedanken zu machen, geht er auf sie zu und legt den Arm um sie. »Hey, Babe«, sagt er und drückt Emily einen Kuss auf die Wange, um sein Revier zu markieren.

Emily schaut ihn verdutzt an, grinst aber gleich darauf wieder.

»Ähm, dein Freund?«, fragt der Unbekannte und zeigt dabei auf Jason.

»Ja, ihr Freund«, faucht Jason ihn an, bevor Emily den Mund öffnen kann.

Sofort hebt der Junge seine Hände abwehrend in die Luft, dreht sich um und verschwindet.

»Ach ja?«, meint Emily scherzhaft und wendet sich zu Jason. »Seit wann?«

»Seit du mir eine zweite Chance gegeben hast. Ich teile nicht gerne.« Er legt seine Hand an ihre Wange, um ihr tief in die Augen zu schauen. Wenn er sie nun einfach küsst, wird sie bestimmt nicht zurückweichen.

»Jason«, warnt Emily und zieht ihren Kopf weg, als ob sie seine Gedanken lesen könnte. »Denk nicht dran. Da musst du dir schon etwas überlegen, um dir diesen Kuss zu verdienen.«

Es wäre auch zu einfach gewesen. Doch wenn sie es langsam angehen möchte, hat er den perfekten Vorschlag. »Wie wäre es mit einem Date. Nur du und ich«, schlägt er vor. »So können wir uns besser kennenlernen.«

Emily schaut ihn verdutzt an. »Okay«, antwortet sie, bevor ihre Fassung zurückkehrt. »Wann und wo soll dieses Date denn stattfinden?«

»Nächsten Freitag. Ich hole dich ab.« Er beugt sich zu Emilys Ohr vor und flüstert: »Der Rest ist eine Überraschung.« Als er sich wieder aufrichtet, bemerkt er ihre Verlegenheit. Genau die Reaktion, mit der er gerechnet hat.

»Okay, ich bin gespannt«, meint sie lächelnd.

»Bis nächste Woche ist aber noch eine lange Zeit. Denkst du, ich könnte mir bereits jetzt schon einen Kuss von dir stehlen?«, sagt Jason so verführerisch, wie er nur kann. Ein kleiner Kuss liegt bestimmt drin.

Emily tut so, als ob sie überlegen würde. Doch Jason ist sich sicher, dass sie es genauso möchte, wie er. »Na schön, ausnahmsweise«, antwortet sie schließlich.

Er grinst und nimmt ihr Gesicht in die Hände. Langsam beugt er sich vor und gibt ihr einen leidenschaftlichen Kuss. Sofort fühlt er wieder dieses Kribbeln in seinem ganzen Körper.

Als sie sich im Kuss verlieren, ertönt ein lautes Knallen in der Ferne. Und dann noch eins.

Emily löst sich von Jason und schaut zum Himmel. »Das Feuerwerk. Endlich!«, schwärmt sie. In Gesicht strahlt vor Freude.

Während sie nur Augen für das Feuerwerk hat, kann Jason seine nicht von Emily abwenden. Sie sieht so bezaubernd aus. Er muss wissen, wie dieser Abend enden wird. »Wie kommst du heute eigentlich nach Hause?«, fragt er deshalb.

»Wir schlafen bei Mike. Er fährt noch.«

Super. Dann ist Laura sicher auch nicht weit und somit wird der Abend wohl schneller enden, als es Jason lieb ist.

»Hat er denn nichts getrunken?«, fragt Jason weiter, um irgendetwas zu sagen.

»Ich hoffe nicht«, antwortet sie und sieht sich um. »Ich habe ihn und Laura aber schon eine Weile nicht mehr gesehen.«

»Lass sie uns gemeinsam suchen«, meint er und nimmt ihre Hand.

Mike und Laura sind draußen nirgends zu finden, deshalb machen sie sich auf den Weg zum Haus.

»Bist wohl doch dümmer, als ich gedacht habe!«, ruft plötzlich eine schrille, wütende Stimme hinter ihnen.

Ashley. Jason hat sie sofort erkannt.

Sie drehen sich um. Jason geht instinktiv einen Schritt nach vorne, um sich vor Emily zu stellen. »Lass uns in Ruhe, Ashley. Nur weil es mit uns nicht geklappt hat, heißt das nicht, dass es mit mir und Emily nicht klappt.«

Vielleicht hätte er die Worte besser wählen sollen, denn jetzt kommt Ashley erst richtig in Fahrt. »Du benutzt sie sowieso nur, genau wie du mich benutzt hast! Auch mit ihr willst du nur deinen Spaß haben, bis du genug hast und zur Nächsten ziehst!«, schreit sie und kommt bedrohlich nah.

Jason weicht zurück. In jedem Moment könnte Ashleys Hand erneut auf seinem Gesicht landen. Als er den Mut wiederfindet und seinen Mund öffnet, um etwas zu sagen, schiebt Emily ihn leicht zur Seite.

»Ich danke dir für deine Warnung, Ashley, aber ich brauche deinen Schutz nicht. Ihr seid nicht mehr zusammen, das habe ich nun von mehreren Quellen gehört, und ich möchte es mit ihm versuchen. Wenn es ein Fehler ist, sich auf ihn einzulassen, bin ich selbst dafür verantwortlich«, meint sie mit ruhiger Stimme.

Jason steht wie versteinert da. Sein Blick wandert langsam zu Ashley, die jeden Moment wieder explodieren könnte.

Und tatsächlich verengen sich ihre Augen zu zwei Schlitzen. »Dummes Mädchen«, krächzt sie laut und verringert den Abstand noch mehr. »Er ist ein hinterhältiges, gefühlloses Arschloch, der hat keine Chance verdient. Spätestens wenn du zurück nach Hause fliegst, wird er schneller mit dir Schluss machen, als du *Goodbye* sagen kannst!«

Dieser Vorwurf trifft Jason wie ein Stich und lässt seine Muskeln verkrampfen. Schlagartig wird ihm bewusst, was die Zukunft mit Emily bedeutet. Sie ist nur für ein Jahr in Amerika und er sieht sich nicht als Person, die mit Fernbeziehungen umgehen kann.

Sein Gesichtsausdruck muss seine Unsicherheit widerspiegeln, denn Ashley lacht laut auf. »Ha, schau ihn dir an, er ist schon jetzt verunsichert. Das wird nicht einmal einen Monat halten.« Ashley wendet sich wieder Emily zu.»Renn, bevor er dich ebenfalls verletzt«, flüstert sie gerade laut genug, dass Jason es auch hören kann. Sie wirft ihm einen wütenden Blick zu und verschwindet dann in der Menschenmenge.

In Jasons Kopf dreht sich alles. Gerade war die Welt noch in Ordnung, doch Ashley hat es geschafft, ihn zu verwirren.

»Ist alles okay?«, fragt Emily besorgt.

Jason Körper entspannt sich, doch in seinem Kopf herrscht Chaos.»Ja, klar. Die kann mir nichts anhaben«, lügt er schnell. Er räuspert sich.»Bei dir auch? Sorry, ich wusste nicht, dass sie hier ist und wieder Drama macht.« Er versucht, seine Zweifel zu überspielen. Emily darf nicht merken, wie hart Ashleys Worte ihn getroffen haben.

»Schon okay. Alles in …«

»Emily«, unterbricht sie jemand,»da bist du ja.« Laura kommt gemeinsam mit Mike auf sie zu.»Ich habe mir schon Sorgen gemacht, weil wir dich nicht finden konnten. Mike wird müde und die Party wird auch langsam lahm. Wir möchten jetzt gehen. Ist das okay für dich?«

»Klar, kein Problem. Er hat aber nichts getrunken, oder?« Emily setzt einen ernsten Blick auf.

»Nein, keine Sorge. Er würde es nie riskieren, mit Alkohol am Steuer erwischt zu werden und sein Baby zu verlieren«, antwortet Laura lachend.

Emily stimmt mit ein.

Nur Jason ist nicht zum Lachen zumute. Immer wieder hört er Ashleys Stimme in seinem Kopf: *Spätestens wenn du zurück nach Hause fliegst, wird er schneller mit dir Schluss machen, als du Goodbye sagen kannst.*

Emily stupst ihn an.»Jason?«

»Oh, sorry«, stammelt er.»Was hast du gesagt?«

»Wie kommst du heute nach Hause?«, wiederholt Emily ihre Frage.

»Ähm, ein Freund fährt mich.«

Emily verzieht ihr Gesicht. »Steige aber bitte bei niemandem ein, der getrunken hat, okay?« Obwohl es eine Frage war, hörte es sich nicht so an. Ihre Stimme war ernst und bestimmt, wie bei einem Befehl.

»Klar«, willigt Jason ein. »Sonst nehme ich ein Taxi.« Ein Lächeln zeigt sich auf ihren Lippen. Sie gibt ihm noch einen Kuss. »Wir sehen uns nächste Woche.«

»Ich melde mich bei dir«, meint Jason, bevor Emily mit Laura und Mike in Richtung der Autos verschwindet. Er bleibt alleine mit seinen Gedanken zurück. Wäre eine Fernbeziehung denkbar? Einerseits kann er sich nicht vorstellen, seine Freundin nur durch ein Telefon zu hören. Andererseits hat er sich noch nie so glücklich gefühlt, wenn er mit einer Frau zusammen war. Es ist, als ob zwei Spieler in seinem Kopf miteinander streiten, ob der Ball nun auf oder hinter der Linie war. Und Jason ist der Schiedsrichter, der entscheidet, ob das Tor zählt oder nicht.

Emily

»Boah, was bildet sich diese Ashley denn bloß ein!«, sagt Laura wütend. Gut, dass sie nicht am Steuer sitzt. »Wie hat Jason darauf reagiert?«

»Eigentlich ganz gut.« Emily denkt zurück an den gestrigen Abend. »Nun ja…«

»Was?«, fragt Laura besorgt.

»Als Ashley erwähnt hat, dass ich irgendwann Amerika verlasse, hat sich seine Stimmung schlagartig gedreht.«

Laura ist still. Da Emily auf die Straße achten muss, kann sie nicht einschätzen, wieso. Ihre Freundin hat doch immer eine Meinung, die sie loswerden will.

»Laura?«, fragt sie nach.

»Sorry, es ist nur … Ihr habt mit dem Daten gerade erst begonnen. Es ist noch viel zu früh, um sich darüber Gedanken zu machen. Genießt es doch einfach.« Sie legt ihre Hand liebevoll auf Emilys Schulter.

»Danke. Das ist genau, was ich hören musste.« Emily lächelt. Doch obwohl Laura recht hat, wird sie das ungute Gefühl nicht los, dass Jason vielleicht anders denken könnte. »Wie ist es eigentlich bei dir und Mike? Ihr seid ja in einer ähnlichen Situation.«

»Wir haben schon ein paar Mal darüber geredet und machen uns keine Sorgen darüber«, antwortet sie ruhig.

»Was ist denn euer Plan?«, fragt Emily nach und hält vor Lauras Haus an.

»Während ich studiere, wird er versuchen in Deutschland stationiert zu werden, und danach geht es für mich nach Amerika.«

Emily ist überrascht darüber, wie genau sie ihre Zukunft schon geplant hat. »Dann wirst du Deutschland offiziell verlassen?«

»Ohne mit der Wimper zu zucken«, bestätigt Laura und lächelt. Dann beugt sie sich zu Emily und gibt ihr eine Umarmung. »Bis nächste Woche. Ich melde mich.« Sie steigt aus und winkt Emily noch zu.

Auf der Heimfahrt kann Emily nicht aufhören, an Laura und Mike zu denken. Es ist toll, dass sie schon einen Plan haben und Laura wirklich bereit ist, für immer in ein anderes Land zu ziehen. Doch die Entscheidung, wie sie die Sache selbst handhaben möchte, schiebt sie auf.

Als Emily zu Hause ankommt, sitzt Helen im Wohnzimmer, ansonsten ist es still. Die Kinder können unmöglich hier sein.

Helen begrüßt Emily mit einem Lächeln und macht neben sich auf dem Sofa Platz. »Komm setz dich«, sagt sie und klopft mit der Hand auf das Polster. Bestimmt möchte sie wissen, wie die Party war.

»Wo sind denn die Kinder und Phil?«, fragt Emily schnell, bevor Helen die erwartende Frage stellt.

»Sie sind in der Mall und machen einen Vatertag«, antwortet sie grinsend. »Deshalb habe ich endlich mal ein bisschen Zeit für mich. Aber nun zu dir. Wie war das Fest? So, wie du dir eine amerikanische Hausparty vorstellst?«

»Viel größer als erwartet. Das war wie im Film«, antwortet Emily und senkt ihren Kopf. Bei dem Gedanken an den gestrigen Abend fangen ihre Wange an zu glühen.

Helen grinst und neigt den Kopf zur Seite. »Da ist noch etwas, dass du mir nicht erzählst, oder?«

Emily presst die Lippen aufeinander und hebt den Kopf. Helen kennt sie bereits zu gut. »Ich habe jemanden kennengelernt.«

»Oh, schön, wie heißt er denn und woher kommt er?«, fragt Helen neugierig. Emily konnte jedoch den skeptischen Ton, den nur Mütter draufhaben, genau hören.

Deshalb entscheidet sie sich, das erste Treffen und Ashley aus der Geschichte zu streichen. »Er heißt Jason, auch aus Maryland und nächste Woche gehen wir auf ein Date.«

»Das freut mich so für dich«, sagt Helen immer noch ein wenig skeptisch. Wahrscheinlich möchte sie die Mutterrolle übernehmen, sonst passt hier ja niemand auf Emily auf.

Ihre Unterhaltung wird durch das Öffnen der Tür und ein Kichern unterbrochen. Das Geräusch kleiner, stampfenden Füße hallt durch den Raum.

»Tucker, Schuhe aus«, ruft Phil von draußen.

Tucker tut wie ihm geheißen und rennt dann lachend um die Couch zu Helen.

»Hey, Äffchen, hattet ihr Spaß in der Mall?«, fragt sie und nimmt ihn in den Arm.

»Ja, ja, ja!«, ruft er aufgeregt. Dann erblickt er Emily und seine Augen leuchten kurz auf. »Emily! Ich habe dich vermisst.« Er kuschelt sich an sie.

Sie streichelt seinen Kopf. »Ich war doch nur ein Wochenende weg, Äffchen.«

»Zu lange«, antwortet er und schlingt seine Arme noch fester um sie.

Emily lächelt. Seit Tucker sie endlich akzeptiert hat, fühlt sie sich hier wirklich wie in einer zweiten Familie.

Inzwischen ist auch Phil hereingekommen und Maddie bereits bei Helen auf dem Arm.

»Ach, übrigens. Fast vergessen. Wir werden im August für eine Woche nach Ocean City fahren. Mein Vater hat dort ein Ferienhaus«, meint Helen und streichelt dabei Maddies Kopf. »Die Aupairs kommen im Normalfall immer mit. Hättest du Lust?«

»Klar«, sagt Emily erfreut. Urlaub am Meer möchte sie auf keinen Fall verpassen.

Jason

Jason schluckt bereits die zweite Kopfschmerztablette und trinkt ein Glas Wasser. Obwohl er den ganzen Tag im Bett lag, zeigt die gestrige Party immer noch Nachwirkungen. Oder liegt es vielleicht doch an dem ganzen Kopfzerbrechen?

Es klopft an der Tür.

»Ja?«, ruft Jason mit gebrochener Stimme.

Alex tretet ins Zimmer. »Alter, was war denn gestern mit Ashley los?«, fragt er belustigt. »Die hat dich ja mal wieder krass angeschrien.«

»Ja, immer das gleiche mit der.« Jason seufzt und stellt sein leeres Glas auf seinen Nachttisch.

»Das wäre nicht passiert, wenn du Emily mir überlassen hättest«, mein Alex und zwinkert ihm zu.

Jason ignoriert die Aussage. Er hat keine Lust auf Diskussionen und es ist nicht seine, sondern Emilys Entscheidung, wen sie daten möchte.

Doch was Ashley gesagt hat, geht ihm nicht mehr aus dem Kopf. Sie könnte recht haben. Aber irgendetwas an Emily lässt ihn nicht los. Er muss das Thema mit jemanden besprechen, und da Alex ihn seit Jahren kennt, wird er sicher eine Antwort bereithalten. »Denkst du, ich wäre fähig, eine Fernbeziehung zu führen?«, fragt er schließlich.

Alex lacht laut. »Niemals!«, platzt es aus ihm heraus. »Wieso meinst du? Wegen Emily?«

Jason schaut kurz verlegen zu Boden, dann aber wieder zu Alex. »Ja, wegen Emily. Irgendwie habe ich das Gefühl, dass zwischen uns mehr ist als sonst.« Erst jetzt wird ihm bewusst, wie wahr die Worte sind. Dieses Kribbeln in seinem Körper, wenn Emily in der Nähe ist, hat er noch nie gefühlt.

»Mehr?«, platzt es aus Alex heraus. »Ach, komm schon. Was willst du mit einer Frau, die kilometerweit weg ist? Das wäre nur Stress und keinen Spaß, wenn du weißt, was ich meine. Hab einfach *jetzt* deinen Spaß mit ihr und bevor sie nach Hause geht, lässt du sie links liegen.« Alex grinst und zwinkert Jason zu.

Das war nicht die Antwort, die sich Jason erhofft hat, aber er hätte damit rechnen müssen. Immerhin waren sie bei vergangenen Beziehungen immer so drauf. Sobald sie keine Lust mehr auf die Frau hatten, beendeten sie es einfach und suchten die Nächste. Aber Emilys Nähe fühlt sich an wie eine Droge, nach der er bereits süchtig ist. Er muss die Zeit, die er jetzt mit ihr hat, genießen. Um den Entzug kann er sich auch kümmern, wenn es so weit ist.

Da fällt ihm das anstehende Date mit Emily wieder ein, für das er keinerlei Ideen hat. Es soll einmalig werden. »Ich habe Emily nächste Woche ein Date versprochen«, sagt Jason und fasst sich an die Stirn. »Hast du eine Idee?«

»Irgendwas mit Schlafmöglichkeit«, antwortet Alex und bewegt seine Hüfte stoßweise nach vorne.

Jason lacht. »National Harbor? Da war sie vielleicht noch nicht und da gibt es ein paar schöne Plätze.«

»Klar, wieso nicht«, meint Alex gleichgültig. »Ich hatte gestern übrigens auch meinen Spaß«, fährt er euphorischer fort und prahlt den Rest des Abends über seinen Fang der Woche.

Doch Jasons Gedanken bleiben bei Emily. Er kann es kaum erwarten, sie bald wiederzusehen.

Emily

Das gute Wetter erlaubt es Emily und den Kindern, den ganzen Tag am Gemeinschaftspool in der Nachbarschaft zu verbringen. Die meiste Zeit planschen sie im Babypool und spielen mit den anderen Kindern.

»Okay, meine Lieben. Der Bademeister macht fünfzehn Minuten Pause«, ertönt eine Stimme durch die Lausprecher. »Auch wenn Emily heute hier ist, möchten wir nicht, dass sie ein zweites Mal einspringen muss, also seid vorsichtig.«

Die Leute schmunzeln und lächeln Emily freundlich zu. Seit dem Zwischenfall am 4th of July kennen sie alle hier. Doch die Mutter des Kindes, das sie gerettet hat, ist nicht mehr aufgetaucht.

»Hi, Emily, wie war der Tag?«, fragt Helen, als sie beim Pool ankommt.

»Super! Sie werden beide wieder gut schlafen«, meint Emily und lächelt ihr zu.

»Perfekt. Dein Arbeitstag ist somit offiziell zu Ende. Geh du schon mal nach Hause. Ich räume hier mit den Kids noch auf und folge dann gleich. Ich möchte ja nicht, dass du zu spät zu deinem Date kommst«, meint Helen grinsend.

Emily presst die Lippen zusammen. Bei dem Gedanken an den Abend wird sie ein wenig nervös. »Perfekt, danke, Helen.« Sie nimmt ihre Sachen und geht zum Auto.

Zu Hause angekommen stellt sie sich gleich unter die Dusche. Dann zieht sie ein gelbes A-Linien-Kleid an, dass sie sich bereits zur Seite gelegt hat. Der V-Ausschnitt gibt von ihrem Busen zwar nicht viel her, doch durch die einzelnen Schichten des Rockes wird ihr Po perfekt in Szene gesetzt. In ihre Haare dreht sie ein paar feine Locken und trägt noch ein dezentes Make-up auf.

Natürlich darf aber ein zarter Lippenstift nicht fehlen. Heute greift sie zu einem dezenten Nude-Ton.

Sie betrachtet sich im Spiegel, da klingelt es an der Tür. Als sie öffnet, verfliegt die Nervosität und macht purer Vorfreude Platz. »Hi, Jason«, begrüßt Emily ihn, doch gleich danach verschlägt es ihr die Sprache.

Sein enges, weißes T-Shirt betont jeden Muskel seiner Arme und ihr Herzschlag nimmt Fahrt auf.

»Hi, Babe«, sagt er grinsend. Er gibt Emily einen Kuss und kommt herein.

»Und, was haben wir denn heute vor?«, fragt Emily neugierig. Die ganze Woche stellte sie sich diese Frage, da ihr Jason nicht sagen wollte, was er plant.

Gleich darauf sind kleine Schritte hinter ihr hörbar. »Wer ist das?«, fragt Tucker mit aufgeregter Stimme, während er auf die beiden zurennt.

»Hallo, kleiner Mann.« Jason kniet sich auf den Boden. »Ich bin Jason«, stellt er sich vor. »Du bist Tucker, richtig?«

Tucker kichert und nimmt Emilys Hand. »Kann ich ihm meine Autos zeigen?«, fragt er dann mit der lieblichsten Stimme, die man sich nur vorstellen kann.

Emily schaut zu Jason, der zustimmend nickt. »Okay. Aber nur kurz, denn bald ist Bettzeit.«

Schnell rennt Tucker zurück ins Spielzimmer und Jason folgt ihm.

Emily geht kurz nach oben, um an Maddies Zimmertür zu horchen.

Es ist still. Bestimmt hat Helen Maddie bald fertig gefüttert. Sie möchte Jason nämlich noch kennenlernen, bevor Emily auf das Date mit ihm geht.

Leise macht sie sich wieder auf den Weg nach unten zu den anderen zwei.

Vor Tucker stehen etwa dreißig verschiedene Autos über die er Geschichten erzählt.

Genau wie Emily am ersten Tag hört Jason ihm aufmerksam zu. Zwischendurch gibt er Kommentare ab, was hin und wieder zu kleinen Diskussionen führt.

Der Anblick dieser Szene zaubert Emily ein Lächeln auf die Lippen.

Dann hört sie, wie hinter ihr jemand die Treppe herunterkommt. Das muss Helen sein.

»Ist sie gut eingeschlafen?«, fragt Emily leise.

»Ja, sehr schnell. Sie war müde nach dem Tag am Pool. Ich musste sie beinahe dazu zwingen, vorher ihre Flasche zu trinken.«

Tucker rennt kichernd zu Helen. »Mommy, schau, ich habe einen neuen Freund.«

Jason steht auf und stellt sich Helen freundlich vor.

Sie begrüßt ihn in ihrem Zuhause und mustert ihn genau. »Es ist schön, dich kennenzulernen. Und danke, dass du unseren kleinen Wirbelwind beschäftigt hast.« Sie schaut zu Tucker hinunter und streichelt seinen Kopf.

»Es war mir ein Vergnügen. Seine Autosammlung ist wirklich sehr beeindruckend.«

Tucker setzt einen stolzen Blick auf, der alle zum Lachen bringt.

»Ja, und es werden immer mehr. Aber jetzt ist es Zeit fürs Bett.« Sie wendet sich Tucker zu. »Willst du noch Tschüss sagen?«

Er zieht einen Schmollmund. Doch nur einen Moment später reibt er sich gähnend die Augen und schlendert zu Emily hinüber. »Gute Nacht«, haucht er mehr zu sich selbst und gibt Emily ein Küsschen.

»Gute Nacht, Äffchen. Ich habe dich lieb«, sagt sie zurück.

Helen wünscht ihnen noch einen schönen Abend, nimmt Tucker auf den Arm und trägt ihn nach oben.

Bevor seine Augen von selber zufallen, winkt er Jason zum Abschied noch zu.

Jason winkt zurück. »Er ist wirklich süß«, meint er zu Emily.

Sie schmunzelt. »Ja, aber nicht immer.« Sie dreht sich zu ihm und legt die Arme auf seine Schultern. »Also zurück zu meiner Frage, was haben wir heute vor?«

Er grinst geheimnisvoll. »Das wirst du bald sehen.« Er nimmt Emilys Hand und führt sie aus dem Haus.

Auf dem Vorplatz steht ein blauer Sportwagen, der bestimmt ein Vermögen gekostet hat.

»Das ist dein Auto?«, ruft Emily überrascht.

»Jap«, antwortet Jason stolz und öffnet ihr die Tür. »War ein Geschenk meiner Eltern.«

Das verschlägt Emily noch mehr die Sprache. Niemand in ihrem Umfeld hat je ein Auto geschenkt bekommen. Geschweige denn eines wie dieses hier.

Sie steigt ein und Jason setzt sich ans Steuer. »Wir fahren zurück nach Maryland. Es ist aber nicht weit«, erklärt Jason grinsend. »Warst du schon mal beim National Harbor?«

»Laura und Helen haben mir davon erzählt aber bis jetzt habe ich es noch nicht geschafft, National Harbor zu besuchen. Es soll sehr schön sein da«, antwortet sie.

»Ja, das ist es wirklich. Ich bin froh, der Erste zu sein, der es dir zeigen darf.« Er startet den Motor und mit einem lauten Heuler fahren sie los.

Zu Beginn fahren sie den normalen Weg in Richtung Maryland, doch nach der langen Brücke auf der I-495 biegen sie nach rechts ab.

Emily hat das große, bunt leuchtende Riesenrad am *Potomac River* schon oft gesehen und sich immer gefragt, was sich sonst noch dort befindet. Nun weiß sie, dass es zum National Harbor gehört.

Sie fahren auf einen breiten Platz, auf dem Jason seinen Wagen parkt.

»Okay, wir sind da«, sagt er und öffnet seine Tür.

Emily war so verzaubert vom Ausblick, dass sie gar nicht gemerkt hat, dass Jason ausgestiegen ist und ihr nun die Tür öffnet.

»Du hast wohl nur darauf gewartet, dass ich mich wie ein Gentleman benehme, was?«, scherzt er.

»Natürlich, was denn sonst?«, entgegnet sie grinsend und steigt ebenfalls aus.

Sie kann ein verschmitztes Grinsen in Jasons Gesicht ausmachen. »Zuerst gehen wir etwas essen.«

»In Welches Restaurant denn?«, fragt Emily neugierig.

Jason antwortet nicht, sondern nimmt ihre Hand. Er führt sie an einem Karussell und den Häusern vorbei zum Hafen.

Sie gehen auf einen großen sandigen Platz gleich am Wasser zu, in dessen Mitte eine Skulptur zu versinken scheint. Riesige Metallhände und ein schreiendes Gesicht ragen in die Höhe. Sie erinnert Emily an die griechische Mythologie, die sie schon immer sehr interessant fand.

Dahinter befindet sich eine Wiese, auf der es sich viele Menschen mit einer Decke gemütlich gemacht haben. Eine Art Leinwand steht vor ihnen, deren Bildschirm aber schwarz ist.

»Zweimal die Woche werden hier Filme gezeigt. Man kann sich auf die Wiese setzen und den Abend genießen«, erklärt Jason.

»Was für eine tolle Idee. Dieser Ort ist wirklich bezaubernd«, schwärmt Emily. Zeit am Wasser zu verbringen war schon immer sehr beruhigend für sie und diese Atmosphäre hier lässt Urlaubsstimmung aufkommen.

Sie nehmen eine breite Treppe nach oben. Links und rechts stehen hohe Häuser, in denen Emily Cafés, Hotels, Eisdielen, Bars und vieles mehr ausmachen kann.

Jason bleibt vor einem Restaurant stehen.

Auf dem Schild beim Eingang leuchten die Buchstaben *Rosa Mexicano*.

»Ich hoffe, du magst Mexikanisch«, sagt er und öffnet ihr die Tür.

»Gibt es wirklich Menschen, die das nicht mögen?«, scherzt Emily und bringt Jason zum Lachen.

Sie treten ein und sofort kommt eine Kellnerin auf sie zu. Als sie die Reservation gefunden hat, führt sie die beiden an einen Tisch vorne am Fenster.

Durch dieses haben sie einen wunderschönen Ausblick auf den Harbor und das große Riesenrad.

Auch jetzt benimmt sich Jason wie ein Gentleman und zieht ihren Stuhl nach hinten, bevor er sich selber gegenüber hinsetzt.

»Dieses Restaurant ist großartig«, schwärmt Emily und blickt in die Ferne.

»Und das Essen ist echt lecker. Wir sollten uns zur Vorspeise Chips mit Dip teilen«, schlägt Jason vor. »Die bereiten die Guacamole gleich hier am Tisch zu, wo man alles genau beobachten kann.«

Er muss also schon mal hier gewesen sein.

»Unbedingt, ich liebe Avocado«, stimmt Emily ihm zu.

Als die Kellnerin zu ihrem Tisch kommt, bestellen sie sich genau das und zum Hauptgang je eine Kombination aus drei verschiedenen Enchiladas. Die Guacamole wird sofort an ihrem Tisch zubereitet. Es macht Spaß zuzusehen und man kann selber entscheiden, wie würzig sie sein soll. Als der Mann mit dem Guacamole-Wagen wieder verschwindet, fangen die beiden an zu essen.

»Bist du sicher, dass du danach noch ganze drei Enchiladas essen kannst?«, neckt Jason Emily und hebt die Augenbrauen.

»Warte es ab. Nur weil ich klein und schlank bin, heißt das nicht, dass ich nicht viel esse.« Emily zieht eine Grimasse und lehnt sich in ihrem Stuhl zurück. Da bemerkt sie, dass Jason ihr Medaillon anstarrt.

»Es ist wunderschön. Bei unserer ersten Begegnung hast du es schon getragen. War es ein Geschenk?«

Unbewusst legt Emily ihre Hand auf den Anhänger. »Ja, von meinen Eltern. Sie haben es mir am Flughafen gegeben, bevor ich hierhergeflogen bin. Es beinhaltet ein Foto von meiner Familie.«

»Darf ich es sehen?«, fragt Jason mit großen Augen.

Emily legt das Medaillon ab, öffnet es und reicht es ihm über den Tisch. »Das sind meine Eltern und mein Bruder.«

Er nimmt es entgegen und betrachtet es genau. »Du vermisst sie bestimmt sehr. Ich kann mir nicht vorstellen, so weit von meiner Familie entfernt zu sein«, sagt er, als er ihr die Kette zurückgibt.

»Ja, klar vermisse ich sie. Aber ich bin fast täglich mit ihnen in Kontakt. Sogar mit meinem Bruder Daniel schreibe ich ab und zu.«

»Wie alt ist er denn? Er sieht jünger aus als du.«

»Achtzehn Jahre alt, wird bald neunzehn.« Emily versucht sich das Medaillon wieder anzulegen, kriegt es alleine aber nicht hin.

»Warte, ich helfe dir«, bietet Jason an. Er steht auf und stellt sich hinter sie.

Sie gibt ihm das Schmuckstück und hebt ihre Haare nach oben.

Vorsichtig legt Jason die Kette um ihren Hals und schließt sie. Einen kurzen Moment berührt seine warme Hand ihren Nacken, was sofort ein Kribbeln auf ihrer Haut auslöst.

»Wie ist es mit deiner Familie?«, fragt sie schnell, um von ihrer Verlegenheit abzulenken, und lässt ihre Haare über ihre Schultern fallen.

Jason setzt sich wieder hin. »Da sind meine Eltern und meine Schwester. Sie ist fünf Jahre älter und lebt mit ihrem Mann und ihrem ersten Kind zusammen. Deshalb sehen wir uns leider nicht allzu oft.« Er senkt seinen Blick und seine Mundwinkel neigen sich kurz nach unten.

»Sprecht ihr wenigstens oft miteinander?«

Sein Gesichtsausdruck hellt ein wenig auf. »Ja, klar. Aber mir fehlt jemand, der mich von blöden Entscheidungen abhält und auf die richtige Spur zurückbringt. Dafür war sie immer zuständig«, antwortet er grinsend.

Emily legt ihre Hand auf seine. »Das kann ja ich jetzt übernehmen.«

»Das machst du bereits, indem du mit mir zusammen bist.«
Emily erstarrt. Heißt das, dass sie nun offiziell ein Paar sind?

Doch bevor sie ihn danach fragen kann, wird das Gespräch durch die Kellnerin gestört, die das leckere Essen bringt. Die Portionen sind wirklich riesig.

»Und immer noch überzeugt, dass du alle drei Rollen schaffst?«, fragt Jason mit einem frechen Grinsen.

Emily wirft ihm einen selbstbewussten Blick zu. »Natürlich.« Sie nimmt den ersten Bissen. Es schmeckt wirklich super und auch die leichte Schärfe stört sie nicht, obwohl sie scharfes Essen eigentlich nicht mag.

»Es sieht jedenfalls so aus, als würde es dir schmecken.«
Emily nickt ihm mit vollem Mund zu. »Fast so gut wie die Guacamole vorhin.« Dann nimmt sie sich die zweite Enchilada vor.

Als die Teller leer sind, setzt Jason einen überraschten Blick auf. »Okay, du hast gewonnen. Du isst wirklich mehr, als ich dir zugetraut habe.« Er lacht und als die Kellnerin zum Tisch kommt, um die Teller abzuräumen, bittet er gleich um die Rechnung. »Die Sonne geht schon langsam unter. Es wird Zeit für den zweiten Punkt des Abends.«

Was hat er denn noch geplant? Vielleicht ein Eis von Ben&Jerry's? Emily schaut ihn verwirrt und erfreut zu gleich an.

Die Kellnerin bringt die Rechnung, die Jason für sie bezahlt. Dann verlassen sie das Restaurant, nehmen wieder die Treppe nach unten und laufen in Richtung Riesenrad.

»Nein … im Ernst?«, ruft Emily erfreut.
Jason grinst sie an. »Ich hoffe, du hast keine Höhenangst.«
Sie schüttelt den Kopf. Er lädt sie wirklich auf eine Fahrt mit dem Riesenrad ein. Wie romantisch!

Sie setzen sich und steigen in der schwebenden Gondel langsam nach oben. Dabei bietet sich ein wunderschöner Ausblick auf den Hafen, wo etliche Schiffe angelegt haben. Sogar das Washington Monument in D.C. kann Emily ausmachen. Die untergehende Sonne taucht den blauen Himmel langsam in ein warmes Orange und lässt die beiden Farben nur leicht miteinander verschmelzen.

»Es ist wunderschön. Danke dir für diesen tollen Abend.« Emily wendet Jason ihr Gesicht zu.

Als sich ihre Blicke treffen, breitet sich eine anziehende Spannung in der Luft aus. Der Duft seines holzigwürzigen Parfums steigt in ihre Nase. Ihre Gesichter kommen sich langsam näher, bis sie nur wenige Zentimeter voneinander entfernt sind. Obwohl dies nicht der erste Kuss zwischen ihnen ist, ist es der erste, der wirklich zählt.

Als Emily den letzten Schritt wagt und ihre Lippen seine berühren, spürt sie die Leidenschaft in jeder Faser ihres Körpers.

Jason legt seine Hand an ihre Hüfte und zieht sie näher an sich. Die andere wandert zu ihrem Nacken und der Kuss wird noch intensiver. Für einen kurzen Moment lockert er seinen Griff und führt seine Lippen langsam zu ihrem Nacken. Als seine Hand ihren Weg unter ihren Rock und dann zwischen ihre Beine findet, stöhnt sie leise auf.

Sie kann keinen klaren Gedanken mehr fassen. Sich auf einem Riesenrad so ineinander zu verlieren, fühlt sich falsch und richtig zu gleich an.

Als die Gondel sich wieder in Bewegung setzt, lässt Jason langsam von ihr ab. »Damit sollten wir woanders fortfahren. Wenn du willst, können wir hier in einem Hotel übernachten«, schlägt er vor. »Ich bezahle.«

Emily zögert für einen Moment. Zu ihrer Gastfamilie möchte sie nicht, das wäre ihr unangenehm, und Jason wohnt zu weit weg. Ein Hotel, in dem sie ungestört sind, ist deshalb eine super Lösung. »Na, gut«, flüstert sie deshalb und gibt ihm einen Kuss.

Er grinst sie verführerisch an. Das Riesenrad stoppt ruckartig und er zieht sie aus der Gondel.

Mit großen, schnellen Schritten bewegen sie sich zwischen den Häusern hindurch.

Emily hat nur Augen für Jason und kann an nichts anderes mehr denken als an das, was gleich passieren wird. Sie möchte es, unbedingt. Es fühlt sich an, als ob sie von ihrem Hoch beim Riesenrad nicht wieder heruntergekommen ist.

In der Lobby kriegt Emily beim Check-In kein Wort heraus. Nicht einmal der Name des Hotels bleibt ihr im Gedächtnis. Im Hotelzimmer angekommen, ist die Spannung nicht mehr auszuhalten. Emily lässt ihre Tasche zu Boden fallen.

Kaum ist die Tür geschlossen, packt Jason sie und hebt sie hoch. Ihre Beine schlingen sich um seinen Körper und sofort finden sich ihre Lippen wieder. Sie klammert sich an ihm fest, während er langsam den Reißverschluss ihres Kleides im Rücken öffnet.

Er legt sie auf das Bett und zieht ihr das Kleid komplett aus. Als er sein T-Shirt hebt und über seinen Kopf streift, stützt sie sich mit ihren Ellbogen auf.

Beim Anblick der perfekten Sixpacks hebt sie ihre Augenbrauen und setzt ein verschmitztes Grinsen auf. Er grinst zurück und beugt sich über sie.

Emily spürt seine Erektion an ihrer empfindlichen Stelle und stöhnt leise auf.

Langsam küsst er ihren Körper von ihrem Nacken bis zwischen ihre Beine, wo er ihr Höschen auszieht und langsam seine Zunge kreisen lässt.

Ihr wird immer heißer und ihr stockt der Atem. Es fühlt sich so gut, so richtig an.

Als er von ihr ablässt, sehnt sie sich sofort wieder nach ihm.

Er zieht sich komplett aus und nimmt ein Kondom aus der Hosentasche seiner Jeans. »Ist das okay für dich?«, fragt er vorsorglich und hält es hoch. Sie nickt schnell, worauf er das Kondom überstülpt. Nach einem weiteren intensiven Kuss beugt er sich über sie und dringt in sie ein.

Sie vergisst alles andere, denn ihre Gedanken sind ganz allein bei Jason und dem, was in diesem Moment geschieht.

Jason

Am nächsten Morgen erwacht Jason mit Emily in seinen Armen. Sie hat sich sein T-Shirt übergestreift und ihre Haare sind von den gestrigen Aktivitäten völlig zerzaust.

Seine Augen wandern zu ihren Lippen. Dieses Gefühl, als sie sich gestern küssten und wie sich ihre Körper bewegten, war einfach unbeschreiblich. Das Warten hat sich wirklich gelohnt.

Emily bewegt sich in seinen Armen und dreht sich zu ihm. Ihre Augen öffnen sich leicht.

»Guten Morgen, Babe«, flüstert Jason ihr zu und gibt ihr einen Kuss.

Sie lächelt und flüstert ein müdes *Guten Morgen* zurück.

Jason kann ihren warmen Atem auf seiner Haut spüren. Sein Herz fängt an schneller zu schlagen. Sie macht ihn auf eine Weise nervös, wie es sonst niemand schafft. Sofort meldet sich sein erregter Freund wieder. Doch die Zeit bis zum Check-out reicht nicht für eine zweite Runde.

»Wir sollten uns langsam auf den Weg machen. Ich fahre dich dann nach Hause«, sagt Jason ein wenig bedrückt.

Emily nickt. »Okay, gibt mir nur eine Minute, um mich frisch zu machen.«

Als sie aufsteht und sich auf den Weg zum Badezimmer macht, kann er einen Blick auf ihren Po erhaschen, der nur zur Hälfte mit dem T-Shirt bedeckt ist. Sie ist unglaublich sexy.

Er zieht sich an und geht zu dem Fenster im Zimmer, das die Sicht auf das Atrium freigibt. Es ist ein großer gedeckter Innenhof, der wie ein mit Pflanzen überwachsender Dorfkern aufgebaut ist. Dieser Ausblick, der das *Gaylord National Resort* bietet, ist einfach einmalig.

Plötzlich schlingen sich zwei Arme um seinen nackten Oberkörper. Sofort ist das Kribbeln wieder da.

»Die Aussicht ist wunderschön«, flüstert Emily.

Jason dreht sich um und schaut ihr in die Augen. »Nicht zu vergleichen mit meiner.« Er hebt sie hoch und platziert seine Hände auf ihren Pobacken, während Emily ihre Arme um seinen Nacken legt. Gierig finden sich ihre Lippen. Egal, wie viel von ihren Küssen er bekommt, es wird nie genug sein.

»Was ich jetzt alles mit dir anstellen würde, wenn wir mehr Zeit hätten«, flüstert er, und löst sich von ihr.

Emily grinst ihn an. Sie ist offensichtlich gleicher Meinung.

Wenn sie jetzt nicht sofort gehen, kommen sie nie pünktlich aus dem Hotel. Deshalb nimmt Jason sein T-Shirt, das Emily auf das Bett gelegt hat, und packt seine Sachen. Emily tut es ihm gleich und sie verlassen das Hotel.

Nach dem nur etwas zu späten Check-out kommen sie beim Auto an.

Jason öffnet Emily sofort die Tür und setzt sich neben sie ans Steuer. Als sie losfahren ist sie ruhig und schaut aus dem Fenster.

»Alles in Ordnung?«, fragt er nach.

Sie schaut ihn mit großen Augen an. »Klar, alles gut.«

Doch irgendetwas scheint sie zu bedrücken. Er ist sich sicher. »Keine Sorge, das war nicht die letzte Nacht, die du mit mir verbracht hast«, scherzt er. Wenn sie nicht darüber reden möchte, kann er wenigstens die Stimmung ein wenig auflockern.

Sie lächelt und rollt ihre Augen. Sein Plan hat funktioniert. Dann beißt sie sich auf die Lippen. »Wenn wir schon bei diesem Thema sind … Wie sieht es eigentlich aus mit uns?« Ihre Stimme klang zwar selbstbewusst, ein leichtes Zittern konnte Jason jedoch ausmachen.

Jasons Mund wird trocken und er weiß nicht, was er antworten soll. Es war das erste richtige Date. Doch irgendwie scheint es, als würden sie sich bereits ewig kennen. Normalerweise lässt er sich nicht so schnell auf eine Beziehung ein, doch bei Emily entspricht sowieso nichts der Norm. »Ich mag dich sehr und hätte nichts dagegen, dich weiter zu daten«, antwortet er grinsend und hofft, dass es das ist, was sie hören will.

Sie lächelt ihn an. »Also heißt das, es ist dir ernst?«

»Es ist mir ernst«, sagt er so schnell, dass er selbst von seiner Antwort überrascht ist. Er muss sich zwar auf die Straße konzentrieren, doch im Augenwinkel sieht er, dass Emily über beide Ohren strahlt.

Sie beugt sich zu ihm und gibt ihm einen Kuss auf die Wange, was in Jason ein Kribbeln auslöst.

Auch wenn es noch keine Liebe ist, spürt er mehr, als er seit Langem bei einer Frau gefühlt hat.

»Dann sehen wir uns nächstes Wochenende wieder?«, fragt Jason grinsend.

»Klar! Passt perfekt, eine Woche später fahren wir nämlich nach *Ocean City*«, antwortet Emily und senkt den Kopf.

»Oh, toll. Du wirst es lieben. Im Sommer ist dort immer viel los.«

Emily reagiert nicht darauf.

»Alles okay?«, fragt er besorgt.

»Ich freue mich schon, aber ich werde dich vermissen«, gesteht sie.

»Vielleicht kann ich euch ja am Wochenende besuchen«, schlägt er dann vor, in der Hoffnung, dass es Emilys Stimmung aufhellt. Er würde sich ebenfalls nach ihr sehnen, wenn sie sich eine Woche nicht sehen.

Tatsächlich verzieht sich Emilys Mund zu einem Grinsen. »Echt? Das wäre toll. Ich frage Helen, ob du bei uns übernachten kannst.«

Jason lächelt und nickt ihr zu. Es wäre wirklich schön, wenn das klappen würde.

Emily

Zu Hause angekommen kann es Emily kaum erwarten, Laura von ihrem Date zu erzählen und ihr die guten Nachrichten zu überbringen, dass Jason und sie offiziell ein Paar sind. Sie duscht kurz und schlüpft schnell in ein paar neue Kleider. Dann geht sie zum Auto und fährt los.

Dort angekommen klopft sie ein bisschen zu euphorisch an der Tür.

»Komme«, ruft Laura und starrt Emily gleich darauf mit großen Augen an. »Du strahlst ja mehr als ein Honigkuchenpferd. Ich möchte jedes Details wissen!«, quietscht sie und lässt Emily herein.

Bevor sie die Treppe nach unten nehmen, hebt Emily kurz den Kopf, um zu checken, ob niemand anderes im Haus ist. Sie möchte nicht unhöflich sein.

»Meine Gastfamilie ist im Zoo. Sind vor einer halben Stunde los«, sagt Laura schulterzuckend und führt Emily in ihr Zimmer.

Lauras Gastfamilie ist grundsätzlich nie da. Wenn sie Laura nicht zum Babysitten benötigen, unternehmen sie oft Familienausflüge und laden sie nicht einmal ein, sie zu begleiten. Nicht dass Laura mitgehen würde, dafür mag sie ihre Gastfamilie zu wenig. Aber danach zu fragen wäre trotzdem ganz nett.

Laura wirft sich aufs Bett und schaut Emily erwartungsvoll an. »Nun erzähl schon.«

Emily setzt sich neben sie. Wenn sie an gestern Abend denkt, fängt es in ihrem Bauch sofort an zu kribbeln. »Es war so schön! Wir waren beim National Harbor essen und dann auf dem Riesenrad. Von da aus haben wir den bezauberndsten Sonnenuntergang erlebt, den ich je gesehen habe. Und danach … Nun …« Emily stockt. Ihre Wangen glühen.

Lauras Augen weiten sich und sie schlägt sich die Hände vor den Mund. »Ihr hattet Sex!«, platzt es aus ihr heraus.

Emily nickt. »Und es war sooo gut«, schwärmt sie und kann die Aufregung in ihrer Stimme nicht verstecken.

»Juhu, ich wusste es!«, jubelt Laura und gibt Emily eine Umarmung. »Und wie geht es jetzt weiter?«

Emily erinnert sich an das Gespräch auf der Heimfahrt. Ihr Herz hämmert gegen ihren Brustkorb und das Blut sammelt sich wieder in ihren Wangen. »Ich habe ihn gefragt, was nun zwischen uns ist. Und ja, dein Plan hat wohl funktioniert. Wir daten jetzt offiziell!« Sie schmunzelt ein bisschen verlegen.

»Yes!«, ruft Laura euphorisch und hüpft vor Aufregung auf dem Bett auf und ab. »Ich bin eben ein Matchmaker.«

Sie umarmen sich erneut.

»Das ist wahr. Ohne dich wäre es nie so weit gekommen. Ich bin wirklich glücklich mit ihm.« Die Freude nimmt jede Zelle in Emilys Körper ein. Sie hätte nie gedacht, dass in Amerika ein Liebesleben auf sie wartet.

Jason

Als Jason es am Nachmittag endlich aus dem Bett schafft, klingelt sein Telefon.

Es ist Alex.

»Ja, Alex?«, beantwortet er den Anruf, immer noch leicht verschlafen.

»Und hast du sie nun endlich flachgelegt?«, fragt er sofort. Typisch. Ihn interessiert nur den einen Teil des Abends.

»Was denkst du denn? Natürlich! Und nicht nur das, wir sind jetzt offiziell in einer Beziehung«, antwortet Jason.

»Was?«, ruft Alex so laut, dass Jason fast das Telefon fallen lässt. Dann ist es ruhig. »Ich dachte, du wolltest die Zeit mit ihr genießen. Und jetzt ist es plötzlich etwas Ernstes?«, spricht er schließlich weiter.

»Na ja, schon. Aber es hat sich mehr entwickelt, als erwartet«, erklärt Jason.

Auf der anderen Seite wird es wieder still. Nicht einmal ein leichter Atemzug ist zu hören.

»Gehen wir nächste Woche aus?«, sagt Alex schließlich.

»Samstag, ja. Freitag mache ich etwas mit Emily.«

Jason kann förmlich hören, wie Alex die Augen verdreht. »Gut, ich habe nämlich gestern eine Granate kennengelernt und nächste Woche gehen wir mit ihr und ihrer Freundin aus«, erklärt er.

»Wir und ihre Freundin?«, fragt Jason nach. Er hat eigentlich nichts gegen eine Partynacht mit seinem besten Freund, aber Emily wird sicher nicht glücklich darüber sein, wenn er mit ihm und zwei Frauen ausgeht.

»Das bist du mir schuldig nach dieser ganzen Emily-Sache«, wirft Alex ihm vor.

Jason seufzt. Er weiß, dass es Emilys Entscheidung ist, mit wem sie zusammen sein will. Trotzdem nistet sich ein schlechtes Gewissen in seinem Körper ein. Er kann seinen besten Kumpel nicht im Stich lassen. Und wenn Alex jemanden Neues kennenlernt, lässt er vielleicht die ganze Sache mit Emily auch endlich ruhen.

»Okay, bin dabei«, willigt Jason deshalb ein. »Du weißt aber, dass …«

»Jaja«, unterbricht ihn Alex. »Deine Nicht-zwei-Frauen-gleichzeitig-Regel. Du musst nur mitkommen und mich gut aussehen lassen.«

»Gut. Wollte nur auf Nummer sicher gehen.«

»Du wärst sowieso nicht fähig, mit zwei Frauen gleichzeitig zu spielen. Bist ja mit einer schon überfordert«, scherzt Alex und lacht laut.

Jason ignoriert den Kommentar, denn seine Meinung hat er gegenüber Alex schon oft verteidigt. Für Jason gibt es einen großen Unterschied zwischen *mit einer Frau Spaß haben* oder sie *mit einer anderen zu betrügen*. Der zweite Punkt geht ihm gegen den Strich.

Alex sieht das jedoch komplett anders.

»Dann sehen wir uns nächste Woche«, meint Jason und verabschiedet sich von Alex. Hoffentlich war es nicht ein Fehler, ihm für Samstag zuzusagen.

Die Party stellte sich als spaßig und alkoholreich heraus.

Als sie den Club verlassen, geht es wie immer zu Alex nach Hause, da seine Eltern wegen der Arbeit an den Wochenenden grundsätzlich immer unterwegs sind.

Er verzieht sich mit seinem Fang direkt in sein Zimmer.

Jason und die Freundin bleiben allein zurück. Er setzt sich aufs Sofa und sie sich neben ihn. Obwohl sie eine echt nette Person ist, kann er sich nicht einmal mehr an ihren Namen erinnern.

»Jetzt haben wir endlich ein bisschen Zeit für uns. In der Bar warst du immer so zurückhaltend. Das sollten wir ändern«, flüstert sie mit einer verführerischen Stimme und beugt sich zu Jason.

Sofort dreht er seinen Körper leicht von ihr weg. »Ich war so zurückhaltend, weil ich vergeben bin.«

Sie lacht und rückt noch ein Stück näher an ihn heran. »Das weiß ich doch. Aber Alex hat mir erklärt, dass das nichts Ernstes ist. Und hier sind ja nur wir zwei, sie wird es also nie erfahren«, argumentiert sie weiter.

Jason traut seinen Ohren nicht und reißt die Augen auf. Was hat sich Alex dabei gedacht? Er steht auf, um noch mehr Distanz zwischen ihnen zu schaffen. »Hör zu, ich weiß nicht, wieso er das gesagt hat, aber es ist mir ernst mit ihr und ich fahre nicht zweigleisig«, weist er sie ab.

Die Brünette hebt ihre Augenbrauen. »Okay. Dann gibt es für mich keinen Grund mehr, mich mit dir zu unterhalten. Ich werde mich im Gästezimmer hinlegen. Du kannst ja hier draußen schlafen«, sagt sie ein bisschen gekränkt und verschwindet durch die Tür.

Wut steigt in Jason auf. Dass sein bester Freund ihn so hintergeht, hätte er nicht gedacht. Am liebsten würde er ihn gleich zur Rede stellen, doch er verschiebt das Gespräch besser auf den nächsten Tag. Wenn sie jetzt miteinander reden, könnte die Unterhaltung eskalieren.

Als Jason aufwacht, steht die Tür zum Gästezimmer offen. Die Mädels müssen bereits weg sein. Er kann sich erinnern, in der Nacht gehört zu haben, wie sich die beiden rausschlichen. Oder war es schon früh morgens?

Hinter ihm klappert Besteck. Er setzt sich auf und sieht Alex in der Küche stehen.

»Guten Morgen, wie war dein Abend gestern noch?«, fragt Alex und nimmt ein paar Eier aus dem Kühlschrank.

Da kommen in Jason die Erinnerungen und die dazugehörige Wut gleich wieder hoch. »Wieso hast du ihr gesagt, dass ich eine Freundin habe, dies aber nichts Ernstes ist?«, brüllt Jason lauter, als er eigentlich wollte, und geht ebenfalls in die Küche.

Alex' Augen weiten sich. »Chill! Ich wollte dir nur einen Schubs geben. Emily wird wieder zurück in die Schweiz reisen. Was machst du dann? Das kann einfach nicht halten.«

»Doch wird es. Und deine Meinung gibt dir nicht das Recht, so etwas wie gestern Abend abzuziehen«, ruft Jason verärgert.

Alex lacht auf. »Ach, ja? Ich versuche dir nur zu helfen. Aber wenn es dir so ernst mit Emily ist, dann stell sie doch deinen Eltern vor. Das wird ein Spaß werden!«

Jason erstarrt. Die ganze Zeit hat er sich nur um das Thema Fernbeziehung Gedanken gemacht und nicht einmal an die Reaktion seiner Eltern gedacht. Schweigend lässt er sich auf einem Stuhl nieder und fasst sich an die Stirn.

Alex' Lachen verstummt. »Dein Vater wird ausrasten, wenn du eine Frau mit nach Hause bringst, die nicht von hier ist.«

Wegen der Wahrheit in seinen Worten, bringt Jason kein Ton heraus.

»Du weißt, dass ich recht habe«, fährt Alex schließlich fort. »Ist sie dir das wirklich wert?«

Darauf hat Jason keine Antwort.

Emily

Emily sitzt auf einer Bank draußen vor Tysons und wartet auf Laura. Als sie sie erblickt, steht sie auf und begrüßt sie mit einer Umarmung.

»Sorry, meine Gastmutter kam ein bisschen später nach Hause«, entschuldigt sich Laura.

»Kein Problem. Ich bin froh, dass du so kurzfristig Zeit hast.« Sie setzten sich wieder auf die Bank.

Laura stützt den Kopf auf ihren Händen ab. »Geht es um Jason?«, fragt sie und seufzt.

Emily schaut auf ihre Fingernägel. »Gutes Gespür, ja es geht um ihn.«

»Oh, nein. Ist etwas passiert?« Sie legt ihre Hand auf Emilys Schulter.

»Nun, nein, und genau das ist das Problem. Wir sind immer bei mir. Er kennt Helen und die Kids und alle mögen ihn wirklich sehr. Aber ich war kein einziges Mal bei ihm. Ist das nicht eigenartig?«

»Also komisch ist es schon. Ich habe Mikes Eltern nach zwei Wochen kennengelernt. Hast du mit ihm bereits darüber geredet?«

Beschämt schaut Emily zu Boden. »Ähm, nein, ich hatte noch nicht den Mut dazu.«

»Dann wird es Zeit, dass du es tust. Ich kann dir da nicht helfen.«

Emily ist dankbar für Lauras schroffe aber ehrlich Antwort. Aber was, wenn ihr Jasons Reaktion nicht gefällt? Sie seufzt. »Ich habe Angst, dass er mich nicht seinen Eltern vorstellt, weil er es nicht ernst mit mir meint.«

Laura legt ihren Arm um sie und zieht sie zu sich heran. »Hör zu, ich kenne ihn schon länger und noch nie hat er so viel Zeit mit einer Frau verbracht, die er datet. Vielleicht checkt er auch einfach nicht, dass der Moment gekommen ist, dich den Eltern vorzustellen.«

»Hast ja recht. Er wird mich in Ocean City besuchen, dann rede ich mit ihm.«

»Sehr gut.« Sie tätschelt Emilys Schulter.

Emily atmet erleichtert auf. Es tat gut, das Thema mit jemanden zu besprechen. »Danke, Laura. Du bist immer eine große Hilfe.«

»Ich weiß«, antwortet sie mit einem Grinsen. »Jetzt lass uns shoppen gehen. Das lenkt dich ab«, ruft sie laut und zieht Emily auf die Beine.

Der Urlaub in Ocean City war genau, was Emily gebraucht hat. Das Rauschen der Wellen und der Duft in der Luft lassen sie sofort entspannen. Obwohl sie arbeiten muss, fühlen sich die Tage irgendwie leichter an. Als Jason am Freitag dazustiess, wurde es noch kurzweiliger.

Da die Kids für Helen und Phil einfach viel zu früh wach sind, steht Emily jeden Morgen mit ihnen auf und geht für das Frühstück zum Boardwalk.

»Sind Donuts zum Frühstück nicht ein wenig ... ungesund?«, fragt Jason und schmunzelt.

Emily lacht. »Habe ich mir auch gedacht. Aber Helen meinte, dass es in den Ferien in Ordnung sei.« Sie reicht allen ein klebriges Gepäck. Da diese frisch gemacht wurden, sind sie sogar noch ein wenig warm.

»Danke, dass du extra hierhergefahren bist«, meint Emily und legt ihren Kopf auf Jasons Schulter. »War es denn kein Problem für dich, heute freizunehmen?«

»Ach, nein. Im Sommer ist bei der Arbeit immer weniger los, da viele in die Ferien fahren«, antwortet Jason und legt seine

Hand auf Emilys Bein. »Ist echt nett von Helen, dass ich bei euch übernachten darf.«

»Ja, das stimmt.« Sie steckt sich das letzte Stück ihres Donuts in den Mund.

Die Kinder sind ebenfalls fertig. Emily nimmt ein feuchtes Tuch und putzt ihre klebrigen Gesichter.

»Können wir jetzt Sandburgen bauen?«, fragt Tucker und klatscht in die Hände.

»Jap, wir sind so weit«, sagt Emily und packt alles zusammen. Gemeinsam nehmen sie die Rampe zum Strand hinunter. Dort angekommen nimmt Emily Maddie auf den Arm und Tucker an die Hand, während Jason den schweren Kinderwagen trägt. Ein Platz an dem sich langsam füllenden Strand ist schnell gefunden.

Tucker setzt sich sofort in den Sand. »Spielzeug, Spielzeug«, singt er immer wieder.

Jason stellt den Kinderwagen ab und nimmt die Spielsachen aus dem Korb.

Tucker fängt sofort an zu buddeln.

»Warte, ich helfe dir«, schlägt Jason vor und setzt sich neben ihn. Gemeinsam füllen sie Sand und Wasser in die Eimer.

Emily setzt sich mit Maddie auf ein Tuch und beobachtet die beiden. Sie ist überrascht, wie schnell sich Tucker auf Jason eingelassen hat. Er kann nicht aufhören zu strahlen und Jason zeigt viel Geduld, als Tucker ihm etliche Fragen zum Bauen der besten Burg stellt. Es ist schön, dass sie sich so gut verstehen.

Als das Bauwerk vollbracht ist, sind beide von oben bis unten mit Sand bedeckt.

»Okay, Tucker, wollen wir ins Wasser und uns sauber machen?«, fragt Jason.

Tucker nickt. Da Emily ihn schon morgens in die Schwimmsachen gekleidet hat, ist er bereit fürs kühle Nass.

Jason zieht sein T-Shirt aus, was Emily gut beobachten kann. Als er Tucker hochhebt, spannen sich seine Muskeln.

Sofort wird ihr noch heißer, als es an diesem Sommermorgen bereits ist. Zeit für eine Abkühlung. »Okay, Maddie, wollen wir auch ins Wasser?«

Maddie gibt ein paar unverständliche Laute von sich und lächelt.

Emily nimmt dies als ein Ja. Sie steht auf, zieht ihr Sommerkleid aus und hebt die Kleine hoch. Beim Wasser angekommen setzt sie sich so auf den Sand, dass sie nur bei einer hohen Welle nass werden.

Als die erste Welle sie erreicht, plantscht Maddie fröhlich vor sich hin. Doch als sich das Wasser zurückzieht und Sand an ihren Händen kleben bleibt, schüttelt sie diese. Da sich nicht alles löst, wendet sie sich mit zusammengezogenem Gesicht an Emily.

Emily lacht und wäscht den Rest des Sandes von Maddie ab. Dann schaut sie wieder zu den Jungs.

Jason steht mit Tucker in dem knietiefen Wasser und hält in an der Hand. Jedes Mal, wenn eine Welle kommt, hebt er ihn hoch, sodass er über diese springen kann, ohne zu viel Wasser abzubekommen. Ihr Lachen hallt durch die Luft.

Emily wird klar, wie glücklich sie in diesem Moment ist. Sie stellt sich vor, wie es wohl wäre, eine eigene kleine Familie mit Jason zu haben. Hier in Amerika zu leben, wäre vielleicht sogar eine Option.

Bei diesen Gedanken schüttelt sie den Kopf. Sie denkt wieder einmal viel zu weit. Zuerst muss sie sich endlich überwinden, bei Jason anzusprechen, wann sie seine Eltern kennenlernen wird.

»Hi, Emily«, ruft Helen plötzlich hinter ihr.

Sie dreht sich um, sieht Helen und Phil bei ihren Sachen stehen und winkt ihnen zu.

Tucker ruft laut nach ihnen.

Jason und Emily setzen sich mit den Kids auf die ausgebreiteten Badetücher. Erst jetzt fällt ihr auf, wie sehr sich der Strand schon gefüllt hat.

»Mami, schau, die Sandburg.« Tucker zeigt mit dem Finger auf sein Kunstwerk und geht darauf zu. »Ich und Jason haben sie gebaut,« Er setzt sich wieder in den Sand.

»Wow toll, Äffchen. Das freut mich. Wie wäre es noch mit einem Wassergraben rundherum?«, sagt Helen.

Tucker schaut sich sein Werk genau an. »Gute Idee.« Er dreht sich Jason zu. »Kannst du mir helfen?«

»Klar. Emily, kommst du auch?«

Sie wendet sich kurz Helen zu, um sicherzugehen, dass es okay ist und sie auf Maddie aufpassen.

Helen nickt.

»Gut, lass uns einen Wassergraben bauen«, meint Emily und setzt sich zu den beiden in den Sand.

Abends ist es am Boardwalk immer noch voll, jedoch nicht mehr mit Familien, sondern jungen Erwachsenen, die hier ausgehen.

Jason und Emily gehören auch dazu und schlendern langsam am Meer entlang.

»Dass deine Gasteltern mich sogar zum Essen eingeladen haben, war wirklich nicht nötig«, sagt Jason und legt seinen Arm um Emily.

»Sie mögen dich sehr. Und die Kids hatten heute sozusagen zwei Au-pairs. Tucker dich und Maddie mich. Nimm es also einfach als Bezahlung«, scherzt Emily und lacht.

Jason stimmt mit ein. »Tucker war auch nicht allzu große Arbeit.«

»Du hast keine Ahnung, was ich für seine Liebe und Kooperation alles tun musste, während du einfach nur in sein Leben getreten bist«, entgegnet Emily. »Er ist also nicht mit jedem so einfach.«

Jason grinst. Es ist ein aufrichtiges, stolzes Grinsen, denn seine kleinen Grübchen kommen klar zum Vorschein.

Während sie über Emilys Gastfamilie reden, kommt ihr die Sache mit Jasons Eltern wieder in den Sinn.

»Ich wollte noch etwas mit dir besprechen«, sagt sie mit zitternder Stimme.

Jason hebt den Kopf und sein Lächeln verschwindet.

»Keine Sorge, nichts Schlimmes«, versucht sie ihn gleich zu beruhigen. »Ich frage mich nur, wann ich endlich deine Eltern kennenlerne.«

Er bleibt stehen und reibt sich über die Stirn. »Das … das ist nicht so einfach.«

»Nicht so einfach? Wie meinst du das?«, fragt sie verwirrt. »Wir sind noch nicht allzu lange zusammen, aber du hast auch nie erwähnt, dass du mich ihnen vorstellen möchtest.«

»Ich weiß. Das war bewusst. Meine Eltern sind eher … kritisch. Vor allem mein Vater empfindet nicht besonders viel Akzeptanz.«

»Das ist deine Ausrede?«, ruft Emily ein bisschen lauter. »Wenn du es nicht ernst meinst, sag es lieber gleich.«

»Nicht ernst?« Er dreht sich zu ihr und zieht sie zur Seite. Seine Hand gleitet durch ihr Haar bis zu ihrer Schulter. »Ich habe es noch nie so ernst mit jemanden gemeint wie mit dir. Und wenn du dir wünschst, dass ich dir das durch das Kennenlernen meiner Eltern beweise, dann nichts lieber als das.« Sein Blick hüpft zwischen ihren Augen und ihren Lippen hin und her.

Emily wird heiß und ihr Herz schlägt schneller. Sie kann das Verlangen zwischen ihnen deutlich spüren.

Sie nickt. »Das wäre schön«, haucht sie bevor Jason seine Hand zu ihrem Nacken führt und sie leidenschaftlich küsst.

Jason

Als Jason am Sonntagabend mit seinen Eltern am Tisch sitzt, beschließt er, das Kennenlernen mit Emily anzusprechen. Da vor allem die Reaktion seines Vaters auf Jasons Frauengeschichten sehr heikel ist, wird es bestimmt wieder ein Drama geben. In der Vergangenheit stellte Jason selten jemanden seinen Eltern vor. Nur hin und wieder nahm er eine mit nach Hause, um ein wenig Spaß zu haben. Doch als sein Vater das merkte, stellte er die Regel auf, dass er nur noch eine offizielle Freundin nach Hause bringen darf.

»Nächsten Samstag möchte ich euch gerne jemanden vorstellen.«

Seine Eltern schauen ihn skeptisch an.

»Keine Sorge, ich meine es wirklich ernst mit ihr«, meint Jason schnell. »Ich war am Wochenende mit ihr in Ocean City.«

Da verzieht sich der Mund seine Mutter zu einem breiten Lächeln.

Doch das Gesicht seines Vaters ist angespannt und ernst.

»Oh, wie schön!«, ruft seine Mutter erfreut. »Wer ist sie?«

Jason schmunzelt. So aufgeregt hat er seine Mom schon lange nicht mehr erlebt. »Ihr kennt sie nicht. Ehrlich gesagt ist sie nicht einmal aus Amerika, sondern aus der Schweiz.«

Nun schauen sich seine Eltern erstaunt an.

»Du hast bei der Arbeit gefehlt, um mit einer Ausländerin nach Ocean City zu fahren?«, faucht sein Vater.

»Vater, ich …«

»Und von wie viel Ernsthaftigkeit können wir dieses Mal ausgehen bei dieser … Beziehung?«, unterbricht ihn sein Vater. Er hat das letzte Wort ausgespuckt, als wäre es Gift.

Jason möchte sich nicht streiten und versucht, die Sache so ruhig und gelassen anzugehen, wie es nun mal geht. »Wir sind bereits einige Wochen zusammen. Ich habe lange damit gewartet, sie euch vorzustellen, um mir sicher zu sein«, erklärt er.

Sein Vater runzelt ungläubig die Stirn.

Jason schaut ihn durchdringen an und knirscht mit den Zähnen. Wieso ist sein Vater immer so stur?

»Wir freuen uns, sie am Samstag kennenzulernen, nicht wahr, Joe?«, sagt seine Mutter schnell und schaut auffordernd zu ihrem Mann. Wahrscheinlich möchte sie einen Streit verhindern.

»Ich freue mich, wenn er endlich eine Frau nach Hause bringt, die er länger als einige Monate behält«, antwortet sein Vater bestimmt und wirft Jason einen auffordernden Blick zu.

Jason ist jedoch genau so wenig nach einem Streit zumute wie seiner Mutter, deshalb lässt er die Worte seines Vaters unbeachtet in der Luft hängen und wendet sich seinem immer noch gefüllten Teller zu.

Emily

Am Samstag steht Emily früh auf, da noch einiges für die Geburtstagsparty erledigt werden muss. Ihr und Maddies Geburtstag liegen so nahe aufeinander, dass sie zusammen feiern werden. Emily hat aber klar kommuniziert, dass Helen keine speziellen Vorbereitungen für sie treffen muss. Sie steht nicht gerne im Mittelpunkt und die Party soll ganz alleine Maddie gewidmet werden. Der erste Geburtstag ist viel wichtiger als ihr 22.

Nach dem Duschen streift sie schnell ein schlichtes Sommerkleid über und macht sich auf den Weg zum Donut Shop. Diese sollen ein Highlight werden, deshalb hat Helen jede Farbe und Geschmacksrichtung bestellt.

Danach fährt Emily zu einer Konditorei, um den Kuchen abzuholen; ein Vanillekuchen mit Lavendelfüllung, gehüllt in pinkes Zuckerfrosting. Ein großes Einhorn aus Fondant ziert die Torte und alles ist mit Glitzer bedeckt.

Noch nie hat Emily einen solch schönen Kuchen gesehen, geschweige denn an einem ihrer Geburtstage erhalten. Dafür gab es aber immer jede Menge selbstgemachtes Essen von ihrer Mutter, weshalb die Torte nicht so wichtig war.

Als sie nach zwei Stunden zurückkommt, wartet auf sie eine Schokotorte auf dem Tisch mit der Nummer 22. An der Decke schweben viele Ballons in warmen Tönen und alle Anwesenden tragen einen Partyhut.

»Überraschung und Happy Birthday!«, jubelt ihre Gastfamilie im Chor, außer Maddie, die lachend in die Hände klatscht.

Vor Freude fällt Emily fast die Torte aus der Hand. »Oh, wie schön. Das kommt jetzt aber unerwartet«, ruft sie erfreut.

»Wir wollten etwas machen, was nur für dich ist«, erklärt Helen und nimmt ihr den Kuchen ab.

Phil schnappt sich den Autoschlüssel und holt die Donuts.

»Danke vielmals. Das ist so süß.« Sie kann ihr Glück kaum fassen. Obwohl sie nichts erwartet hat, ist es eine sehr nette Geste.

»Komm, schau dir dein Zimmer an«, ruft Tucker, nimmt Emily bei der Hand und zieht sie mit sich.

Unten angekommen verschlägt es Emily die Sprache.

Helen hat ihre Zimmertür komplett in Geschenkpapier gewickelt und eine große, fette 22 darauf geschrieben. Als sie eintritt, findet sie lauter Geschenke auf dem Bett. Eine kleine, weiße Schachtel mit einer roten Schleife zieht sofort ihre Aufmerksamkeit auf sich. Sie nimmt sie in die Hand.

»Es gibt Kuchen!«, ruft Helen von oben.

Nach diesen Worten sind Tucker und Emily blitzschnell wieder in der Küche. Das Geschenk hat sie mitgenommen, um es mit ihrer Gastfamilie zu öffnen.

»Oh, das ist von uns«, meint Helen und grinst bis über beide Ohren. »Ich bin schon gespannt, wie du reagierst.«

Emily öffnet die Box und findet darin ein silbernes Armband. Als Anhänger sind die Umrisse von zwei Staaten zu sehen: Virginia und Maryland.

»Weil du hier bei uns in Virginia lebst, aber natürlich auch viel Zeit mit Jason und Laura in Maryland verbringst«, erklärt Helen, doch Emily hat es bereits begriffen.

Sie nimmt Helen in die Arme und hält ein paar Freudentränen zurück. »Ich liebe es! Vielen Dank!«

»Gern geschehen. Ich hoffe, die Größe passt.« Helen löst sich aus der Umarmung und wendet sich dem Kuchen zu, von dem sie jedem ein Stück reicht.

Emily legt sich das Armband um ihr Handgelenk und setzt sich ebenfalls hin.

Der Kuchen ist für Emilys Geschmack, wie so vieles in Amerika, viel zu süß. Zum Glück ist es nur ein kleines Stück, das schnell aufgegessen ist.

Danach bringt sie Maddie ins Bett. Als sie wieder ins Wohnzimmer kommt, sind ihre Gasteltern bereits mit Tucker zur Location verschwunden. Sie werden dort alles für die Party vorbereiten, die Helen schon seit Wochen plant.

So einen großen Aufwand für den ersten Geburtstag eines Babys hat Emily noch nie erlebt. Sie ist es gewohnt, dass dieser einfach zu Hause mit der Familie gefeiert wird. Doch hier findet die Party auf einer Farm statt. Familie, Freunde und andere Kinder werden da sein. Es gibt ein Karussell, einen Streichelzoo und eine Fahrt auf dem Heuwagen.

Emily fragt sich, ob sich dieser Aufwand überhaupt lohnt, denn Maddie wird sich später sowieso an nichts mehr erinnern können. Doch Spaß wird die Kleine heute sicherlich trotzdem haben.

Gerade als Emily sich umgezogen hat, hört sie ein Quengeln von oben. Maddie ist pünktlich wach, denn es wird für sie beide langsam Zeit, sich ebenfalls auf den Weg zu machen.

Sie zieht Maddie ein blaues Kleidchen mit pinken Blumen an, packt die Babytasche und steigt ins Auto.

Auf dem Parkplatz der Farm steht bereits ihre Gastfamilie vor dem Heuwagen.

»Es ist alles vorbereitet und die Gäste warten. Auch Jason, Laura und Mike sind da«, sagt Helen überraschend ruhig, als sie Maddie entgegennimmt. Obwohl sie die Party ganz alleine auf die Beine gestellt hat, wirkt sie sehr gelassen.

Sie steigen in den Heuwagen ein und fahren zur Farm.

Die Gäste vor dem Karussell werden langsam ungeduldig. Doch als sie näherkommen, stimmen sie ein *Happy Birthday* an und klatschen. Das Lied singen sie natürlich zweimal: einmal für Maddie und einmal für Emily.

Maddie scheint zu wissen, dass diese Aufmerksamkeit ihr gilt, denn sie strahlt und kichert glücklich vor sich hin.

Auch Emily schätzt diese Geste sehr. Da sie aber viele Leute nicht kennt, macht sich ein mulmiges Gefühl in der Magengegend breit. Sie versucht ein vertrautes Gesicht in der Menge zu finden. Als ihr Blick auf Jason fällt, verfliegt die Nervosität langsam.

Der Wagen stoppt ruckartig, so dass sich Emily kurz am Sitz festhalten muss.

Nachdem sie ausgestiegen sind, stürmen sich die Gäste praktisch auf Maddie und manche gratulieren auch Emily. Als sie endlich bei Laura, Mike und Jason ankommt, atmet sie erleichtert auf. »Puh, ich wusste nicht, dass so viele Leute kommen.« Sie gibt Laura und Mike eine Umarmung. Jason erhält einen Kuss. »Zum Glück sind die meisten für Maddie hier. Da kann ich ohne schlechtes Gewissen auch mal ein bisschen verschwinden.«

»Kannst du machen, aber erst nach dem Kuchen«, ruft Mike. »Ich habe ihn bereits gesehen und den dürfen wir nicht verpassen.«

Laura lacht. »Er ist nur wegen des Essens hier.«

Emily und Jason stimmen in ihr Gelächter ein, während Mike nur mit den Schultern zuckt.

»Da musst du nicht lange warten. Nach den Karussellfahrten gehen wir direkt zum Kuchen über.« Emily zeigt zum Karussell, wo sich bereits eine Schlange gebildet hat.

»Oh, dein Armband«, schwärmt Jason. »Sind das Maryland und Virginia?«

Auch Laura und Mike starren auf ihr Handgelenk.

»Oh, ja. Ist es nicht wunderschön? Helen hat es mir geschenkt. Beide Staaten vereint.«

»Eine tolle Idee.« Jason gibt ihr einen Kuss.

»Kommt schon, Zeit sich anzustellen!«, ruft Mike und geht in Richtung des Vergnügens.

Laura verdreht die Augen. »Wir kommen ja schon.«

Nachdem endlich alle ihre Fahrkarten eingelöst haben, treffen sie sich alle in der Scheune.

Auf einem Tisch steht Maddies Einhornkuchen.

»Es ist nun Zeit für das Highlight!«, ruft Helen durch die Menge und hält die Kleine auf dem Arm.

Phil schneidet ein Stück des Kuchens ab und legt es auf einen Teller.

Helen setzt Maddie gleich dahinter.

Die Kleine wendet ihre großen braunen Augen dem Kuchen vor sich zu.

Die Blicke der Gäste hingegen sind gespannt auf das Geburtstagskind gerichtet.

Emily kann sich noch erinnern, dass ihre Mutter immer die Geschichte erzählt hat, wie sie als Baby nur den einen Finger in den Zuckerguss steckte, diesen ableckte und dann fröhlich vor sich hin grinste.

Maddie hingegen ist das pure Gegenteil. Zielsicher beugt sie sich nach vorne und streckt ihre kleinen Hände nach dem Gebäck aus. Als sie dieses erreicht, drückt sie mit aller Kraft ihre zarten Finger in den weichen Kuchen. Langsam führt sie das Stück zu ihrem Mund und leckt dieses vorsichtig ab. Es scheint zu schmecken, denn schnell gönnt sie sich einen großen Bissen.

Natürlich lachen die Gäste laut auf. Doch als Maddie dann vor Freude in die Hände klatscht, und das Kuchenmousse rund um sie durch die Luft fliegt, verstummen einige Leute sofort. Der ganze Tisch und auch Gäste sind vollgekleckert.

»Du hast hier auch etwas Zuckerguss abbekommen.« Jason fährt vorsichtig über Emilys Haar.

Maddie hatte wirklich eine große Reichweite.

Jason

Jason kommt gerade aus der Küche und erblickt Emily, die versucht, den Zuckerguss von den Tischen zu schrubben. »Brauchst du Hilfe?« Er grinst und legt seine Hand auf ihren Rücken.

»Alles gut. Wir hätten Tischdecken verwenden sollen, dann wäre das sicherlich einfacher.«

Es ist der erste Moment des Tages, an dem er Emily für sich alleine hat, und er muss ihr immer noch von dem Gespräch mit seinen Eltern erzählen. »Ich würde dich diesen Samstag gerne meinen Eltern vorstellen.«

Emily schaut ihn zuerst mit großen Augen an, fängt dann aber an zu lächeln. »Danke, Jason, das bedeutet mir wirklich viel.«

»Gerne. Meine Mutter freut sich schon sehr und mein Vater …« Er hält kurz inne. »Du musst ihm Zeit lassen.«

Emily runzelt die Stirn. »Wie meinst du das?«

»Er ist bei neuen Frauen ein bisschen schwierig«, erklärt Jason schnell. »Ich möchte dich nur vorwarnen.«

Sie beißt sich auf die Lippen. »Okay, wir werden ja sehen.«

Diese Konversation scheint Emily nur nervöser gemacht zu haben, doch er musste ihr sagen, was sie erwartet. Denn wie er seinen Vater kennt, wird der nur schwer zu überzeugen sein. »Keine Sorge, Emily. Ich bin ja da und helfe dir«, versucht Jason sie zu beruhigen, was auch zu klappen scheint, denn Emily lächelt.

Sie legt ihre Hand auf seinen Arm. »Danke, ich freue mich trotzdem auf deine Familie. Wird Grace auch da sein?«

»Ich habe ehrlich gesagt nicht nachgefragt. Da meine Eltern sie nicht erwähnt haben, hat sie wahrscheinlich keine Zeit. Aber beim nächsten Mal ist sie sicher dabei.«

Emily nickt und senkt den Kopf.

»He, ihr beiden. Ihr könnt später reden. In einer Stunde muss alles aufgeräumt sein«, ruft Helen ihnen zu, die gerade einen Berg Papierteller in den Abfall schmeißt.

Emily und Jason schauen sich an. Schmunzelnd verschwinden sie in verschiedene Richtungen und packen ebenfalls mit an, um alles rechtzeitig auf Vordermann zu bringen.

Emily

Emily steht völlig ratlos vor ihrem Kleiderschrank. Was soll sie bloß für das Treffen mit Jasons Eltern tragen? Obwohl sie am liebsten ein Kleid anziehen würde, machen die herbstlichen Temperaturen dies unmöglich. Nach langem Überlegen entscheidet sie sich für eine weiße Hose und ein braunes, lockeres Oberteil, das ihren Bauch knapp bedeckt. Während sie sich im Spiegel betrachtet, wird sie langsam nervös. Hoffentlich werden Jasons Eltern sie mögen.

Ihre Gedanken werden von einem stürmischen Klopfen an der Zimmertür durchbrochen.

»Jason ist da!«, ruft Tucker aufgeregt und rennt sogleich wieder nach oben. Er möchte wahrscheinlich keine Sekunde mit seinem neuen besten Freund verpassen.

Emily schaut noch einmal in den Spiegel, nimmt einen tiefen Atemzug und folgt ihm. Im Wohnzimmer angekommen, verschlägt es ihr die Sprache.

Jason trägt ein weißes Hemd, kombiniert mit einer lässigen Jeans. Seine Ärmel hat er bis zu den Ellbogen hochgekrempelt und die obersten Knöpfe sind geöffnet, so dass Emily einen Blick auf seine Brust erhascht. In der Hand hält er einen Strauß aus gelben Rosen.

»Du siehst wunderschön aus, Emily«, sagt er und begrüßt sie mit einem Kuss. »Die sind für dich.«

Ihre Wangen werden heiß und als sie ihre Stimme wieder findet, bedankt sie sich für die Blumen.

»Du kannst sie mir geben, ich stelle sie mit einer Vase in dein Zimmer«, meint Helen und nimmt ihr die Rosen ab.

»Kann ich noch mit Jason spielen?«, fragt Tucker mit großen Augen.

»Heute nicht, kleiner Mann. Aber ich komme ein anderes Mal wieder vorbei, wenn ich mehr Zeit habe«, antwortet Jason.

Tucker hat ihn wirklich schnell ins Herz geschlossen. Wahrscheinlich, weil er anstelle seines Vaters nicht viele andere männliche Erwachsene kennt.

Er schaut traurig zu Boden und geht zur Haustür. Da schnappt er plötzlich nach Luft. »Ist das dein Auto?«, fragt er aufgeregt und hüpft kichernd auf und ab. »Es ist ein Rennauto!«

Jason schmunzelt. »Ja, es ist ziemlich schnell.«

Emily hat nicht daran gedacht, wie viel Freude Tucker an Jasons Blech-Baby haben würde. Es muss ihn an seine Autosammlung erinnern.

»Ich will mitfahren!«, ruft Tucker.

»Ein anderes Mal, Äffchen«, sagt Emily und streichelt ihm über die Haare.

»Jap, wir müssen nämlich los. Hast du alles, Emily?« Jason greift nach der Tasche, die sie für das Wochenende gepackt hat.

Emily nickt. Sie verabschiedet sich noch kurz von ihrer Gastfamilie und geht mit Jason nach draußen.

»Tucker mag dich sehr«, meint Emily, als sie im Auto sitzen.

»Mich und meinen Wagen«, korrigiert Jason sie und lacht. »Ich plane ein bisschen mehr Zeit ein, wenn ich das nächste Mal zu dir nach Hause komme. Dann kann ich noch mit ihm spielen und eine Runde im Auto drehen, obwohl …« Er dreht sich kurz um. »Ich weiß nicht, ob hier ein Kindersitz Platz hätte.«

Emily lächelt. Dass er für Tucker mehr Zeit einplanen würde, ist wirklich süß von ihm.

Er fährt mit einem lauten Heuler los.

Die Fahrt wird etwa eine Stunde dauern. Diese Zeit möchte Emily nutzen, um mehr über Jasons Family zu erfahren, bevor sie diese kennenlernt. »Erzähl mir noch ein bisschen von deinen Eltern, damit ich vorbereitet bin«, sagt Emily selbstbewusst.

»Nun, meine Mutter heißt Holly und mein Vater Joe. Er hat,

wie du weißt, seine eigene Firma, weshalb er sehr viel arbeitet und harte Arbeit auch sehr schätzt. Meine Mutter ist eigentlich Hausfrau, arbeitet aber hin und wieder für private Kunden im Bereich Webdesign.«

Emily beißt sich auf die Lippen. Seine Familie ist das pure Gegenteil von ihrer. Ein selbständiges Arbeitsverhältnis einzugehen, sehen ihre Eltern als ein zu großes Risiko.

»Ich möchte dich nochmals vor meinem Vater warnen. Er ist ziemlich direkt und streng mit meiner Frauenwahl. Er denkt jedes Mal, dass es sowieso nicht lang hält, wenn ich meine Freundin nach Hause bringe.«

»Wieso denkt er das denn?«, fragt Emily, obwohl sie sich dies auch selbst beantworten kann. Sie möchte es jedoch von ihm hören.

»Nun, meine Beziehungen haben nie wirklich lange gehalten.«

Wie Emily von Laura erfahren hat, ist das eine Untertreibung. Er hatte schon einige Beziehungen, welche nach wenigen Monaten in die Brüche gingen. Aber wieso musste sie denn darum bitten seine Eltern kennen zu lernen, wenn er alle anderen auch zu sich nach Hause genommen hat?

»Hast du sie denn immer gleich deinen Eltern vorgestellt?«, fragt sie, um herauszufinden, was es damit auf sich hat.

»Nein, das nicht. Aber ich habe sie oft über Nacht zu mir genommen … na ja, du weißt schon.«

Ja, Emily kann es sich vorstellen.

»Aber keine Sorge, jemanden offiziell meinen Eltern vorgestellt, habe ich schon lange nicht mehr.« Er legt seine Hand beruhigend auf ihren Oberschenkel, was Emily aufatmen lässt.

Jason hält den Wagen vor einem wunderschönen, großen Haus direkt am Wasser. Die Farbe und die Form erinnern Emily irgendwie an das Weiße Haus in Washington D.C.

»Wow!«, platzt es aus ihr heraus. »Hier wohnst du mit deinen Eltern?«

»Ja, hier bin ich aufgewachsen«, antwortet Jason grinsend.

Emily kommt nicht aus dem Staunen heraus. Sie wusste, dass Jasons Familie viel Geld hat, aber dieses Haus übertrifft alle ihre Vorstellungen.

Jason öffnet ihr die Beifahrertür. »Bist du bereit?«, fragt er lächelnd.

Sie war so auf das Haus konzentriert, dass sie gar nicht bemerkte, wie er ausgestiegen ist. »Ja ... klar«, stammelt sie nervös. Sie nimmt einen tiefen Atemzug und steht auf.

Jason legt einen Arm um ihre Taille. »Es wird alles gut. Das schaffen wir schon«, meint er beruhigend, führt sie langsam zum Eingang und öffnet die Haustür.

Ein großer Saal mit einer breiten Treppe kommt zum Vorschein. Links und rechts davon stehen zwei wunderschöne, große Pflanzen.

Aus dem Raum rechts von ihr hört Emily Stimmen. Das müssen Jasons Eltern sein.

Sie hat diesen Gedanken kaum zu Ende gedacht, da kommt schon eine elegant gekleidete Dame aus dem Raum und begrüßt sie herzlich. »Da seid ihr ja endlich!«, ruft sie und gibt Jason einen Kuss auf die Wange. Dann wendet sie sich Emily zu. »Emily, schön, dich kennenzulernen. Ich bin Holly, Jasons Mutter. Willkommen in unserem Daheim«, sagt sie und dreht sich schwungvoll zum Rest des prachtvollen Hauses. »Wir warten gleich im Esszimmer auf euch.« So schnell wie Holly aufgetaucht ist, so schnell ist sie wieder verschwunden.

Emily kommt aus dem Staunen nicht mehr raus und steht wie angewurzelt da.

Jason nimmt sie beim Arm und begleitet sie die Treppe hoch. »Ich zeige dir zuerst mein Zimmer. Dann kannst du deine Sachen gleich dort deponieren.«

Im Zimmer angekommen, setzt sich Emily aufs Bett. Sie muss das alles kurz verarbeiten. »Das Haus ist ja wundervoll!«, platzt es aus ihr heraus.

Jason lacht. »Ja, uns fehlt es an nichts, eher das Gegenteil, wir haben zu viel«, scherzt er und setzt sich neben sie.

»Das merkt man. Ich hoffe, ich bin nicht zu leger gekleidet«, bemerkt Emily und schaut an sich herunter.

»Du siehst absolut bezaubernd aus. Nun müssen wir aber wieder nach unten, es gibt sicher bald Abendessen.« Jason streckt Emily seine Hand entgegen.

Sie nimmt sie und steht auf. Gemeinsam gehen sie die Treppe hinunter.

Als sie das Esszimmer betreten, richten sich alle Blicke sofort auf sie. Die Luft fühlt sich auf einmal zehn Grad wärmer an.

Ein schick angezogener Mann, bestimmt Joe, steht neben Holly und starrt Emily mit ernster Miene an. Er streckt seine Hand zu ihr aus. »Willkommen in unserem Haus. Mal sehen, wie lange du hier sein wirst«, sagt er schroff.

Wie bitte?

Der Raum wird still.

Emily schüttelt seine Hand und schaut verwirrt zu Jason, der seinem Vater einen wütenden Blick zuwirft.

Die Spannung in der Luft ist unerträglich.

»Setzt euch an den Tisch. Das Essen beginnt gleich«, sagt Holly und bricht so das Schweigen.

Joe löst seine Hand von Emilys und nimmt am Kopf des langen, imposanten Tisches Platz.

Auch alle anderen setzen sich.

»Wieso kann Grace nicht kommen?«, fragt Jason.

»Ihr Mann ist dieses Wochenende auf Geschäftsreise und erst am Montag wieder zurück. Grace verbringt den Abend deshalb mit den Kindern«, antwortet Holly.

»Ein Mann, der hart arbeitet. So muss es sein.« Joe wirft Jason einen auffordernden Blick zu.

Auch wenn Jason Emily gewarnt hat, hat sie sich dieses Abendessen fröhlicher und gelassener vorgestellt.

»Jetzt wird nicht über das Geschäft gesprochen. Wir haben immerhin einen Gast«, weist Holly Joe zurecht und lächelt Emily beschämt zu. Sie steht auf und bringt eine Platte mit einem großen Stück Fleisch zum Tisch. Daneben befindet sich allerlei Gemüse, das köstlich riecht.

»Das Essen sieht wirklich sehr lecker aus«, sagt Emily zu Holly, die ihr dankbar zulächelt.

Sie gibt jedem ein Stück des Bratens und einen Löffel Gemüse auf den Teller. Als sie sich wieder setzt, beginnt das Festmahl und Holly wendet sich an Emily. »Wieso bist du eigentlich nach Amerika gekommen? Die Schweiz soll doch so wundervoll sein.«

»Ja, die Schweiz ist wirklich schön. Aber ich wollte etwas anderes sehen. Die Welt ist zu groß, um nur an einem Ort gelebt zu haben«, antwortet Emily und versucht, sich die Nervosität nicht anmerken zu lassen.

»Und was machst du hier in Amerika?«, fragt Holly weiter.

»Ich arbeite als Au-pair. Das heißt, ich passe auf die Kinder auf, während die Eltern bei der Arbeit sind.«

»So eine *Bedienstete* könnte Grace auch gebrauchen, dann wäre sie jetzt hier«, bemerkt Joe abwertend, woraufhin er wieder einen warnenden Blick von Holly erntet. Das scheint ihn jedoch nicht zu kümmern. »Es war bestimmt nicht einfach, ein Visum für die Arbeit hier zu erhalten«, fährt er fort, natürlich immer noch mit so einem abwertenden und arroganten Ton, dass Emily merkt, dass es darauf keine gute Antwort geben kann.

»Ähm, es handelt sich um ein Jahresvisum im Kulturaustausch. Mit einer Agentur funktioniert das eigentlich einwandfrei«, erklärt Emily unsicher.

Joe setzt einen entrüsteten Blick auf. »Du wirst also nach einem Jahr wieder in die Schweiz zurückkehren? Was ist denn mit Jason, wenn du gehst?«, fragt er in einem so scharfen Ton, dass Emily das Essen fast im Hals stecken bleibt.

»Also, ähm…«, stottert Emily. »Wir haben noch nicht wirklich darüber gesprochen. Aber ich denke, wir werden uns gegenseitig besuchen und dann sehen, wie es klappt.« Sie schaut hilfesuchend zu Jason, der ihr fast unmerklich zunickt.

»Könntest du dir denn vorstellen, länger hier in Amerika zu wohnen?«, hakt Joe nach.

»Vater, das hat noch Zeit. Vielleicht gefällt es mir ja auch in der Schweiz«, schaltet sich Jason ein, bevor Emily fortfahren kann.

»Wie bitte?!«, ruft Joe wütend.

Emily erschreckt.

»Du kannst unser Unternehmen nicht von der Schweiz aus leiten. Du weißt ganz genau, dass du hier in Maryland bleiben musst!«, fährt Joe fort.

»Lass uns das bitte ein anderes Mal besprechen und nicht jetzt. Wir sind erst seit ein paar Monaten zusammen und dieser Abend soll dazu dienen, dass ihr Emily kennenlernt«, widerspricht Jason seinem Vater mit überraschend ruhiger Stimme.

»Nein, wir besprechen das jetzt!«, entgegnet Joe. »Seit Jahren arbeiten wir an deiner Karriere. Du hast nicht umsonst Business studiert und in der Firma bereits Fuß gefasst!«

Nun wird auch Jason wütend. Seine Gesichtszüge verkrampfen sich und er ballt seine Hände zu Fäusten.

Während sich Joe und Jason laut streiten, mischt sich Holly ein und versucht, die Lage etwas zu entschärfen.

Was hat Emily da nur ausgelöst?

Ein Druck macht sich in ihrer Brust breit. Ihr wird schwindelig und sie kann keinen klaren Gedanken mehr fassen. Eine Panik-attacke. Sie richtet sich auf und macht sich mit wackelnden Beinen auf zur Treppe. Sie muss hier weg. Jemand stützt sie und hilft ihr die Stufen hoch. Im Augenwinkel nimmt sie wahr, dass es Holly ist.

Ihr Mund bewegt sich, doch Emily kann sie nicht verstehen. Sie ist zu sehr damit beschäftigt, einen Fuß vor den anderen zu setzen.

In Jasons Zimmer angekommen, legt sich Emily aufs Bett und nimmt die Umgebung wieder ein wenig wahr.

»Ich lasse dich für einen Moment allein«, meint Holly und schließt hinter sich die Tür.

Trotzdem kann Emily den Streit noch hören. Sie schließt die Augen und versucht die Attacke mit Atemübungen zu verringern.

Nach einer Weile verstummen die Stimmen von unten und Emilys Puls wird langsamer.

Seit Monaten hatte sie keine Panikattacke mehr. Normalerweise hat sie diese auch nur, wenn etwas im Zusammenhang mit ihrer Vergangenheit passiert. Wieso also jetzt? Immerhin ging es hier um Jason und seine Karriere, was nicht direkt mit ihr zu tun hat. Außer, dass sie eventuell dazwischenstehen könnte.

Bei diesem Gedanken geht ihr ein Licht auf: Sie befindet sich zwischen zwei Fronten. Genau wie bei Kim und ihrem Freund oder Ashley und Jason. Sie kann nicht fassen, dass sie nach so langer Zeit endlich den wahren Grund kennt, der die Panikattacken in ihr auslöst. Sie atmet tief ein und wieder aus. Hoffentlich hilft dieses Wissen die Panikattacken zu verringern oder vielleicht sogar diese ganz hinter sich zu lassen.

Jason

Jason sitzt am Tisch und streicht sich mit der Hand die Stirn. Er hat sich den Abend definitiv anders vorgestellt.

Sein Vater ist bereits in seinem Büro verschwunden.

»Emily ist in deinem Zimmer, ihr geht es nicht gut«, sagt seine Mutter, als sie ins Esszimmer kommt. Sie trägt das kaum angerührte Essen zurück in die Küche.

»Was ist denn passiert?«, fragt Jason, kann sich aber denken, dass seiner Freundin der Streit einfach zu viel wurde.

»Sie ist aufgestanden und war ganz bleich. Ich wollte mit ihr reden und habe gesehen, dass sie nicht mehr richtig stehen konnte, deshalb habe ich sie nach oben gebracht.«

»Gott, Vater hat das ganze Essen mit seinem ständigen Business Talk versaut.«

»Reg dich nicht wieder auf und kümmere dich jetzt um Emily. Sie scheint ein nettes Mädchen zu sein«, meint seine Mutter beruhigend und wendet sich zum Gehen.

»Danke, Mom«, sagt er noch leise, doch das Nicken seiner Mutter zeigt ihm, dass sie es gehört hat, bevor sie das Zimmer verlässt. Ein schlechtes Gewissen macht sich in Jason breit. Anstatt sich um Emily zu kümmern, hat er sich wieder mal auf die Diskussion mit seinem Vater eingelassen. Er hat nicht einmal bemerkt, dass sie das Esszimmer verlassen hat.

Er steht auf und macht sich auf dem Weg nach oben.

Emily liegt auf dem Bett.

Er setzt sich neben sie und streichelt sanft über ihr Haar.

Sie murmelt unverständlich.

»Emily, bist du wach?«, flüstert er.

Sie dreht sich zu ihm und öffnet leicht die Augen. Sie sieht müde aus.

»Es tut mir so leid, dass mein Vater so reagiert hat. Und auch, dass ich nicht für dich da war.«

Emily legt ihre Hand auf sein Bein. Sie fühlt sich kalt an. »Mach dir darüber keine Sorgen. Deine Mutter hat mir geholfen«, antwortet sie mit leiser Stimme.

»Sie sagte, du bist beinahe zusammengebrochen.«

Emily ist für eine Weile still. Ihre Augen glitzern verdächtig.

Jason hat das Gefühl, dass es etwas gibt, was er noch nicht weiß. Zumindest jetzt möchte er für sie da sein und ihr zeigen, dass sie ihm alles anvertrauen kann, deshalb legt er seine Hand auf ihre und streichelt sie sanft.

Langsam setzt sich Emily auf und schaut Jason direkt in die Augen. Erst da fällt ihm auf, dass sie wieder eines seiner T-Shirts angezogen hat. »Ich hatte eine Panikattacke«, erklärt sie leise.

Jason runzelt die Stirn. Er hat noch nie erlebt, dass jemand solch eine Attacke hatte. »Wieso denn? Wegen des Streits mit meinem Vater?« Sein Magen zieht sich zusammen.

»Die Situation war mir einfach zu viel. Dass du dich wegen mir mit deinem Vater streitest, wollte ich nicht. Ich will deine Pläne für die Zukunft nicht durcheinanderbringen.«

»Das tust du nicht«, entgegnet Jason. Er möchte weitersprechen, merkt aber, wie erschöpft Emily ist.

Ihre Augen, die tief in den Höhlen liegen, kann sie kaum noch offenhalten. Langsam legt sie sich zurück ins Bett.

»Ruh dich jetzt aus. Wir können morgen darüber reden«, schlägt Jason vor. Er gibt Emily einen Kuss, zieht sich aus und kuschelt sich an sie.

Am nächsten Tag ist Jason bereits früh wach. Der gestrige Abend lässt ihn nicht in Ruhe. Er steht deshalb auf und geht nach unten. Immer wieder schaut er sich um und lauscht kurz an der Tür zum Büro seines Vaters. Er möchte ihm auf keinen Fall über den Weg laufen. In der Küche trifft er auf seine Mutter, die einen Kuchen backt. »Guten Morgen, Mom. Wo ist Vater?«

»Er arbeitet in seinem Büro. Wie geht es Emily?«, fragt sie besorgt.

»Gut, denke ich. Sie schläft immer noch.« Jason merkt, wie seine Mutter versucht, etwas zu sagen, aber sie scheint die Worte nicht zu finden.

Es liegt eine bedrückte Stimmung in der Luft, weshalb sich Jason langsam in Richtung Garten begibt.

»Warte, Jason«, sagt seine Mutter dann doch.

Er bleibt stehen und dreht sich zu ihr.

Sie senkt den Kopf und presst ihre Lippen zusammen. »Das Benehmen deines Vaters gestern war absolut unakzeptabel. Trotzdem muss ich ihm ein bisschen recht geben.«

Jason hebt die Augenbrauen. Erst gestern hat sie noch gesagt, wie sehr sie Emily mag.

»Er hat viel Zeit und Geld investiert, dich auf die Übernahme der Firma vorzubereiten. Er möchte nicht, dass alles umsonst war«, erklärt sie mit ernster Stimme. Sie geht ein paar Schritte auf Jason zu und legt ihre Hand an seine Wange. »Wenn du die Firma nicht übernimmst, muss er jemanden Fremden wählen und du weißt, dass er das nicht möchte.«

Natürlich weiß Jason das. Sein Vater hat alles allein aufgebaut und möchte, dass das Unternehmen in den Händen der Familie bleibt. Aber deshalb solch eine Szene zu machen wie gestern, ist einfach unter aller Würde.

»Ich will die Firma ja übernehmen«, erwidert Jason. Er nimmt ihre Hand von seiner Wange und drückt sie leicht. »Aber Vater hat kein Recht, sich in meine Beziehung einzumischen. Wenn die Zeit gekommen ist, dann reden Emily und ich schon darüber.«

»Ich kenne dich, Jason. Du umgehst dieses Thema, weil es schwer für dich ist. Es wird aber nicht leichter, wenn ihr ein paar Monate wartet. Ihr solltet jetzt darüber sprechen und euch klar werden, was auf euch zukommt.«

Er schaut zu Boden. Seine Mutter hat recht. Wahrscheinlich würde er dem Thema so lange aus dem Weg gehen, bis Emily es anspricht. »Nun … Ich weiß nicht … Ich …«

»Jason«, unterbricht ihn seine Mutter sanft. »Du musst nicht sofort entscheiden. Aber mache dir Gedanken, wie es weitergehen soll. Das ist ein Teil in deinem Leben, bei dem wir dir nicht helfen können.«

»Aber trotzdem mischt ihr euch ein«, wirft Jason ihr aufgebracht vor.

Sie lächelt. »Nur weil wir dir nicht helfen können, werden wir trotzdem unsere Meinung dazu sagen.«

Jason seufzt. Seine Zukunft ist in allen Bereichen seines Lebens bereits durchgeplant, dafür haben seine Eltern gesorgt. Wie soll er dann, wenn es um so einen wichtigen Entschluss wie die Liebe geht, selber entscheiden? »Ich werde versuchen, mit Emily zu sprechen.«

Seine Mutter lächelt zufrieden und gibt ihm einen Kuss auf die Wange. »Grace wird heute zum Mittagessen vorbeikommen und dein Vater und ich gehen jetzt noch einkaufen.« Sie schaut Jason direkt in die Augen. »Ich denke, es ist besser, deinen Vater erst wieder mit Emily zu konfrontieren, wenn alles geklärt ist.«

Jason versteht und nickt. In einer anderen Situation hätte diese Aussage ihn wieder in Wut ausbrechen lassen. Doch in diesem Fall gibt er seiner Mutter recht. Ein weiteres Aufeinandertreffen wäre für keine Partei sinnvoll.

Holly wendet sich dem Kuchen zu und Jason geht wieder nach oben in sein Zimmer.

Emily schläft noch. Sie sieht friedlich aus, als ob alle Probleme von gestern verflogen wären.

Er überlegt sich, wie er das Gespräch mit Emily führen soll. Er möchte sie nicht bedrängen, aber trotzdem zu einer Lösung kommen. Oder wäre es besser zu warten, bis er sich im Klaren ist, was er überhaupt will?

Von den vielen Gedanken brummt ihm der Kopf. Er legt sich deshalb wieder ins Bett und kuschelt sich an sie. Ihr Körper ist ganz warm und er fühlt sich sofort wohl. Falls das Gespräch etwas an der Beziehung ändern sollte, muss er jetzt die letzten Momente mit Emily genießen.

Emily

Als Emily aufwacht, liegt Jasons Arm um ihre Taille. Sie lächelt. Für einen kurzen Moment ist alles in Ordnung. Doch schnell kommen ihr die Ereignisse vom Vorabend in den Sinn und ihr Magen zieht sich krampfartig zusammen.

»Hey, Babe, bist du wach?«, fragt Jason.

Emily dreht sich zu ihm und gibt ihm einen Kuss.

Sein Gesicht sieht nicht verschlafen aus, er muss schon länger wach sein. Ob das mit dem gestrigen Streit zu tun hat?

»Hast du Hunger?« Er streichelt ihr langsam über die Wange und lächelt. »Meine Eltern sind nicht zu Hause, also haben wir Zeit für uns.«

Emily fällt ein Stein vom Herzen. Sie fühlt sich nicht in der Lage, Jasons Vater nochmals zu begegnen. Da das Abendessen gestern eher spärlich ausfiel, knurrt ihr Magen laut.

Jason schaut sie mit großen Augen an. »Das reicht natürlich auch als Antwort.«

Sie stehen auf, machen sich kurz frisch und gehen nach unten. Emily setzt sich an den großen Tisch.

»Hast du diese Panikattacken schon länger?«, fragt Jason während er ein Rührei kocht.

Emily presst die Lippen zusammen. Sie hat ganz vergessen, dass sie das gestern noch kurz angesprochen hat. »Seit ungefähr neun Monaten«, antwortet sie knapp.

»Und wieso … Ich meine … was hat sie ausgelöst?«

Das ist der Moment, vor dem Emily am meisten Angst hatte. Sie hat außer mit der Polizei und ihrer Familie noch nie mit jemanden über die damaligen Geschehnisse geredet. Aber Sie möchte keine Geheimnisse vor Jason haben.

»Emily, ist alles in Ordnung?«, fragt Jason besorgt und stellt die beiden Teller auf den Tisch.

Sie schaut auf. Auf ihrer Stirn bildet sich Schweiß. »Ich muss dir etwas erzählen.« Ihr Herz hämmert noch heftiger gegen ihre Brust.

»Es geschah auf einer Party bei uns im Dorf. Alle Leute aus der Umgebung waren da – ich und meine beste Freundin Kim natürlich auch.« Bei dem Gedanken an die Zeit mit Kim, mit der sie unzertrennlich war, zuckt Emilys Mundwinkel kurz zu einem Lächeln. Die beiden waren nicht von der Tanzfläche wegzudenken.

Jason setzt sich gegenüber von Emily an den Tisch und schaut sie fragend an.

»Ich brauchte kurz eine Pause und ging in die Lounge, um ein Glas Wasser zu trinken.« Emily schnappt nach Luft. Sie kann sich erinnern, wie sich die Welt wegen des Alkohols um sie drehte. Wie die Musik in ihren Ohren pochte. »Oben angekommen, setzte ich mich auf ein Sofa. Plötzlich saß Kims Freund neben mir und reichte mir ein Glas Wasser. Ich kannte ihn schon lange und wir verstanden uns echt gut. Nach einer Weile spürte ich seine Hand auf meinem Oberschenkel.« Emilys Stimme fängt an zu zittern. Jedes Wort näher zu dem Ereignis brennt in ihrem Hals wie ein Feuer, das sie nicht löschen kann.

Jason steht auf und geht um den Tisch herum. Er legt seine Hand auf ihre Schulter und setzt sich neben sie.

Es tut gut, seine Unterstützung zu spüren. »Dann hat er mich zu sich gezogen und … geküsst. Ich war so geschockt und überfordert, ich … Ich wusste nicht, was ich tun sollte. Als ich ihn wegstieß, stand Kim vor uns. Ihr Gesicht war blass und ihre Augen voller Hass. Ich wollte alles erklären, doch sie schrie mich an. Nannte mich alle Schande, die die Welt zu bieten hat.«

Jason drückt die Hand an Emilys Schulter leicht und rutscht noch näher.

»Ein Freund schaltete sich ein und schlug vor, dass wir es am nächsten Tag klären sollen. Da rastete Kim komplett aus, schnappte sich den Autoschlüssel und stürmte zum Ausgang. Ich rannte ihr nach, doch als ich diesen erreichte, sah ich nur noch, wie unser Freund versuchte, das Auto aufzuhalten, es aber dann davonfuhr und ...« Sie hält sich die Hände vors Gesicht. Tränen füllen ihre Augen. »Bei der nächsten Kreuzung wurde sie von einem anderen Auto erfasst und verstarb später im Krankenhaus.« Das Schluchzen raubt ihr den Atem und lässt kein Wort mehr aus ihrem Körper entweichen. Die Erinnerung an diese schreckliche Nacht tun immer noch weh.

Jasons legt seine Arme an ihrem Körper. Langsam steht er auf und zieht sie auf die Beine. Seine Umarmung wird fester und Emily legt auch ihre Arme um ihn. »Alles ist okay. Es war nicht deine Schuld«, flüstert er leise.

Obwohl diese Worte in ihren Augen nicht wahr sind, merkt Emily, wie eine Last von ihr abfällt und gleichzeitig ein nervöses Gefühl in ihr aufsteigt.

Jetzt weiß Jason ihr größtes Geheimnis. Wieso sie kein Alkohol trinkt. Wieso sie niemanden ans Steuer lässt, der Alkohol getrunken hat. Und wieso sie unter Panikattacken leidet.

»Es tut mir leid, dass du deine beste Freundin auf so tragische Weise verloren hast«, flüstert er in ihr Ohr.

Ihre Tränen kullern weiter, doch das Schluchzen bleibt aus.

Jason löst die Umarmung und nimmt Emilys Kopf zwischen seine Hände. »Es tut mir auch leid, dass ich mit der ganzen Sache gestern eine Panikattacke bei dir ausgelöst habe.«

Emily legt ihre Hände auf seine und kann sich ein kurzes Lächeln nicht verkneifen. »Ist schon okay«, flüstert sie. Die Nervosität verschwindet und macht Platz für eine wohlige Wärme.

Trotz der wenigen Zentimeter Abstand zwischen ihnen, waren sie sich noch nie so nah wie jetzt. Dieses Gespräch hebt ihre Beziehung auf eine komplett neue emotionale Ebene.

Jason gibt Emily einen Kuss auf die Stirn, bevor er seinen Blick zum Tisch wendet. »Das Essen ist jetzt wohl kalt. Soll ich etwas Neues machen?«

Emily schüttelt den Kopf. »Nein, kein Problem. Das geht schon.«

Sie setzen sich hin und essen ihr Frühstück.

»Wie geht es dir eigentlich nach dem Streit gestern mit deinem Vater?«, fragt Emily, nachdem sie einen Bissen hinuntergeschluckt hat.

»Ist nicht das erste Mal, dass mein Vater und ich aneinandergeraten sind, wenn es um sein Geschäft geht«, antwortet er grinsend und zuckt mit den Schultern.

Doch Emily wird das Gefühl nicht los, dass ihn noch etwas bedrückt. »Jason. Ich war ehrlich zu dir. Zeit für dich, auch ehrlich zu mir zu sein.«

Seine Miene verzieht sich. Mit einem lauten Seufzer lehnt er sich im Stuhl zurück. »Wir müssen über die Situation mit deiner Heimreise reden.«

Emily schaut auf ihren fast leeren Teller. »Ich weiß. Ich dachte nur, wie hätten noch ein wenig Zeit.«

»Hast du nicht einmal gesagt, dass es eine Option zur Verlängerung des Au-pair-Programms gibt?«, fragt Jason. »Das würde uns mehr Zeit geben.«

Emily legt die Gabel weg und stützt ihr Kinn auf einer Hand ab. »Ja, ich könnte um sechs, neun oder zwölf Monate verlängern. Ich habe mit meiner Gastfamilie aber noch nicht darüber gesprochen.«

»Könntest du es dir denn vorstellen, länger hierzubleiben?«, hakt Jason nach und legt sein Besteck auf den leeren Teller.

»Ja, klar. Es ist nur …« Emily versucht die richtigen Worte zu finden. »Ich vermisse meine Familie und ich will ein Studium im Bereich Kommunikation abschließen. Das würde im September beginnen und wenn ich verlängere, bin ich nicht zum Studienbeginn zu Hause.«

»Du könntest hier studieren«, schlägt Jason vor. »Wir haben auch super Colleges und Universitäten.«

»Das kann ich mir nicht leisten. Bei uns sind viele Unis vom Staat finanziert und deshalb günstiger. Hier würde ich ein Vermögen bezahlen, das ich und meine Familie nicht haben.«

Jason seufzt, nimmt die leeren Teller und bringt sie in die Küche. »Dann wirst du nach deinem Au-pair wieder zurück in die Schweiz gehen?«

Emily beißt sich auf die Lippen. »Ja, ich denke schon. Bestimmt, bis ich mein Studium beendet habe.«

Eine erdrückende Stille macht sich im Raum breit. Wie konnte die erleichterte Stimmung von vorhin so schnell in diese traurige Atmosphäre umschlagen?

»Danke für das Frühstück«, sagt Emily, um das Thema zu wechseln. »Es war wirklich lecker.«

»Gerne«, antwortet Jason knapp. »Ich fahre dich nachher nach Hause. Ein zweites Aufeinandertreffen mit meinem Vater sollten wir vermeiden und meine Eltern kommen bald zurück.«

Er hat natürlich recht. Doch Emily wird das Gefühl nicht los, dass hinter dieser Aussage mehr als nur die Sorge vor einem Streit mit seinem Vater steckt. Er möchte vermutlich Zeit für sich. Etwas Abstand ist in diesem Moment wahrscheinlich das Beste für beide.

Gemeinsam gehen sie nach oben.

Emily zieht sich um und packt ihre Sachen zusammen.

Plötzlich geht unten die Haustür auf.

»... und auch dort war das Milchpulver alle. Ich konnte es nicht fassen!«, beschwert sich eine junge Frau.

»Oh nein, meine Eltern sind mit meiner Schwester zurück«, sagt Jason und fängt an hastig im Zimmer hin und her zu laufen. »Okay, ähm... verhalte dich einfach, als ob nichts gewesen wäre«, stammelt er hilflos.

Emily nickt ihm zu und nimmt ihre Sachen.

Auf der Treppe sieht sie Holly und Joe bei der Tür stehen. Als sie Grace erblickt, trifft es sie wie ein Schlag. Nicht in hundert Jahren würde sie vergessen, wie sie ihren Sohn am Pool in den Armen hielt, Tränen über ihre Wangen rollten und ihre schulterlangen Haare in ihr Gesicht fielen.

»Du?«, platzt es aus Grace heraus.

Jason und seine Eltern schauen verwirrt von einem zum anderen.

Grace schlägt sich die Hände vor den Mund und lacht laut auf. »Sie … Sie hat euren Enkel am 4th of July gerettet. Sie ist ohne zu zögern in den Pool gesprungen. Oh mein Gott!«, ruft Grace und geht ein paar Schritt die Treppe hinauf auf Emily zu und nimmt sie in den Arm.

Emily kann es nicht glauben und ist völlig sprachlos. Was für ein Zufall.

Holly klatscht ungläubig in die Hände und auch Joe sieht überrascht aus.

Doch die Szene von gestern hinterlässt einen bitteren Beigeschmack.

»Das war wirklich sehr mutig von dir, danke vielmals«, sagt Holly mit ruhiger, freudiger Stimme und umarmt Emily.

»Ja, und wie! Ich dachte, ich würde dich nie wiedersehen. Bleibst du zum Essen? Ich würde mich freuen«, platzt es aus Grace heraus.

Doch Emily ist nicht in Stimmung, noch einen Tag mit Jasons Eltern zu verbringen. Aber wie soll sie das der erfreuten Grace bloß mitteilen?

»Wir haben schon gegessen. Ich fahre sie jetzt gleich nach Hause«, antwortet Jason für Emily. Er geht an seiner Familie vorbei zur Tür.

Seine Schwester runzelt die Stirn. Sie scheint nicht zu wissen, was gestern vorgefallen ist.

»Tut mir leid. Ein anderes Mal aber gern!«, meint Emily lächelnd und folgt Jason nach draußen. In ihrem Rücken spürt sie noch Graces fragenden Blick, als die Tür hinter ihr ins Schloss fällt.

Zu Hause angekommen wird Emily von einem kleinen Dinosaurier angegriffen. »Emily, Emily, schau! Mein Halloweenkostüm. Raaawr!«, ruft Tucker laut und bringt sie sofort zum Lachen. Er sieht in seinem Kostüm so süß aus.

Sie nimmt knuddelt ihn fest.

Er schafft es einfach immer sie aufzuheitern.

»Wie war dein Abend gestern?«, fragt Helen mit einem Lächeln, als sie in den Raum kommt.

Emily weiß gar nicht, was sie sagen soll. Den gestrigen Abend in Worte zu fassen ist zu schwierig.

Doch Helen scheint die Stille auch so zu verstehen. »Tucker, willst du ein bisschen fernsehen?«

Keine fünf Sekunden später sitzt er schon vor dem Fernseher.

Helen schaltet eine Serie ein. Danach setzt sie sich an den Küchentisch.

Emily folgt ihr und nimmt sich den Stuhl gleich daneben.

»Erzähl mir, was passiert ist«, fordert sie Emily auf.

Emily holt tief Luft und gibt die gestrigen Ereignisse in einem Atemzug wieder. Vom Streit zwischen Jason und seinem Vater bis zum Gespräch mit Jason am nächsten Morgen redet sie sich die Sorgen von der Seele. Ja, sogar von Grace, der mysteriösen Frau vom Pool, erzählt sie. Nur die Panikattacke lässt sie weg.

»Ich wusste doch, dass ich diese Frau am Pool noch nie gesehen habe. Was für ein Zufall! Und wie geht es dir jetzt?« Helen neigt den Kopf zur Seite und setzt einen besorgten Blick auf.

»Ich weiß es nicht. Nach dem Gespräch war Jason irgendwie anders. Er hoffte, dass ich hierbleibe.«

»Klar, das tun wir alle«, sagt Helen und zwinkert Emily zu.

Erst dann merkt sie, was sie Helen gerade offenbart hat.

Es ist üblich, dass die Gastfamilie und das Au-pair nach der

Hälfte des Jahres darüber sprechen, ob das Auslandjahr verlängert werden soll. So hat die Familie genügend Zeit, ein neues Au-pair zu suchen. Dieses Gespräch hat Emily nun vorweggenommen.

»Oh Gott, Helen. Ich habe gar nicht gemerkt …«

»Ist schon okay. Ich verstehe, die Sache mit dem Studium. Und deine Familie wird sich sicher freuen, wenn du wieder in die Schweiz zurückkehrst.«

Emily atmet erleichtert auf. »Danke. Für alles. Aber was soll ich jetzt wegen Jason machen?«

»Lass ihm ein wenig Zeit. Ihr müsst euch beide zuerst selbst Gedanken machen, wo ihr steht«, schlägt Helen vor.

Emily muss ihr recht geben. Sie können nicht über etwas reden, bei dem sie beide noch unschlüssig sind, was sie überhaupt wollen. Sie steht auf und umarmt Helen.

Es ist schön, jemanden zu haben, mit dem sie ihre Probleme besprechen kann. Eine Sache muss sie nun aber dringend mit ihren Eltern teilen. »Ich bin dann mal in meinem Zimmer«, sagt Emily rasch und verschwindet nach unten. Um diese Zeit sollten ihre Eltern erreichbar sein, deshalb versucht sie den Videocall zu starten, bevor sie in ihrem Zimmer ist.

»Emily? Schatz. Komm her, es ist Emily. Was für eine tolle Überraschung!«, ruft ihre Mutter erfreut.

»Gut, dass ich euch erreiche. Ich muss mit euch reden«, sagt Emily, während sich ihr Vater dazugesellt.

»Ist etwas passiert?«, fragt er besorgt.

»Nein, ich meine ja …« Sie schließt die Tür und legt sich auf ihr Bett. »Ich habe Jason von meiner Vergangenheit erzählt.«

Ihre Eltern schauen geschockt, bevor sie beide anfangen zu lächeln.

»Das ist ja fantastisch! Wir sind so stolz auf dich, dass du diesen Schritt endlich geschafft hast«, lobt ihre Mutter sie. »Aber was ist denn nun mit diesem Jason? Seid ihr jetzt endlich zusammen?«

Emilys Wangen werden rot. »Mam, du weißt doch, wie das ist. Wir daten und wie es weiter geht, sehe ich dann.«

Ihre Mutter schüttelt den Kopf und winkt mit der Hand ab. Sie versteht das lange Daten, bevor man wirklich zusammen ist, nicht. Aber Emily möchte ihrer Mutter nicht allzu viel Hoffnungen machen, jetzt, da die Beziehung so unsicher ist.

Jason

Jason bestellt noch eine Runde Bier für sich und Alex. Wenn er seine Sorgen schon nicht lösen kann, spült er diese einfach weg. »Was ist eigentlich passiert, als Emily bei dir zu Hause war?«, fragt Alex.

Jason fasst sich an die Stirn. »Puh, wo soll ich anfangen? Mein Vater hat sie mit Fragen gelöchert, wie sie sich unsere Zukunft vorstellt, und als ich ihn zurechtweisen wollte, ist er ausgerastet. Dann haben wir uns angeschrien und Emily ist in meinem Zimmer verschwunden.« Die Panikattacke und auch Emilys Vergangenheit verschweigt er Alex. Er hat gesehen, wie schwer es ihr fiel, ihm davon zu erzählen und möchte es deshalb nicht weitererzählen.

»Ha, ich hatte also recht!« Alex lacht, einfühlsam wie er ist. »Und dein Vater auch. Du bist einfach nicht der Typ für eine Fernbeziehung.«

Der Barkeeper stellt die beiden Bier auf die Theke und verschwindet wieder.

Jason seufzt. Langsam glaubt er das auch, sonst würde ihm die Entscheidung viel leichter fallen. Er konnte kaum eine Beziehung aufrecht halten, wenn seine Freundin hier in Maryland lebte. Wie soll das bitte schön klappen, wenn diese Tausende von Kilometern weit weg ist? Er nimmt einen großen Schluck von seinem vierten Bier. Oder ist es schon das fünfte? »Ich weiß echt nicht, was ich tun soll. Ich möchte, dass es funktioniert, aber ich kann es mir einfach nicht vorstellen.«

»Am besten lässt du die Beziehung wieder sausen. Ich vermisse meinen Wingman. Ist nicht das Gleiche ohne dich. Zu viele Frauen für nur einen Typen«, meint Alex grinsend und klopft Jason auf den Rücken.

»Ach, und das hat nichts damit zu tun, dass du Emily für dich wolltest?«

Alex zuckt mit den Schultern. »Ich möchte ja nur meinen Spaß.«

»Aber mit Emily wirst du den nicht haben.« Jason hebt seine Augenbrauen. »Das weißt du, oder?«

»Klar«, antwortet Alex schnell.

Doch Jason ist sich nicht sicher, ob das der Wahrheit entspricht. Er trinkt sein Bier aus und steht auf. »Komm, wir nehmen ein Taxi. Ich bin schon länger hier, als ich eigentlich wollte.«

Alex nickt, leert auch sein Glas und zusammen machen sie sich auf den Weg nach draußen.

Im Auto reden sie kaum miteinander. Jason fällt auch nichts ein, ohne wieder auf Emily zurückzukommen.

Als er schließlich nach Hause kommt, sitzt sein Vater noch im Arbeitszimmer. Er hat keine Lust, ein Wort mit ihm zu wechseln, und versucht deshalb, leise an ihm vorbeizuschleichen.

»Jason, bist du das?«, fragt er und wendet seinen Kopf in Richtung Tür.

Jason sagt nichts, bleibt aber im Türrahmen stehen.

»Komm, setz dich zu mir«, fordert sein Vater ihn auf.

»Es ist schon spät«, antwortet Jason schroff und versucht zu verbergen, dass der Alkohol noch seine Wirkung zeigt.

»Das war keine Frage, setz dich!«, befiehlt er ein bisschen lauter.

Jason tut wie ihm geheißen und nimmt auf dem Sessel gegenüber dem seines Vaters Platz.

»Der Abend mit Emily ist nicht so verlaufen, wie geplant.« Er verschränkt seine Hände. »Wenn du das Business jedoch übernehmen willst, dann kannst du das nicht von irgendwo auf der Welt führen. Du musst präsent sein.«

»Das ist mir bewusst. Es war aber viel zu früh, um dieses Thema zwischen mir und Emily anzusprechen. Es ist nicht dein Recht, dich in unsere Beziehung einzumischen.« Jason hat versucht, seinen Ton ruhig zu halten, doch jetzt, wenn er zurückdenkt, beginnt er innerlich zu brodeln.

Sein Vater schaut kurz zu Boden, hebt seinen Kopf aber schnell wieder. Sein Gesicht sieht entspannter aus. »Ich rechne Emily hoch an, was sie für meinen Enkel getan hat. Sie scheint ein nettes Mädchen zu sein und vielleicht war ich etwas zu harsch zu ihr. Dafür entschuldige ich mich bei dir und auch bei Emily.«

Jasons Körper ist wie gelähmt. Diese Aussage ist für seinen Vater untypisch. Er hätte nicht damit gerechnet, dass die Situation mit Grace und Emily ihn zu einer Entschuldigung bringt.

»Wenn dieses Thema eure Beziehung zu Fall bringt und dich von deinen Zukunftsplänen abbringt, ist Emily aber die Falsche für dich. Du kannst hier nicht alles stehen und liegen lassen.«

Jason schaut zu Boden. Er sieht ein Stück Wahrheit in den Worten seines Vaters. Doch dass er sich entschuldigt und gleich danach wieder gegen Emily schießt, lässt die Wut höher lodern als die Einsicht. Ruckartig steht er auf und geht in sein Zimmer, ohne ein Wort zu sagen. Er versteht nicht, wieso alle gegen diese Beziehung sind. Wenn er eine Fernbeziehung eingeht, wäre er ja weiterhin hier in Amerika. Und spricht wirklich so viel dagegen, es auszuprobieren? Er muss eine Entscheidung treffen, denn erst dann wird sein Kopf endlich aufhören, von den vielen wirren Gedanken zu schmerzen.

Emily

»Muss ich dir bei den Vorbereitungen für Thanksgiving irgendetwas helfen?«, fragt Emily am Mittwochabend, bevor sie ins Bett geht.

Helen dreht sich auf der Couch zu Emily. »Ich werde wohl den ganzen Tag in der Küche stehen. Du kannst die Kinder wie gewohnt beschäftigen und vielleicht etwas zum Dekorieren basteln. Die Kinder würden das lieben.«

»Ja, sicher, das mache ich«, antwortet Emily lächelnd. Kreative Aufgaben macht sie immer gerne mit den Kids.

»Freust du dich schon auf dein erstes Thanksgiving?«, fragt Helen und pausiert den Film.

»Und wie. Ich kann es kaum erwarten.« Emily wollte schon immer einmal dieses Fest feiern. Es hat so einen großen Stellenwert in Amerika und sie kennt es nur aus dem Fernsehen.

»Schön, es wird dir bestimmt gefallen. Hoffentlich magst du das Essen.« Helen lächelt. »Wie läuft es eigentlich mit Jason? Habt ihr nochmals geredet?«

Emily erschrickt und hebt die Augenbrauen. »Äh, nein, nicht richtig. Ich denke, wir brauchen noch ein bisschen Zeit.«

Ob dies die Wahrheit ist, weiß Emily nicht so genau, denn seit Wochen sehen sie sich nur selten und reden kaum. Wahrscheinlich zögern sie die Sache einfach nur hinaus, anstatt sich ihren Ängsten zu stellen. Doch in den letzten Wochen war mit Halloween, Tuckers Geburtstag und Thanksgiving auch immer etwas zur Ablenkung da, weshalb Emily ihre Gefühle verdrängt hat.

Helen ist für eine Weile still. »Okay. Der Streit ist aber auch schon eine Weile her«, sagt sie dann vorsichtig.

»Ich weiß, der richtige Moment für das Gespräch kam einfach noch nicht«, meint Emily schroff und verschwindet in ihrem

Zimmer. Dort angekommen hat sie gleich ein schlechtes Gewissen, weil sie Helen so angefahren hat. Doch sie wird sich morgen bei ihr entschuldigen, denn ihr fehlt die Energie, nochmals über das Thema zu reden.

Helen und die Kids sind bereits wach, als Emily am Donnerstag zu arbeiten beginnt. »Das Mittagessen stelle ich euch hin, damit du nicht in die Küche musst«, sagt Helen, während sie ihr Frühstück praktisch auf einmal hinunterschluckt.

»Vielen Dank. Ich halte die Kinder beschäftigt. Wir haben eine Menge zu basteln«, antwortet Emily und grinst den Kids zu. Dann dreht sie sich wieder zu Helen. »Ich möchte mich noch für mein Verhalten gestern entschuldigen.«

Helen winkt ab. »Ist schon okay. Ich sollte mich nicht zu sehr in dein Privatleben einmischen. Du kannst aber jederzeit zu mir kommen, wenn etwas ist.«

Emily nickt lächelnd. Danach geht sie mit den Kids ins Spielzimmer, um mit der Bastelei zu beginnen, und Helen verschwindet in der Küche.

Während Tucker bereits beim Falten der Papiere helfen kann, malt Maddie fröhlich vor sich hin. Dabei muss Emily darauf achten, dass sie den Stift nicht die ganze Zeit in den Mund nimmt.

Plötzlich werden sie von einem Klopfen an der Tür gestört.

»Wer ist das?« Tucker steht auf und rennt zur Tür.

Emily nimmt Maddie auf den Arm und läuft ihm hinterher. Da die richtige Tür offen steht und nur die Glaswand geschlossen ist, sieht sie sofort, wer es ist. »Jason?«, ruft sie überrascht und lässt ihn herein. »Was machst du denn hier?«

Tucker hüpft erfreut auf und ab.

»Es ist Thanksgiving, da wollte ich kurz vorbeikommen und dich sehen.« Seine Augen funkeln verdächtig und sein Lächeln scheint seine Augen nicht zu erreichen. Irgendetwas stimmt nicht.

»Oh, wie schön«, meint Emily und gibt Jason einen Kuss, den er kaum erwidert.

»Hilfst du uns beim Basteln?«, fragt Tucker. Doch bevor Jason ihm eine Antwort geben kann, rennt er schon kichernd zurück ins Spielzimmer.

Helen ruft etwas aus der Küche, was wie ein Hallo klingt.

»Sie ist ziemlich gestresst. Aber, ähm, wie Tucker gesagt hat, du kannst gerne helfen.« Sie nimmt Jasons Hand und geht mit ihm ins Spielzimmer.

Sie setzen sich zu Tucker auf den Boden und führen die Bastelei fort. Immer wieder öffnet Jason den Mund und schließt ihn wieder, als ob er etwas sagen möchte.

»Ich wollte dich fragen, ob wir bald das Thema besprechen möchten oder du noch Zeit brauchst«, murmelt Jason schließlich leise, während er die Flügel für den Truthahn aus braunem Papier ausschneidet. Seine Stimme war ernst und kühl.

Ist er hierhergekommen, um ihr zu sagen, dass es aus ist? Dafür ist Emily nicht bereit. »Äh, ja. Können wir das vielleicht auf das Wochenende schieben? Heute sind wir ein bisschen beschäftigt.«

»Klar, am Wochenende passt«, antwortet er und schenkt Emily noch ein zaghaftes Lächeln.

Danach ist es abgesehen von ein paar Einwänden von Tucker still im Raum. Die Stimmung ist für Emily kaum aushaltbar.

»Hat dein Vater nochmals etwas wegen mir gesagt?«, fragt sie nach. Sie hofft, dass Jason nicht erneut in einen Streit mit ihm geraten ist, den ihn nun dazu treibt, die Beziehung zu beenden.

»Nicht wirklich. Wir haben nochmals über das Geschäft geredet, mehr nicht.«

Emily starrt ihn an, um herauszufinden, ob er die Wahrheit sagt. Sie kann es jedoch nicht erkennen.

»Habe ich etwas im Gesicht?«, fragt Jason verwirrt und fährt mit den Händen über seine Wangen.

»Nein, sorry«, meint Emily schnell und wendet den Blick ab.

»Bleibst du zum Mittagessen? Dann gebe ich Helen noch Bescheid.«

»Gerne«, antwortete Jason und setzt wieder ein Lächeln auf.

Am späten Nachmittag, als die Dekoration endlich fertig ist, fährt Jason nach Hause, um mit seiner Familie Thanksgiving zu feiern.

Emily deckt und dekoriert den Tisch mit den Kids. Auf jeden Teller stellen sie einen kleinen Truthahn aus einer leeren Toilettenrolle und Papier. In die Mitte legen sie einige Herbstblätter, die farblich dazu passen.

Gerade als sie fertig sind, kommen die Großeltern an.

Tucker rennt natürlich sofort los und begrüßt die beiden.

Dann setzt sich die ganze Familie gespannt an den Tisch. Da es etwas überladen wirkt, wenn alles in der Mitte steht, hat Helen das Essen auf einer Kommode angerichtet. Es sieht köstlich aus!

Phil schneidet den Truthahn in kleine, gleichmäßige Stücke.

Als er den großen Vogel auf den Tisch stellt, läuft Emily das Wasser im Mund zusammen. Auch dieser sieht absolut fantastisch aus.

»Hast du den Wunschknochen?«, fragt Helen gleich.

Phil nickt und gibt ihr einen Knochen, welcher wie ein V aussieht.

Emily schaut verwirrt zu ihnen.

»Das ist eine Thanksgiving-Tradition. Zwei Leute halten den Knochen und brechen ihn auseinander. Der, der das längere Stück erhält, darf sich etwas wünschen«, erklärt Helen und reicht ihn Emily.

Da sie gleich neben Tucker sitzt, wendet sie sich ihm zu. »Möchtest du das mit mir machen?«

»Ja, ja, ja!«, ruft er laut und legt seine kleinen Finger um die andere Seite des Vs.

»Okay, auf drei. Eins, zwei, drei!«

Die beiden ziehen am Knochen, der sofort in zwei Teile bricht. Emilys Stück ist das Größere.

»Du darfst dir etwas wünschen«, meint Helen freudig.

Tucker senkt seinen Kopf und schmollt. »Aber ich wollte doch!«, meckert er vor sich hin. Das Verlieren muss er definitiv noch lernen.

Seine Großmutter lenkt in jedoch sofort ab und bringt sein Strahlen zurück.

Emily schließt ihre Augen. Nach dem heutigen Tag gibt es nur eine Sache, die sie sich wünscht: sie möchte, dass die Beziehung zwischen ihr und Jason funktioniert und nicht wegen den Problemen zerbricht. Sie öffnet ihre Augen wieder.

»Und jetzt wird gegessen«, ruft Helen.

Sofort machen sich alle auf den Weg zur Kommode, um sich die Beilagen zu holen. Emily verschafft sich einen Überblick über die Speisen: Maisbrot mit Johannisbeeren, Süßkartoffelpüree mit Marshmallows, Grüne-Bohnen-Auflauf und Stuffing, was ein Mix aus Semmelbrösel, Cranberrys und Kastanien ist.

Emily bedient sich und probiert von allem ein bisschen. Am Tisch nimmt sie sich noch ein Stück Truthahn mit Cranberry-Cider-Sauce.

Als jeder wieder an seinem Platz sitzt, nehmen sie sich bei den Händen.

Emilys Magen knurrt laut. Sie kann es nicht abwarten, endlich zu essen.

»Wir sagen jetzt nacheinander, wofür wir dieses Jahr dankbar sind«, ergreift Helen wieder das Wort. »Ich bin dankbar, dass unsere Familie gesund ist und wir Emily als weiteres Mitglied aufnehmen durften.«

Emily lächelt. Nun ist sie an der Reihe. Es gibt vieles, wofür sie dankbar ist. Aber eines steht momentan definitiv im Mittelpunkt. »Ich bin dankbar, dass ich hier in Amerika die perfekte zweite Familie für mich gefunden habe, in der ich mich rundum wohlfühle.« Sie ist so glücklich bei diesen Gedanken, dass ihr Tränen in die Augen schießen. Schnell dreht sie sich zu Tucker. »Was ist mit dir?«

»Ich bin dankbar für Lollipops und Spielzeugautos«, ruft er laut und lacht.

Die anderen am Tisch stimmen mit ein.

Während die Großeltern auch ihre Dankbarkeit ausdrücken, ist Emily schon gespannt, was Phil sagen wird. Da er nicht so der gefühlvolle Mensch ist, kann sie sich nicht vorstellen, was er sagen wird.

»Nun, ich bin dankbar für unsere wunderbaren Kinder, Tucker und Maddie ...«

Emily schaut überrascht zu den Kids.

»... und das neuste iPhone.«

Das passt schon besser zu ihm und lässt alle in Gelächter ausbrechen.

Maddie brabbelt noch etwas vor sich hin, was als ihren Beitrag an die Runde angesehen wird.

Dann lösen sie die Hände voneinander. Es wird Zeit, sich endlich auf das Essen zu stürzen.

Emily ist absolut hin und weg. Es schmeckt himmlisch! Wer hätte gedacht, dass man Süßkartoffeln und Marshmallows zu einer solch guten Kombination erklären kann?

Am nächsten Tag, dem berühmten Black Friday, arbeitet Emily ganz normal. Deshalb bestellt sie sich ein paar neue Sachen online, anstatt die Läden zu stürmen. Es ist auch besser so, denn wie sie von anderen Au-pairs gehört hat, ist es in den Shops ein absolutes Massaker.

Da es gestern Abend spät wurde, sind die Kinder schlecht gelaunt und Emily kann Maddie kaum dazu bringen, einen Mittagsschlaf zu machen. Als sie dann aber endlich einschläft, schaut Emily mit Tucker gemeinsam ein bisschen Fernsehen.

Plötzlich klingelt ihr Handy. Es ist ihre Mutter. Sie ruft sonst nie unangemeldet an.

Verwirrt geht Emily ans Telefon. »Mam, ist alles in Ordnung?«, fragt sie voller Sorge.

Ihre Mutter schluchzt.

Emilys Herz setzt einen Schlag aus. »Mam, sprich mit mir!«, fordert Emily sie verzweifelt auf.

»Dein Bruder … Er hatte einen Unfall … mit dem Auto …«

Nein. Schon wieder ein Unfall. Emily steht auf und geht in die Küche. In ihr beginnt ein Gefühlschaos. Schuldgefühle, dass sie nicht zu Hause ist. Wut, dass sie nicht mehr mit ihrem Bruder Kontakt hatte. Und Trauer. Sofort kullern ihr Tränen über die Wangen. »Wie geht es ihm?« Sie möchte die direkte Frage, ob er noch lebt, umgehen.

Ihre Mutter bringt kaum ein Wort heraus, holt aber dann tief Luft. »Er ist im Krankenhaus. Es ist schlimm, die Ärzte mussten ihn in ein künstliches Koma versetzen.«

Ein unangenehmer Druck macht sich in ihrer Brust breit. Ihr kleiner Bruder ist schwer verletzt und sie ist tausende von Kilometern entfernt. »Ich komme nach Hause«, presst sie zwischen ihren Tränen hervor.

»Aber dein Visum. Kannst du einfach in die Schweiz kommen?«

Emily hat keine Ahnung, wie das mit dem Visum funktioniert aber irgendwie muss es ja klappen. »Ich denke schon aber werde Helen noch fragen. Wir finden eine Lösung. Versprochen! Ich rufe dich zurück.«

Gehetzt verabschiedet Emily sich. Sie möchte so schnell wie möglich in ein Flugzeug.

Da Helen heute frei hat, ist sie in ihrem Zimmer.

Aufgewühlt geht Emily nach oben und klopft an der Tür. »Helen, können wir kurz reden? Es ist dringend«, sagt sie unter Tränen. Es ist nicht möglich, auch nur zu versuchen, diese zu verbergen.

Helen lässt sie hinein. »Oh Gott. Was ist passiert?« Emily muss schlimm aussehen, denn Helen nimmt sie sofort in den Arm und versucht sie zu beruhigen.

Schluchzend versucht Emily zu erklären, was geschehen ist, muss aber immer wieder nach Luft schnappen.

»Natürlich kannst du zu deiner Familie fliegen. Denkst du denn, dass du zurückkommst, oder willst du dein Jahr abbrechen?«, meint Helen mit besorgter Stimme.

Nein, das möchte sie nicht. Aber was, wenn die Sache mit ihrem Bruder länger dauert? Möchte sie dann immer noch zurück nach Amerika? So schnell eine solche Entscheidung zu treffen, überfordert sie maßlos.

Helen legt ihre Hand auf Emilys Schulter. »Wenn du nicht zurückkommst, sende ich dir deine Sachen nach. Das Wichtigste ist jetzt, noch heute einen Flug zu finden. Ich suche einen raus und du packst deine Sachen. Tucker und Maddie sind ja zurzeit beschäftigt.« Helen macht sich auf zu ihrem Laptop.

Emily nickt ihr zu und geht in ihr Zimmer. Sie kann die Situation nicht wirklich fassen. Während sie ihren Koffer packt, kommt ihr die Welt so unglaublich langsam vor. Sie handelt zwar, ist aber mit den Gedanken bei ihrer Familie.

Helen kommt nach unten gerannt. »Heute, um 18:25 Uhr direkt nach Zürich. Gib mir deinen Pass, dann buche ich für dich.«

Emily tut wie ihr gesagt und Helen verschwindet wieder nach oben.

Wenig später sind ihre Sachen gepackt und sie gibt ihrer Mutter den Flug durch. Dann setzt sie sich aufs Bett.

Es geht alles so schnell und doch nicht schnell genug. Wie soll sie acht Stunden in einem Flugzeug aushalten?

Sie atmet tief durch und denkt an die schönen Momente mit ihrem Bruder. Die meisten Erinnerungen stammen aus der Kinderzeit, denn die letzten Jahre waren hart mit ihm. Sie haben nicht oft Zeit miteinander verbracht und wenn, endete es fast immer im Streit. Trotzdem ist die Liebe zwischen ihnen tief.

Während ihr Puls ein bisschen langsamer wird, kommt ihr plötzlich ein Gedanke: *Jason und Laura!* Sie muss ihnen Bescheid geben, dass sie heute in die Schweiz fliegt. Schnell nimmt sie ihr Handy zur Hand. Laura tippt sie eine kurze Nachricht, aber Jason möchte sie anrufen. Seine Stimme zu hören tut bestimmt gut.

Glücklicherweise geht er gleich ran. »Hi, Emily! Und wie war Thanksgiving?«

»Mein Bruder liegt schwer verletzt im Krankenhaus und ich fliege heute noch in die Schweiz«, platzt es aus ihr heraus. Im Moment hat sie keine Kraft für Small Talk.

»Oh, Gott. Geht es dir gut? Soll ich vorbeikommen?«

»Nein, das ist nicht nötig. Helen hilft mir mit allem. Sie bringt mich nachher zum Flughafen.«

Auf der anderen Seite der Leitung ist es kurz still.

Dann hört Emily, wie Jason nach Luft schnappt. »Wann kommst du wieder?«, fragt er vorsichtig. Er stellt sich die gleiche Frage wie bereits Helen.

»Ich weiß es nicht«, antwortet Emily leise. In diesem Moment kann sie an nichts anderes denken als an ihren kleinen Bruder.

Jason

Jason stellt den Motor aus und steigt aus dem Auto. Er trifft sich mit Alex in der *Green Turtle*, um sich ein bisschen abzulenken.

Es sind schon drei Tage seit Emilys abrupter Abreise vergangen. Außer einigen knappen Nachrichten herrscht zwischen ihnen Funkstille.

Ein Abend mit seinem besten Freund ist nun genau das Richtige, damit er auf andere Gedanken kommt.

Alex wartet bereits mit zwei Bieren an der Bar. »Hast du schon etwas gehört?«, fragt er gleich als Erstes.

So viel zu dem Plan, sich abzulenken. »Nicht seit Samstag«, antwortet Jason geknickt.

Das letzte Mal, als sie gesprochen haben, war Emily gut gelandet und ihr Bruder lag nach der ersten Operation immer noch im künstlichen Koma. Er war zu schwach, um ein zweites Mal operiert zu werden.

Natürlich hat Jason schon überlegt, Emily nochmals zu schreiben, er möchte sie aber nicht unnötig stressen. Sie wird sich sicher melden, wenn es Neuigkeiten gibt. Neuigkeiten darüber, wie es ihrem Bruder geht und wann oder ob sie überhaupt zurückkommt.

»Und wie kommst du mit der ganzen Sache klar?«, fragt Alex weiter.

»Ich weiß es nicht. Wir hätten dieses Wochenende noch alles besprochen. Ich wollte es mit der Fernbeziehung versuchen, ehrlich. Aber jetzt …«

»Jetzt bist du dir unsicher«, führt Alex Jasons Satz weiter. »Ich meine, schau dich an. Dir geht es miserabel und sie ist gerade mal ein paar Tage weg.«

Da hat Alex recht. Doch da Jason nicht weiß, ob es seinem Freund dabei wirklich um Jasons Gefühle oder seinem eigenen Interesse an Emily geht, hat es einen fahlen Beigeschmack. Diesen Gedanken schüttelt er schnell wieder ab. »Genau, es sind erst ein paar Tage«, wiederholt Jason mehr zu sich selbst. Diese Situation zeigt ihm, wie sehr er Emily mag. Aber auch, wie schwer es ihm fällt, von ihr getrennt zu sein.

»Ich glaube, du brauchst ein wenig Ablenkung. Da kommt meine Geburtstagparty am Freitag genau richtig«, sagt Alex.

Jason hat vor lauter Problemen seinen Geburtstag völlig vergessen. Das kann er sich jetzt aber nicht anmerken lassen. »Gute Idee. Tut bestimmt gut, ein bisschen auszugehen.«

»Und wenn Emily bis dahin wieder hier ist, kannst du sie mitnehmen. Als mein Geschenk.« Alex lacht und bestellt noch zwei Bier.

Jason schüttelt grinsend den Kopf und nimmt die Flasche dankend entgegen. Danach folgen viele weitere. Er versucht seinen Frust regelrecht wegzuspülen. Was soll er sonst tun, während er auf Emily wartet?

Als der Alkohol Jasons Gleichgewicht beeinträchtigt und er sogar vom Barhocker fällt, merkt er, dass es Zeit ist zu gehen. Gemeinsam torkeln Jason und Alex aus der Bar und stützen sich gegenseitig. Die Autos bleiben stehen und mit dem Taxi geht es für beide nach Hause.

Viel zu früh hört Jason ein Klopfen an seiner Zimmertür.

»Jason, bist du wach?«

Es folgt eine kurze Pause.

»Jason! Dein Vater will dich sprechen!«, ruft seine Mutter lauter.

Jason erschrickt. Er hätte heute bei einem Meeting dabei sein sollen, um mehr über einen neuen Kunden zu erfahren. Das hatte er gestern durch den Abend mit Alex total vergessen.

Sein Vater wird stinksauer sein.

»Bin gleich da.« Schnell zieht er sich etwas an und geht nach unten ins Büro.

Sein Vater sitzt am Schreibtisch und kritzelt etwas auf ein Stück Papier. Vor ihm liegen weitere Dokumente. »Wenn du lieber trinkst, als zu arbeiten, muss ich mir das mit der Übergabe nochmals überlegen«, sagt er ruhig, ohne Jason anzusehen.

»Es tut mir leid. Ich wollte nur einen Drink und dann …«

»Und dann was? Hast du gedacht, ein Dienstagabend wäre für eine Party passend?«, schreit sein Vater plötzlich und erhebt sich vom Stuhl. Er schaut ihn direkt mit strengem Blick an.

Jason hat sich schon gefragt, wo sein Wutanfall wohl bleibt. Er schaut beschämt zu Boden. Dass er einen Fehler gemacht hat, weiß er, das wird er jedoch vor seinem Vater jetzt nicht zugeben.

»Wenn du die Firma wirklich einmal übernehmen willst, wird es Zeit, dass du mehr darüber lernst. Du bist jetzt 25, Jason. Werde endlich erwachsen!«

Jason nickt, den Kopf immer noch gesenkt.

Ausnahmsweise hat sein Vater jedes Recht, auf ihn wütend zu sein. Das Meeting wäre wichtig gewesen.

»Bis Ende Woche möchte ich wissen, ob du deinen Part im Unternehmen ernst nimmst und du dieser Verantwortung wirklich gewachsen bist. Mach dir darüber Gedanken.«

Ein Ultimatum. Jason schaut erschrocken zu seinem Vater hoch. »Dafür brauche ich keine Bedenkzeit. Natürlich möchte ich die Firma übernehmen«, antwortet er etwas lauter als beabsichtigt.

»Dann lass aus deinen Worten Taten werden, mein Sohn«, fordert sein Vater ihn mit ruhigerer Stimme auf und setzt sich wieder hin.

Jason nickt. »Das werde ich«, antwortet er bestimmt. Dann dreht er sich zur Tür und geht wieder nach oben in sein Zimmer. Erst jetzt realisiert er, dass sein Kopf wie verrückt pocht. Auf dem Nachttisch steht ein Glas Wasser, daneben liegt eine Schmerztablette.

Seine Mutter muss bereits geahnt haben, wie es Jason nach dem gestrigen Abend geht.

Er spült das Aspirin mit Wasser hinunter und legt sich nochmals ins Bett.

Emily

Draußen fallen bereits die ersten Schneeflocken langsam vom Himmel, doch die Sonne versucht sich noch durchzukämpfen. Genau wie ihr Bruder, der am Sonntag endlich aus dem Koma erwacht. Die Ärzte sind der Meinung, dass er keine bleibenden Schäden davongetragen hat. Glück im Unglück, denn bei so einem Unfall hätte viel mehr passieren können.

»Emily, was tust du hier?«, fragt Daniel als er die Augen öffnet.

Sie und ihre Eltern setzen sich zu ihm aufs Bett.

»Auf meinen kleinen Bruder aufpassen«, antwortet Emily und streichelt seine Stirn. Sie ist froh, dass alles gut gegangen ist. »Ich bin gleich von Amerika zurückgekommen, als ich von deinem Unfall gehört habe.«

Daniel steigen Tränen in die Augen und laufen dann langsam über seine Wangen.

Ihren Bruder so emotional zu sehen, lassen auch Emilys Augen feucht werden.

»Es tut mir so leid! Ich habe kein Gras geraucht, ehrlich, aber ich war zu schnell unterwegs und habe die Kontrolle verloren. Dann ging alles Schlag auf Schlag. Ich …«

Ihre Eltern nehmen ihn in die Arme.

»Es ist in Ordnung, Daniel. Es war ein Schock für uns alle, aber es ist noch einmal gut gegangen«, sagt ihre Mutter ruhig. Emily merkt, dass sie die Vorwürfe zurückhält. Wie oft hat sie ihm schon gesagt, dass er mit seinem Sportwagen nicht so schnell fahren soll? Aber jetzt ist nicht der Moment dafür. Wahrscheinlich wird dieser auch nie kommen.

Sie lösen sich aus der Umarmung.

»Wann fliegst du wieder zurück nach Amerika?«, fragt Daniel und wischt sich die Tränen vom Gesicht.

»Ich … Ich weiß es nicht«, stottert Emily.

Stille breitet sich im Zimmer aus. Diese wird jedoch durch das Öffnen der Tür durchbrochen.

Eine Krankenschwester kommt herein. »So, es wird Zeit für eine Kontrolle.« Sie geht auf Daniel zu und schiebt ihn langsam aus dem Zimmer. »Er ist in ungefähr einer Stunde zurück. Sie dürfen gerne hier warten.« Dann verschwindet sie mit ihm durch die Tür.

»Das klang so, als wärst du dir nicht sicher, ob du nach Amerika zurückzukehren willst«, stellt ihr Vater fest.

Emily setzt sich auf einen Stuhl und fasst sich an die Stirn. »Es ist einfach so viel passiert. Was, wenn ich es nicht rechtzeitig geschafft hätte? Wenn Daniel es nicht geschafft hätte?«

»Aber du hast es geschafft. Und er auch. Du kannst dir diese *Was-wäre-wenn-Fragen* nicht immer stellen. Das hast du schon bei Kim getan und das tat dir nicht gut«, antwortet ihr Vater.

Ihre Mutter geht zu ihr und legt ihre Hand auf ihre Schulter. »Die Zeit in Amerika hat dich verändert. Du hast dich endlich gegenüber jemandem geöffnet und über die Vergangenheit geredet. Du musst zurück.«

Emily schaut ihrer Mutter tief in die Augen.

Es steht ihr nichts im Weg, wieder in ihre zweite Heimat zurückzukehren.

»Vielleicht habt ihr recht«, flüstert Emily und versucht, ein Lächeln auf ihre Lippen zu zaubern.

»Natürlich haben wir das.« Ihre Mutter grinst. »Möchtest du dich jetzt bei Helen melden? Sie macht sich sicher auch Sorgen.«

Emily nickt und nimmt ihr Handy zur Hand. Endlich kann sie sich mit freudigen Nachrichten bei ihr melden.

»Hi, Helen. Hier ist Emily.«

»Oh hi! Wie geht es deinem Bruder? Deiner Stimme nach sind es gute Neuigkeiten.«

»Ja, er ist endlich aufgewacht. Es scheint alles in Ordnung zu sein. Sie checken ihn gerade durch.«

»Wie schön. Das freut mich so für euch.«

»Ich werde in den nächsten Tagen zurückkommen. Sobald ich einen Flug habe, melde ich mich bei dir mit den genauen Daten. Ist das okay?«

Ein Freudeschrei ertönt auf der anderen Seite der Leitung. »Das sind ja super Neuigkeiten. Wir freuen uns schon auf dich! Aber lass dir Zeit. Wir haben für die ganze Woche einen Babysitter gefunden. Es reicht also auch, wenn du nächste Woche wieder arbeitest.«

Wen sie wohl für eine so lange Zeit gefunden haben?

»Super, ich melde mich bei dir«, sagt Emily und legt dann auf. Als sie sich umdreht, lächelt ihre Mutter sie an.

»Danke, dass du hergekommen bist. Es hat deinem Vater und mir sehr viel Kraft gegeben«, sagt sie leise mit weinerlicher Stimme. »Es wird schwer sein, sich nochmals von dir zu verabschieden, aber es ist das Richtige, das wissen wir.«

Emily geht auf ihre Mutter zu und umarmt sie.

Auch ihr Vater gesellt sich dazu.

Emily drückt ihre Eltern ganz fest. Sie hätte es sich selbst nie verziehen, wenn sie nicht für ihre Familie zurückgekommen wäre. »Der Abschied muss euch nicht schwerfallen. Ich bin schließlich in wenigen Monaten wieder zurück.«

Sie lösen sich aus der Umarmung.

Ihr Vater legt seine Hand auf Emilys Schulter. »Wir sind stolz auf dich. Das Jahr ist noch nicht einmal um und wir merken schon, wie erwachsen du geworden bist.«

Jason

Als Jasons Handy klingelt, kommt er gerade aus der Dusche.

Wer ruft ihn so früh morgens an?

Er läuft schnell zu seinem Bett und sieht Emilys Namen auf dem Bildschirm. Der Anruf, auf den er schon die ganze Zeit gewartet hat.

»Emily?«, stößt er ungläubig aus.

»Jason, hi. Sorry, dass ich mich so früh melde. Ich hoffe, ich habe dich nicht geweckt.«

»Alles gut. Heute habe ich es zum Glück pünktlich für die Arbeit aus dem Bett geschafft. Nicht wie gestern«, meint er belustigt.

»Was war denn los?«, fragt Emily neugierig.

»Ich habe verschlafen, weil ich zu lange mit Alex unterwegs war. Das gefiel meinem Vater gar nicht«, erzählt Jason verlegen.

»Wieso warst du denn an einem Dienstag so lange weg?« In Emilys Stimme ist ein vorwurfsvoller Unterton mitgeschwungen.

»Wir wollten uns nur für einen Drink treffen, aber irgendwie kam es anders«, erklärt Jason. Da kriecht das schlechte Gewissen hervor. Er hat sich mit Alex in einer Bar betrunken, während Emily wahrscheinlich die Hölle durchgemacht hat.

»So anders, dass ihr euch an einem Wochentag komplett volllaufen lassen habt?«, wirft Emily ihm vor.

Jason wird langsam ein bisschen wütend. Klar, Emily macht momentan viel durch. Es ist jedoch auch für ihn schwer. Jetzt ist aber nicht der Moment, um mit ihr zu streiten. »Es tut mir leid. Ich vermisse dich und wollte mit Alex darüber reden. Es macht mir zu schaffen, dass ich nicht bei dir sein kann und nicht weiß, wann und ob du wiederkommst«, platzt es dann unerwartet aus ihm heraus. Obwohl erst ein paar Tage vergangen sind, fühlt es sich an wie eine Ewigkeit.

Emily seufzt tief. »Nein, es tut mir leid. Ich weiß, dass ich mich selten melde. Aber heute habe ich gute Neuigkeiten. Daniel ist endlich aufgewacht und laut den Ärzten ist alles in Ordnung. Er hat keine bleibenden Schäden davongetragen.« Emilys Ton hat sich schlagartig verändert. Nun sind Harmonie und Glück in ihrer Stimme mitgeschwungen.

»Das sind ja tolle Nachrichten!«, ruft Jason erfreut.

»Ja, wir sind alle erleichtert«, meint Emily und holt tief Luft. »Ich hatte auch noch ein Gespräch mit meinen Eltern und ich komme wieder zurück nach Virginia.«

Jason traut seinen Ohren nicht. »Wirklich? Also ist das schon sicher?«, fragt er ungläubig. Er würde am liebsten die ganze Welt umarmen.

»Ja, ganz sicher.« Emily lacht. »Helen weiß auch schon Bescheid und ich bin bereits am Flughafen in Zürich.«

Noch heute wird Emily wieder in Amerika sein. Endlich die Erlösung aus seiner Qual. Die Last der Ungewissheit fällt von ihm ab und pures Glück breitet sich in ihm aus. Vielleicht ist er ja doch für diese Fernbeziehungssache gemacht, wenn er nur den Mut hat, sich darauf einzulassen.

»Du kannst dir gar nicht vorstellen, wie glücklich mich das macht«, meint Jason und führt einen kleinen Freudetanz auf.

»Sehen wir uns gleich Freitagabend?«, fragt Emily.

»Natürlich«, sagt er schnell. Da fällt ihm ein, dass er ja schon etwas vorhat, und er seufzt. »Es ist nur … Alex feiert seinen Geburtstag, den ich nicht verpassen kann.«

Emily presst ein geknicktes *Oh* hervor. »Dann lieber Samstag?«

»Wieso kommst du nicht mit?«, schlägt Jason vor. »Alex hat dich sowieso eingeladen und ich möchte nicht noch einen Tag auf dich warten.« Vielleicht findet sich dann auch endlich Zeit, über die Fernbeziehung zu reden.

Auf der anderen Seite ist es kurz still. »Na schön. Aber ich komme für dich, nicht für Alex«, macht Emily klar.

»Perfekt«, sagt Jason aufgeregt. In ein paar Tagen kann er sie endlich wieder in die Arme nehmen.

Emily

Als Emily aus dem Taxi steigt, bläst ihr ein kalter Wind entgegen. Auch in Virginia wird es langsam Winter, doch Schnee fiel bisher noch keiner. Sie nimmt sich ihren Koffer und geht zum Haus. Die Kinder erwarten sie schon sehnlichst.

»Emily! Emily!«, ruft Tucker und rennt auf sie zu.

Sie nimmt ihn ganz fest in die Arme.

»Ich habe dich vermisst«, flüstert er in ihr Ohr.

»Ich dich auch«, sagt Emily und löst sich aus der Umarmung. »Warst du auch schön brav?«

Tucker nickt schnell.

»Das war er wirklich.«

Emily erkennt die Stimme sofort und schaut erstaunt hoch.

Laura kommt mit Maddie auf den Armen die Treppe herunter ins Wohnzimmer.

Die Kleine streckt die Händchen aus. Emily erfüllt ihren Wunsch und nimmt sie zu sich.

»Was machst du denn hier?«, fragt Emily zu Laura und gibt ihr eine Umarmung. Sie grinst über beide Ohren.

»Da meine Kids in der Schule sind, habe ich zwischendurch auf deine Hostkids aufgepasst«, erklärt Laura und streichelt Maddie über den Kopf.

»Das ist ja lieb. Danke sehr!«, antwortet Emily. Sie ist erleichtert zu wissen, dass jemand Vertrautes für die Kinder da war.

Maddie legt ihren Kopf auf Emilys Schulter. Auch sie scheint Emily vermisst zu haben.

»Wie geht es dir?«, fragt Laura und legt ihre Hand auf Emilys Arm. »Helen hat mich auf dem Laufenden gehalten, deshalb habe ich dir nicht auch noch geschrieben.«

Die Last der letzten Tage fällt auf einmal von Emily ab. Da ihr Bruder gesund wird und sie wieder in Virginia ist, kann sie sich endlich entspannen. Ihre Augen füllen sich mit Tränen, die langsam über ihre Wangen kullern.

»Oh, Emily. Komm setz dich«, sagt Laura schnell.

Tucker schaut Emily mit großen, besorgten Augen an.

Sie streichelt ihm sanft über den Kopf. »Es ist alles in Ordnung.«

Sie nehmen auf dem Sofa Platz. Auch Tucker kuschelt sich fest an Emily und schaut sich eine Folge seiner Lieblingsserie an.

Als Emily merkt, dass er in der Sendung versunken ist, wendet sie sich Laura zu. »Es war einfach so stressig. Jeden Tag haben wir darauf gewartet, dass die Ärzte positive Nachrichten bringen und Daniel endlich aufwacht. Meine Eltern waren so am Ende und ich konnte nichts tun, um zu helfen. Und Helen war mit den Kids alleine und ...« Emily bleiben die Worte im Hals stecken. Die Gefühle zu beschreiben, die sie in den letzten Tagen begleitet haben, ist schlicht unmöglich. »Ich bin einfach froh, dass jetzt alles in Ordnung ist und ich wieder hier bin«, sagt Emily schließlich, während ihre Tränen der Erleichterung langsam trocknen.

»Wir sind alle froh, dass du wieder hier bist«, sagt Laura. »Stimmt's, Tucker?«

»Ja, ja, ja!«, ruft er, wendet seinen Blick jedoch nicht vom Fernseher ab.

Emily lächelt.

Es war die richtige Entscheidung, in die USA zurückzukehren. Helen, Phil und die Kids sind inzwischen genauso ihre Familie wie ihre eigenen Eltern und Daniel.

»Hast du etwas von Jason gehört?«, fragt Laura mit einem merkwürdigen Unterton.

Emily schaut verwirrt zu ihr. Irgendetwas stimmt nicht, das kann sie spüren. »Ja, ich habe mit ihm telefoniert. Wieso?«

Laura beißt sich auf die Unterlippe. Sie öffnet kurz den Mund, nur um ihn wieder zu verschließen. Schließlich findet sie dann ihre Stimme doch. »Er war sehr oft aus und hat sich seltsam verhalten. Mike hat seinen Sportwagen letzte Woche mehrmals bei der Green Turtle gesehen, auch unter der Woche. Das ist untypisch, da Jason sonst immer seinem Vater bei der Arbeit hilft.«

Dass er am Dienstag aus war, hat Emily bereits gewusst. Sie dachte aber, es habe sich dabei um eine einmalige Angelegenheit gehandelt.

»Hat Mike denn mit Jason gesprochen?«, fragt Emily.

»Ja, ich habe ihn quasi dazu gezwungen. Aber Jason wollte mit ihm nicht darüber reden. Weißt du denn was los war?«

Emily überlegt kurz, was genau er dazumal am Telefon gesagt hat. Sie hatte so viele andere Sachen im Kopf, dass es schwierig ist, sich an die Konversation mit Jason zu erinnern.

»Er meinte, dass es ihm schwerfällt, auf mich zu warten. Aber ich weiß nicht, ob das das Problem ist …« Sie seufzt und zuckt mit den Schultern. »Wir sehen uns am Wochenende. Dann werde ich mit ihm sprechen.« Sie wendet sich Tucker zu, um ihn zu knuddeln.

Laura nickt und nimmt Maddie auf den Arm. »Ich bin noch etwa eine Stunde da, bevor ich meine Hostkids von der Schule abholen muss. Pack doch deine Sachen aus und nimm dir kurz Zeit für dich.«

Emily bedankt sich bei Laura, nimmt ihren Koffer und geht in ihr Zimmer. Ihre Gedanken sind aber immer noch bei dem Gespräch.

Die Distanz hat Jason wohl mehr gestört, als Emily bewusst war. Hoffentlich ändert dies nichts an ihrer Beziehung.

Am Freitagabend isst Emily mit ihrer Gastfamilie noch etwas, bevor sie sich aufmacht, um Jason zu treffen.

Er hat ihr die Adresse der Bar angegeben, da er, Alex und ein paar Freunde bereits früher hingefahren sind.

Ihr wäre es lieber gewesen, den Abend zu zweit zu genießen, doch sie versteht, dass Jason den Geburtstag seines besten Freundes nicht verpassen möchte.

Sie stellt ihr Auto auf einem großen Parkplatz ab. Gleich daneben ist die Bar. Ein bisschen genervt macht sie sich auf den Weg nach drinnen. Doch als sie Jason sieht, breitet sich ein pures Glücksgefühl in ihr aus. Sie freut sich riesig, endlich wieder bei ihm zu sein. »Jason!«, ruft Emily ein bisschen lauter als gewollt.

Er dreht sich sofort lächelnd zu ihr um, geht mit schnellen Schritten auf sie zu und legt die Arme um sie. »Ich habe dich so vermisst«, flüstert er ihr leise ins Ohr. Die Umarmung ist so stark, dass Emily fast die Luft wegbleibt. Er löst sich von ihr, nimmt ihren Kopf zwischen seine Hände und küsst sie leidenschaftlich. Emily kann die Sehnsucht in jeder Bewegung spüren. Aber auch den Alkohol kann sie schmecken.

»Wie lange seid ihr denn schon hier?«, fragt Emily verunsichert.

»So seit sechs Uhr«, antwortet er lallend.

Doch bevor Emily sagen kann, wie sehr sie ihn vermisst hat und dass sie eigentlich mit ihm alleine sein will, spürt sie eine Hand auf ihrer Schulter.

»Em!« ruft Alex und gibt ihr eine erdrückende Umarmung, bei der seine Hand ein bisschen zu tief nach unten rutscht. »Da bist du ja endlich!«

Er löst sich von ihr und schwankt leicht. Wieso er sich immer so benimmt, als ob sie beste Freunde wären, kann sie sich nicht erklären.

»Hi, Alex. Happy Birthday«, meint Emily kühl.

»Danke dir. Ich hoffe, du hast mein Geschenk dabei.« Er zwinkert ihr zu.

Emily runzelt die Stirn. *Von was redet er denn?*

»Komm, es sind noch mehr Freunde da«, sagt Jason und deutet Emily mit einer Handbewegung an, ihm zu folgen.

Alex drückt ihr grinsend einen Drink in die Hand und lässt sie vorgehen.

Als sie zu Jason aufgeholt hat, plaudert er bereits mit ein paar Leuten, die sie nicht kennt. Obwohl alle ganz nett zu sein scheinen, ist ihr jetzt nicht nach Smalltalk zumute. »Jason, können wir kurz reden?«, fragt sie verlegen. Nur für ein paar Minuten möchte sie dieser dröhnenden Musik entkommen und mit ihm alleine Zeit verbringen.

»Klar, gib mir nur eine Sek-«

»Hey, ihr zwei«, ruft Alex grinsend und schaut zu Emilys Drink, der noch unberührt ist. »Em, wieso trinkst du denn nicht?«

Wieso kannst du mich nicht einfach in Ruhe lassen? »Du weißt, dass ich keinen Alkohol trinke«, antwortet sie schroff und streckt ihm den Becher hin.

»Ach, mach heute für mich eine Ausnahme. Als mein Geburtstaggeschenk«, meint Alex mit einem verschmitzten Grinsen.

»Ich mach keine Ausnahmen.« Sie stellt den Becher auf einen Tisch.

»Dann hole ich dir etwas Alkoholfreies«, schlägt Alex vor. Immer noch hat er diesen unheimlichen Gesichtsausdruck aufgesetzt.

»Danke, aber nein. Ich hole mir selber was«, zischt sie Alex zu.

Er zuckt mit den Schultern und macht sich endlich aus dem Staub.

Jason legt den Arm um sie. »Ich weiß, du möchtest ein bisschen Zeit zu zweit, aber Alex hat nur einmal Geburtstag. Morgen haben wir alle Zeit der Welt, okay?«

Eigentlich nicht, denn der Abend ist noch lang und Jason könnte ruhig für ein paar Minuten auf Alex verzichten. Aber sie möchte jetzt hier keine Szene machen. »Na gut«, gibt Emily deshalb nach. »Dann hole ich mir einen Drink.« Sie lächelt Jason kurz zu und verschwindet in Richtung Bar.

Den Rest des Abends verhält sich Alex immer noch wie ein Arschloch.

Alle widerlichen Sprüche und das unangemessene Betatschen von Emily stören Jason entweder nicht oder er bemerkt es nicht. Aufgrund seiner Betrunkenheit wahrscheinlich eher das zweite. Es ist wirklich ein Kampf, auf der Party zu bleiben. Aber wenigstens kann sie so morgen neben Jason aufwachen und den Tag mit ihm verbringen.

Als es langsam spät wird, torkelt Jason zu Emily herüber und legt den Arm um sie. »Zeit zu gehen. Das Taxi holt uns in fünf Minuten ab.«

Emily runzelt die Stirn. »Ich bin nüchtern und kann fahren. Wir können doch bei dir schlafen. Wieso also ein Taxi?«

»Ich kann so betrunken nicht nach Hause. Mein Vater wird sonst wieder stocksauer, weil er denkt, dass ich keine Verantwortung übernehme«, stammelt Jason. »Besser wir drei schlafen im Motel.«

»*Wir drei*?«, fragt Emily geschockt. Er meint doch nicht …

»Ja, Alex kommt mit.«

Ihr bleibt kurz die Luft weg. Wie er kommt mit? Ins gleiche Motel? Ins gleiche Zimmer?

Alex, der gerade auf sie zukommt, fängt ihren Blick auf. »Ah, komm schon, Em. Eine Nacht mit mir wirst du überleben«, meint er mit einem verschmitzten Grinsen.

Nein, das wird sie nicht und das will sie auch nicht. Und wenn dieses Arschloch noch einmal *Em* sagt, rastet sie aus. »Dann fahre ich uns wenigstens zum Motel«, schlägt sie vor.

»Chill, das Taxi ist bereits hier und bezahlt«, sagt Alex und geht nach draußen.

Jason nimmt Emily bei der Hand. »Alles gut, Babe. Es sind nur zehn Minuten.«

»Na, schön. Wir haben ja ein eigenes Zimmer, oder?«

Jason grinst. »Natürlich.«

Emily beruhigt sich ein wenig und gemeinsam gehen sie zum Taxi. Während der Fahrt ist es still.

Sogar Alex hält ausnahmsweise die Klappe, im Augenwinkel kann Emily aber wahrnehmen, wie er sie immer wieder beäugt.

Zum Glück sind sie bald da.

Sie kuschelt sich an Jason, der in der Mitte sitzt.

Als sie aussteigen, stehen sie direkt vor dem Motel. Es sieht heruntergekommen aus, doch für die Nacht sollte es genügen.

Jason holt bei der Rezeption den Schlüssel für die Zimmer, während Emily mit Alex wartet.

Es ist kalt und sie zittert. Alex begutachtet sie immer noch grinsend von oben bis unten, als wäre sie eine Attraktion im Zoo. »Komm her, dann ist dir wieder warm«, schlägt er vor und zieht an ihrem Arm.

»Lieber erfriere ich«, faucht sie ihn an und entreißt sich ihm. Noch einmal so eine Aktion und sie klatscht ihm eine.

In dem Moment kommt Jason auf sie zu. Die Kälte scheint ihm gutzutun, denn er wirkt weniger betrunken als in der Bar. »Alex, du hast falsch gebucht. Wir haben nur ein Zimmer.«

Ein Schauder fließt über Emily Rücken. »Wie bitte?«

»Oh, mein Fehler.« Alex zuckt mit den Schultern.

Sein verschmitztes Grinsen sagt Emily, dass es sich um keinen Fehler handelt. »Konntest du denn kein zweites Zimmer nehmen?«, fragt sie Jason, da sie hofft, sich aus der Situation retten zu können.

»Nein, das Hotel ist voll. Lass uns jetzt nach oben gehen«, antwortet Jason knapp, nimmt sie an der Hand und zieht sie mit sich.

Emily wirft Alex einen abwertenden Blick zu, bevor er ihnen folgt.

Das Zimmer ist minimalistisch eingerichtet und nicht sonderlich sauber. Die Betten wirken jedoch bequem.

So müde wie Emily ist, könnte sie sowieso überall schlafen. Der Jetlag zeigt noch Wirkung. Doch zuerst muss sie sich von ihrem Make-Up befreien, ansonsten wird sie es morgen bereuen. »Ich gehe kurz ins Bad«, meint sie knapp und verschwindet durch die Tür rechts von ihr.

»Gib Bescheid, wenn du Hilfe brauchst«, ruft Alex ihr hinterher. Sie ignoriert es und schließt sicherheitshalber die Tür ab. Sie wäscht sich das Gesicht und hört Jason und Alex durch die dünnen Wände miteinander sprechen. Neugierig lauscht sie den beiden.

»Da ist mein Geburtstagsgeschenk ja prima aufgegangen, was?«, sagt Alex stolz.

Jason murmelt irgendetwas vor sich hin, doch Emily kann ihn nicht verstehen.

»Ach, tu nicht so. Wir sind zu dritt in einem Zimmer. Den Drink mit dem Stoff hat sie zwar nicht getrunken, aber auch ohne bringen wir sie irgendwie dazu.«

Emilys Unterleib zieht sich zusammen und ihr wird schlecht. Ihre Beine geben nach und sie stützt sich auf der Toilette ab. Sie kann nicht glauben, was sie da gerade gehört hat. Ihr Bauchgefühl hat sie beim Drink von Alex nicht im Stich gelassen. Was wäre passiert, wenn sie es getrunken hätte? Und was hat Jason damit zu tun? Ein Cocktail der Gefühle überschwemmt sie. Obwohl sie Angst hat, was ihr außerhalb dieses Badezimmer geschehen kann, gewinnt die Wut in ihr die Überhand.

Sie öffnet die Tür.

Alex schaut kurz fast unmerklich in ihre Richtung und wendet sich wieder Jason zu. »Warum machst du nun einen Rückzieher und gibst mir die Schuld? Das war unser gemeinsamer Plan. Jetzt müssen wir halt improvisieren.«

Jason schaut Alex mit großen Augen an. Als er Emily erblickt, erstarrt er, bevor er schließlich doch den Mund öffnet. Doch sie kommt ihm zuvor. »Ihr wolltet mich unter Drogen setzten? Habt ihr sie noch alle? Jason, ich dachte, das zwischen uns wäre echt«, brodeln die Worte ohne Rücksicht aus hier heraus.

Jason schaut sie geschockt an. Emily kann schon fast sehen, wie sich seine Gedanken langsam einordnen. Als es anscheinend endlich bei ihm einschlägt, kommt er auf sie zu.

Alex steht ebenfalls auf.

Da gewinnt die Angst in Emily die Überhand.

Was hat sie sich nur dabei gedacht, zwei Männer alleine zu konfrontieren? Sie sind viel stärker als sie. Wenn die beiden sie unter Drogen setzen wollten, hätten sie bestimmt auch kein Problem, sie jetzt anders zum Schweigen zu bringen.

Voller Panik packt Emily ihre Handtasche und die Jacke, dreht sich auf der Stelle in Richtung Tür und stürmt hinaus.

Im Flur öffnen ein paar Leute die Türen, die sie mit ihrem Geschrei geweckt hat.

Sie rennt an allen vorbei. Vielleicht werden diese Fremden Jason und Alex davon abhalten, ihr zu folgen.

Draußen angekommen schlägt ihr die eisige Kälte entgegen. Sie hat keine Ahnung, wo sie ist und wie sie hier wegkommt, doch sie rennt weiter, aus Angst, Jason oder Alex könnten sie einholen. Als sie merkt, dass ihr niemand folgt, hält sie an, um nach Luft zu schnappen. Ihr Herz rast und ihr wird schwindelig. Ob das allein an der Erschöpfung liegt oder sich eine Panikattacke aufbaut? Sie schließt die Augen und legt die Hände an den Kopf. Was wäre passiert, wenn sie dortgeblieben wäre? Hätten sie sie geschlagen? Vergewaltigt? Oder Schlimmeres?

Sie schüttelt die Fragen rasch ab. Nach ein paar tiefen Atemzügen beruhigt sich ihr Körper und sie kann endlich wieder klar denken.

Sie muss hier weg. Aber wie? Sie weiß nicht, wo sie ist. Ein Taxi zu rufen ergibt keinen Sinn, da sie keine Ahnung hat, wo genau ihr Auto steht. Der Zettel, auf dem die Adresse der Bar steht, liegt im Auto und den Namen hatte sie sich auch nicht gemerkt. Da sie bei der Fahrt mit dem Taxi nicht sonderlich aufmerksam war, weiß sie nicht einmal, in welche Richtung sie gehen müsste. Nach Virginia möchte sie auch nicht, sonst muss sie Helen erzählen, was passiert ist.

Die einzige Person, die hier in der Nähe ist und ihr nun helfen kann, ist Laura.

Sie nimmt ihr Handy, das zum Glück noch genügend Akku hat, schickt ihr kurz ihren Standort und ruft sie an. »Bitte geh ran, bitte geh ran!«, flüstert sie leise vor sich hin, während ihr Körper vor Kälte zittert.

»Emily?«, fragt Laura mit verschlafener Stimme.

»Laura! Zum Glück. Kannst du noch fahren?«

»Klar. Was ist denn los? Wo bist du?«

»Ich habe dir meinen Standort geschickt. Kannst du mich abholen?« Emilys Stimme zittert völlig außer Kontrolle. Sie hört, wie Laura etwas am Handy rumdrückt und es dann wieder ans Ohr nimmt.

»Ja, klar. Es dauert aber dreißig Minuten, bis ich bei dir bin. Ist alles in Ordnung?«

»Ich erzähl dir später alles. Hol mich bitte einfach ganz schnell ab.« Bei den letzten Worten versagte Emilys Stimme fast. Die Panik, dass Jason oder Alex auftauchen könnten, macht ihr zu schaffen und sie schaut eilig um sich.

»Okay, bin auf dem Weg«, sagt Laura und legt auf.

Auf einer Bank in der Nähe der Straße setzt Emily sich hin. Während sie auf Laura wartet, spielt sich in ihrem Kopf die Szene im Motel wieder und wieder ab. Sie hätte nie gedacht, dass Jason zu so etwas fähig wäre. K.-o.-Tropfen? Das klingt einfach nicht nach ihm. Doch anscheinend kennt sie ihn nicht.

Oder war das alles Alex' Plan? Laura hat Emily schon von Anfang an gewarnt und gesagt, dass sie ihm nicht traut.

Während all diese Gedanken durch ihren Kopf schwirren, schaut sie sich immer wieder wachsam um. Es ist niemand zu sehen und die Zeit scheint nur langsam zu vergehen.

Als Laura mit dem Auto vorfährt, steigt Emily, ohne zu zögern, ein. Sie fühlt sich endlich in Sicherheit.

»Was ist passiert? Hat Jason dir etwas angetan?«, fragt Laura und nimmt Emily in die Arme, so gut es im Auto geht.

»Nein, das nicht, aber …«

»Aber was?« Laura löst sich aus der Umarmung, lässt ihre Hände aber auf Emilys Schultern und mustert sie von oben bis unten.

Emily schluckt. »Ich weiß nicht, was sie genau vorhatten, nun …« Sie versucht die richtigen Worte zu finden., scheitert aber, deshalb platzt es einfach aus ihr heraus: »Sie wollten mir K.-o.-Tropfen verabreichen.«

»Wie bitte?!« Laura schlägt sich die Hände vor den Mund und starrt Emily voller Entsetzen an.

»Ich war im Bad und habe gehört, wie sie darüber gesprochen haben. Ich habe sie konfrontiert. Doch dann überkam mich die Angst und ich bin aus dem Zimmer gestürmt«, erklärt Emily. Ihre Atmung ist völlig außer Kontrolle und ihr wird wieder schwindelig.

»Oh Gott. Das tut mir so leid. Ich habe schon Geschichten von Alex gehört, aber von Jason hätte ich das nie erwartet.«

Emily setzt sich gerade hin und legt sich die Hand auf die Brust. Der Druck wird immer schlimmer und schnürt ihr beinahe die Luftröhre zu. Sie möchte nicht mehr darüber reden, sondern endlich vor hier weg. »Kann ich bei Mike schlafen?«, presst sie heraus.

»Natürlich«, antwortet Laura und fährt los.

Auf dem Weg zu Mikes Haus ist es ruhig im Auto.

Emily ist froh darüber. Sie braucht die Stille, um sich auf sich selbst zu konzentrieren und das Erlebte langsam zu verdauen. So viel zu ihrem Thanksgiving-Wunsch.

Jason

Ohne Emily gefunden zu haben, kehrt Jason ins Motel zurück. Jetzt hat er nur ein Ziel: Er wird Alex so die Fresse polieren, dass dieser nicht mehr weiß, wo oben und unten ist. Er öffnet die Tür zum Zimmer und sieht Alex, der sich sicherheitshalber bereits hinter dem Bett verschanzt hat. *Schlauer Junge.* »Was zum Teufel sollte das? Wieso sagst du so etwas, obwohl es nicht stimmt?«, schreit er völlig außer sich.

Alex hält seine Hände in die Luft. »Wow, chill. Ich wollte nur ein bisschen Spaß. Keine große Sache.«

»Keine große Sache?!«, entgegnet Jason ihm. »Ich habe dich immer verteidigt. Und jetzt stellt sich heraus, dass die Gerüchte stimmen?!«

Alex lacht. »Vielleicht habe ich zwischendurch mal bei schwierigen Frauen ein bisschen nachgeholfen, aber hey, es gab nie Beweise. Nie eine Anzeige. Und bei Emily wird es nicht anders sein.«

Jason nähert sich ihm. Nur noch das Bett steht als Barriere zwischen ihnen. »Was du all diesen Frauen angetan hast, ist grauenvoll. Und dasselbe wolltest du meiner Freundin antun? Was stimmt mit dir bitte nicht?«

Alex senkt seine Hände. »Ich wollte nur eine Nacht mit ihr. Dann hättest du deine ganze Beziehungssache gerne durchziehen können. Aber Jason nimmt sich einfach alles, was er will, auch wenn sein bester Kumpel zuerst dran wäre«, meint er unangebracht laut.

Nach diesen Worten kann sich Jason nicht mehr zurückhalten. Er macht einen großen Satz um das Bett. Seine Faust fliegt durch die Luft und landet direkt auf Alex' Nase. Seine Hand, an der

Alex' Blut klebt, schmerzt. »Du bist für mich gestorben! Und wenn Emily eine Anzeige machen will, unterstütze ich sie gerne dabei!«, schreit Jason. Dann packt er seine Sachen und verlässt das Zimmer. Er kann keine weitere Sekunde mit diesem Arschloch in einem Raum sein.

Emily

Als Emily am nächsten Morgen in die Küche kommt, sind Laura und Mike bereits beim Frühstück.

»Konntest du einigermaßen schlafen?«, fragt Laura gleich.

Emily nickt ihr zu, was aber definitiv gelogen ist.

Mike schaut sie wütend und besorgt zugleich an. »Falls du gegen sie vorgehen willst, unterstützen wir dich gerne.«

Laura stimmt ihm mit einem Nicken zu. »Ich kann immer noch nicht glauben, dass Jason so etwas tun würde. Es klingt einfach nicht nach ihm.«

Emily runzelt die Stirn. Nimmt sie ihn etwa gerade in Schutz?

Mike schnaubt laut auf. »Das ist keine Überraschung, wenn man bedenkt, wie lange er schon mit Alex befreundet ist.«

Laura seufzt und wendet ihren Blick wieder zu Emily. »Was du gestern durchmachen musstest, ist wirklich nicht ohne. Vielleicht solltest du mit jemandem darüber sprechen.«

Meint sie jetzt sich selber, Helen oder einen Therapeuten? Keine der Personen ist momentan eine Option. Sie möchte nicht darüber sprechen und schüttelt deshalb den Kopf.

Laura wirft ihr einen ernsten Blick zu. »Okay, aber wenn du so weit bist, sind wir für dich da.« Sie legt ihre Hand auf Mikes Arm.

Emily ist beruhigt, dass das Thema im Moment vom Tisch ist. Doch ein Problem, das so schnell wie möglich gelöst werden muss, hat sie. »Scheiße, ich habe keine Ahnung, wo mein Auto steht«, platzt es aus ihr heraus.

Mike lacht leise und schüttelt den Kopf. »Keine Angst. Ich weiß, wo die Jungs gestern waren. Wir bringen dich nachher zu deinem Auto.« Er gibt Emily ein paar Pancakes. »Aber zuerst musst du essen.«

»Wir dachten, etwas Süßes muntert dich ein bisschen auf«, fügt Laura lächelnd hinzu und reicht ihr den Ahornsirup.

Obwohl sie keinen Hunger hat, zwingt sie sich ihren Freunden zuliebe zu ein paar Bissen. Danach machen sie sich auf dem Weg zum Auto.

Mike fährt über Straßen, die Emily noch nie zuvor gesehen hat. Deshalb konnte sie sich wahrscheinlich auch nicht mehr erinnern, wo genau sie gestern waren.

»Siehst du, da ist es«, sagt Mike stolz und zeigt nach rechts auf einen Parkplatz.

Nur wenige Autos sind auf diesem noch geparkt. Ihres eingeschlossen.

Sie atmet erleichtert auf. »Zum Glück.« Helen wäre sicher nicht glücklich darüber, wenn sie das Auto verloren hätte. Bevor sie einsteigt, dreht sie sich noch zu ihren Freunden. »Danke für alles.« Sie umarmt zuerst Laura, dann Mike. »Ich weiß nicht, was ich ohne euch gemacht hätte.«

»Kein Problem. Komm gut nach Hause. Und wenn irgendetwas ist, melde dich. Bitte«, meint Laura und betont das letzte Wort.

Emily nickt ihr zu. Sie freut sich, wenn sie zu Hause ist und sich in ihrem Zimmer verkriechen kann. Doch zuerst muss sie an Helen vorbei und diese wird ganz sicher nach Jason fragen. Leider hat Emily keine Ahnung, was sie ihr erzählen soll.

Jason

Jason erwacht nachmittags in seinem Bett. Sofort denkt er wieder an die gestrige Nacht. Als er Emily in der Kälte nicht mehr finden konnte, hat er es irgendwie nach Hause geschafft. Die Wut auf Alex schiebt er zur Seite, denn Emily hat Priorität. Er muss mit ihr sprechen und ihr erklären, dass er nichts von Alex' Plan wusste. Doch als er anruft, geht sofort die Mailbox ran. Deshalb schreibt er ihr eine Nachricht.

> Emily, bitte melde dich bei mir. Die Sache gestern war alleine Alex. Ich würde dir nie etwas antun, das musst du mir glauben. Ruf mich zurück.

Als sie auch auf die Nachricht nicht antwortet, will Jason nicht mehr einfach nur herumsitzen. Er könnte zu ihr nach Hause fahren, doch wenn die Kids zu Hause sind, möchte er sich nicht vor ihnen mit Emily streiten.

Da geht ihm plötzlich ein Licht auf. Nach Virginia hätte sie mehr als eine Stunde gebraucht und so aufgebracht, wie sie war, ist sie sicher nicht ins Auto gestiegen. Vielleicht ist sie bei Mike. Laura war bestimmt auch bei ihm.

Trotz seiner miesen körperlichen Lage macht er sich auf den Weg zu Mikes Haus. Dort angekommen, klopft er an die Tür, die schnell geöffnet wird.

»Was machst du hier?«, fährt Mike ihn sofort an. »Dass du überhaupt den Mut hast, hier aufzutauchen!«

Sie wissen Bescheid, also muss Emily hier sein.

»Ja, das kannst du laut sagen«, meint Laura, die hinter Mike erscheint. »Hat Alex dich jetzt völlig verdorben?«

»Ich muss mit ihr reden«, platzt es aus Jason heraus.

»Sie ist bereits auf dem Heimweg und auch wenn sie noch hier wäre, würde sie nicht mit dir reden wollen«, faucht Mike ihn an.

Jason seufzt. Vielleicht kann er Laura wenigstens alles erklären. »Laura, du kennst mich. Ich hatte nichts damit zu tun. Die ganze Sache hat Alex alleine geplant. Ich ...«

»Klar, dass du das jetzt auf ihn schiebst. Ist dir wohl einige Monate zu früh, um Emily abzuservieren, bevor sie Amerika verlässt.« Mike schüttelt den Kopf. »Geh jetzt! Runter von meinem Grundstück!«

Lauras bedrückter Blick wandert zu Mike, dann wieder zu Jason. Vielleicht lässt sie sich von seiner Unschuld überzeugen.

»Bitte, Laura, hör mir zu«, fleht Jason sie an.

Sie schaut zu Boden.

»Ich liebe sie!«, platzt es aus ihm heraus. Er hat es noch nie ausgesprochen, aber es stimmt. Seit sie voneinander getrennt waren, weiß er es mit Sicherheit. Niemanden sonst hat er je so vermisst wie Emily.

Mike schaut über seine Schulter zu Laura, deren Blick auf Jason gerichtet ist. Sie nickt vorsichtig und Mike lässt sie vorbei.

»Du hast eine Minute«, stellt sie klar und zeigt auf ihre Uhr.

Jason holt tief Luft. »Ich wusste nicht, was Alex vorhat. Ehrl...«

»Und wie kam er dann auf die Idee?«, unterbricht Laura ihn.

»Er war wütend, dass ich ihm Emily weggeschnappt habe. Und als ich ihm davon erzählt habe, wie verwirrt ich wegen der ganzen Fernbeziehung bin, muss er das Gefühl gehabt haben, es sei mir nicht ernst mit ihr. Er meinte, dass ich die Entfernung sowieso nicht aushalten würde und ich ...«

»Und denkst du das auch?«, fragt Laura mit ernster Miene.

»Was?« Jason schaut sie verwirrt an.

»Dass du unfähig bist, eine Fernbeziehung zu führen. So wie Alex es sagt.«

»Ich … Ich weiß nicht … Ich denke, fähig wäre ich schon, aber …« Jason schaut verlegen zu Boden. Ihm rasen Hunderte Gedanken durch den Kopf. Mit dieser Frage hadert er täglich. Zu Beginn war er sich sicher, dass eine Fernbeziehung nicht für ihn geeignet ist. Doch als Emily ihm sagte, dass sie zurückkommt, änderte sich seine Meinung wieder. Jetzt nach der gestrigen Sache kann er sowieso nicht klar denken. »Aber darum geht es nicht. Es …«

»Doch, Jason. Wenn du sie wirklich liebst und die Fernbeziehung eingehen willst, musst du für sie kämpfen. Und wenn nicht, dann lass es einfach. Du hast ihr Herz schon gebrochen. Heile es nicht, nur damit du es in drei Monaten wieder brechen kannst«, sagt sie mit ruhiger aber bestimmter Stimme.

Jason schaut verblüfft zu Laura. Sie hat recht. Er ist so in Selbstmitleid verflossen, dass er gar nicht daran gedacht hat: Wird er die Fernbeziehung eingehen oder sie in den Wind schießen, wenn sie sich versöhnen und sie dann abreist?

»Ich denke, du musst dir nun ein paar Gedanken machen. Geh jetzt. Deine Minute ist um«, sagt Laura dumpf und schließt die Tür.

Für einen kurzen Moment steht Jason einfach nur da, bevor er langsam zum Auto schlendert und sich auf den Heimweg macht.

Ein zweites Mal will er Emily nicht das Herz brechen. Deshalb wird es nun wirklich Zeit, eine Entscheidung zu treffen.

Emily

Am Weihnachtsmorgen hilft Emily Helen, alles für die Kinder vorzubereiten. Obwohl die Situation mit ihr und Jason noch nicht geklärt ist, freut sie sich auf das Fest.

Gemeinsam mit Tucker haben sie gestern einen kurzen Brief für den Weihnachtsmann geschrieben. Diesen haben sie mit einem Glas Milch und Cookies auf den Tisch gestellt, damit er etwas zum Trinken und Naschen hat, wenn er vorbeikommt.

»Das ist eine echt süße Tradition«, sagt Emily als sie die kleine Überraschung für den Weihnachtsmann betrachtet. Natürlich hat Helen die Milch nun halb ausgetrunken und von den Cookies ein bisschen genascht.

»Macht ihr das nicht in der Schweiz?«, fragt Helen und trägt gerade ein paar Kleider der Kids ins Wohnzimmer.

»Nein. Bei uns kommt nicht der Weihnachtsmann, sondern das Christkind.« Als Kind hat sie sich immer eine Art Fee vorgestellt, die die Geschenke einfach herbeizaubert.

»Oh«, stößt Helen heraus. »Sowas habe ich noch nie gehört.« Sie nimmt eine große Tasche zur Hand und fängt an die Kleider einzupacken, da sie alle bei den Großeltern in Maryland übernachten werden. »Könntest du noch die Geschenke aus dem Spielzimmer holen und unter den Baum legen?«

»Klar«, antwortet Emily und geht ins Spielzimmer. Sie öffnet den zugeschlossenen Schrank und sofort klappt ihr die Kinnlade herunter. Er ist prall gefüllt mit Geschenken. Sie wird einige Male gehen müssen, um alles unter den Baum zu bringen. Sie nimmt sich so viele Pakete wie möglich und macht sich auf in das Wohnzimmer, wo der Weihnachtsbaum steht.

Farbige Lichter leuchten hell und glänzende Ornamente in allen Formen, Größen und Farben hängen an den Ästen.

Sie legt die Geschenke darunter und macht sich ein zweites Mal auf ins Spielzimmer.

»Emily, dein Handy klingelt ...«, ruft Helen laut. »Es ist Jason ...«, fügt sie ein bisschen leiser und mit unsicherer Stimme hinzu.

Emily fallen beinahe die Geschenke aus den Händen.

Sie hat Helen nichts vom Vorfall mit Jason erzählt, sondern nur erwähnt, dass die Beziehung zu Ende ging. Es war bereits schwer genug, mit Laura darüber zu reden. Sie wollte es nicht noch einmal aussprechen müssen. Schon oft hat sie sich gefragt, wieso es ihr so schwerfällt. Scham? Wut? Enttäuschung? Wahrscheinlich eine Mischung aus allem.

Sie legt die Geschenke schnell unter den geschmückten Baum und rennt zum Küchentisch. Seit dem Tag danach hat sich Jason nicht mehr bei ihr gemeldet. Sie möchte den Namen auf dem Bildschirm mit eigenen Augen sehen.

Tatsächlich. Sie erhascht noch einen Blick auf die Buchstaben, bevor der Name verschwindet.

Es ist okay, dass sie den Anruf verpasst hat. Sie ist nicht bereit, seine Stimme zu hören und den schlimmen Abend nochmals zu durchleben. Sie steckt das Handy ein und macht sich auf den Weg, um die letzten Geschenke zu holen, als es wieder vibriert.

Eine Nachricht von Jason.

> Bitte ruf mich an, wenn du soweit bist.
> Ich möchte mit dir reden.
> Frohe Weihnachten.

Frohe Weihnachten? Ist das sein Ernst?

Sie legt das Handy wieder weg. Auch wenn es das Fest der Liebe und Vergebung ist, möchte sie nichts mit ihm zu tun haben, und sie weiß nicht, ob sich das jemals wieder ändern wird.

Plötzlich hört sie von oben Kinderstimmen.

Schnell holt Emily die letzten Geschenke und eilt zum Baum. Sie schaffte es gerade noch rechtzeitig, bevor Tucker aufgeregt die Treppe heruntergerannt kommt.

Phil folgt ihm mit Maddie auf den Armen und stellt sie unten auf den Boden. »Helen, komm schnell. Maddie hat ihre ersten Schritte gemacht«, ruft er aufgeregt.

Keine Sekunde später steht sie neben Emily.

Mit wackelnden Beinen, ausgestreckten Armen und einem riesigen Grinsen läuft Maddie auf sie zu.

»Oh mein Gott. Sie läuft ganz alleine!«, jubelt Helen erfreut.

Auch Emily und Tucker klatschen und jubeln mit.

Maddie strahlt über beide Ohren und macht stolz noch ein paar weitere Schritte.

Dieser Moment lässt die Probleme mit Jason so klein und unbedeutsam wirken. Die Freude und der Stolz sind stärker als die einsame Leere, die Jason hinterlassen hat.

Ihre Gedanken werden durch Tucker unterbrochen, der die Geschenke anschaut und laut aufschreit. Natürlich geht es für ihn und Maddie auf direktem Weg zum Weihnachtsbaum.

Phil, Helen und Emily folgen ihnen ins Wohnzimmer.

Da die Kinder nicht warten können, soll als Erstes die Bescherung stattfinden.

»So, ihr zwei. Hier das erste Geschenk«, sagt Helen fröhlich und übergibt den Kids sorgfältig eingepackte Pakete.

Tucker und Maddie reißen das Papier auf und lassen es durch die Luft fliegen.

Emily holt schon mal einen Abfalleimer. Als sie zurückkommt, halten beide ihr neues Spielzeug in der Hand.

Doch anstatt sich über diese zu freuen, wollen die Kinder gleich die nächsten Boxen öffnen.

Helen gibt ihnen zwei weitere und wendet sich Emily zu. »Willst du dein Geschenk auspacken?«, fragt Helen.

Emily nickt lächelnd. Auch in ihrem Alter erhält sie noch gerne Geschenke.

Helen dreht sich um und nimmt ein kleines Paket in die Hand.

»Meins zuerst!«, ruft Phil aus dem Nichts und reicht Emily schnell ein Päckchen. Es ist nicht in schönes, weihnachtliches Papier eingepackt, sondern in einem normalen braunen Karton, als wäre es gerade erst per Post angekommen.

Emily ist überrascht, dass er ihr überhaupt ein Weihnachtsgeschenk besorgt hat. Sie stand ihm nie wirklich nahe und normalerweise kümmert sich Helen um diese Dinge. Gespannt öffnet sie die Schachtel.

Darin befindet sich ein kleines schwarzes Gerät. Vorne befindet sich eine Linse und nur zwei Knöpfe sind zu sehen.

Von Phil war etwas in dieser Art zu erwarten.

Emily nimmt das Gerät in die Hand. Ihre Ratlosigkeit muss ihr ins Gesicht geschrieben stehen.

»Das ist ein Beamer für dein Handy«, erklärt er. »Du kannst es anschließen und den Bildschirm überall hin projizieren.«

»Oh«, sagt Emily überrascht. Die Idee ist wirklich super, nur weiß sie nicht recht, wann sie einen Beamer brauchen soll. Sie schaut zu Helen hinüber

Als sich die Blicke der beiden treffen, fangen sie an zu lachen.

Phil schaut verdutzt drein.

»Was soll sie denn damit? In ihrem Zimmer ist kein Platz dafür«, sagt Helen schmunzelnd.

Nun hat Emily Mitleid mit ihm. Immerhin hat er ihr etwas zu Weihnachten besorgt und er wirkt sehr stolz auf diese Idee. »Kein Problem. Ich finde schon eine Anwendung dafür. So ein kleines Gerät kann ich super transportieren. Danke vielmals,

Phil«, sagt sie schnell. Irgendwann wird sich dieses Ding sicher als nützlich erweisen.

Er lächelt. »Siehst du, sie kann es gebrauchen!«, meint Phil rechthaberisch zu Helen.

Diese schaut zu Emily, zuckt mit den Schultern und schmunzelt erneut.

Emily möchte seinen Stolz nicht verletzen und belässt es deshalb dabei.

Die Bescherung geht weiter und in Emily kommt ein friedvolles Weihnachtsgefühl hoch. Sie ist umgeben von ihrer zweiten Familie und für den Moment, ist dies genug.

Jason

Emily antwortet nicht auf seinen Anruf oder seine Nachricht. Seit Tagen hat er mit dem Gedanken gespielt, sich erneut bei ihr zu melden, aber sie ist bestimmt immer noch wütend. Doch er will es unbedingt klären. Auch wenn er sich über die Fernbeziehungssache nicht sicher ist, liegt ihm viel an ihr und er möchte nicht, dass es so endet.

Widerwillig legt Jason das Handy weg und macht sich auf den Weg in die Küche. Bevor die Gäste für das Weihnachtsessen ihr Haus stürmen, muss einiges erledigt werden. Er hilft seiner Mutter und Schwester bei der Zubereitung des Essens.

»Kommt Emily auch?«, fragt Grace. Seit sie sich zufällig wieder getroffen haben, redet sie andauern von ihr und wie sehr sie Emily mag. Doch würde nicht jede Mutter so empfinden, deren Kind von jemandem gerettet wurde?

Jason weiß genau, dass er gleich einen tiefen Seufzer als Antwort erhalten wird. »Nein, wir sind nicht mehr zusammen.«

Grace reagiert wie vorausgesagt und wendet sich dann wieder dem Gemüse zu.

Jedes Mal, wenn Jason eine Beziehung zerstört, ist sie enttäuscht. Außer bei Ashley. Die konnte sie nie leiden.

»Was ist denn passiert?«, fragt sein Vater, der plötzlich in der Küche steht. Er hat noch nie eine Situation ausgelassen, Jason daran zu erinnern, dass er recht hatte.

Jason tut ihm den Gefallen. Die Wahrheit über die Nacht mit Emily und Alex möchte er nämlich für sich behalten. »Eine Fernbeziehung würde nicht funktionieren, deshalb habe ich es beendet«, lügt Jason, ohne den Blick seinem Vater zuzuwenden. Sein genugtuendes Lächeln muss er nun wirklich nicht auch noch sehen.

Niemand sagt etwas. Eine Diskussion würde den Weihnachtsabend nur ruinieren.

Wahrscheinlich wird das klärende Gespräch sowieso nie stattfinden. Denn wenn Emily noch Hoffnung für die Beziehung hätte, würde sie sich melden. Aber das hat sie nicht und deshalb nimmt Jason es als Zeichen, dass es so vielleicht besser ist.

Emily

Die letzten zwei Monate hat Emily viel Zeit mit ihrer Gastfamilie und Laura verbracht. Jeden Moment, den sie in ihrer zweiten Heimat noch genießen konnte, hat sie aufgesaugt wie ein Schwamm. Dabei hat sie versucht, so wenig Gedanken wie möglich an Jason zu verschwenden, von dem sie seit Weihnachten nichts mehr gehört hat.

Nun kommt die Abreise aber immer näher und es wird Zeit, ein paar Vorbereitungen zu treffen. Deshalb trifft sie sich mit Laura.

»Also, was machen wir an unserer Abschiedsparty?«, fragt Laura. Mit einem Stift und Papier bewaffnet sitzt sie auf Emilys Bett und lächelt sanft. Wahrscheinlich weiß sie genau so wenig wie Emily, ob sie sich freuen oder weinen soll.

»Helen hat bereits angeboten, einen Abschiedsbrunch zu organisieren«, sagt Emily. Sie findet die Idee super.

»Echt? Das ist ja nett. Ich bin dabei. Meine Gastfamilie macht sowieso nix«, meint Laura.

Es ist traurig, dass manche Au-pairs nicht so viel Glück mit den Familien haben.

»Perfekt, dann sind wir uns einig. Wen möchtest du denn alles einladen?«

»Mike mit Sicherheit«, antwortet Laura rasch.

Das ist Emily natürlich klar. Sie hofft, dass es zwischen den beiden auch mit der Distanz weiterhin klappen wird.

»Und ein paar weitere Freunde aus Maryland, die ich immer wieder an den Wochenenden sehe.«

Emily nickt. »Wie wäre es noch mit ein paar anderen Au-pairs aus der Gruppe?«, schlägt Emily vor. Bei den monatlichen Meetings hat sie einige nette Mädels kennengelernt. Sie würden sich bestimmt freuen, wenn sie eingeladen werden.

Doch Laura hängt nicht wirklich mit anderen Au-pairs rum – außer mit Emily.

»Okay«, willigt Laura ein. »Solange es nicht zu viele sind.« Sie verzieht das Gesicht und zwinkert Emily zu.

Sie kann sich gar nicht vorstellen, was sie ohne Laura machen soll, wenn sie sich nicht mehr täglich sehen und Zeit miteinander verbringen können.

»Was ist mit Jason?«, fragt Laura nach einer kurzen Pause.

Emily schaut erschrocken auf. »Was soll mit ihm sein?«, presst sie hervor.

Laura wendet ihren Blick kurz zu Boden, dann wieder direkt zu Emily. »Ihr solltet alles klären bevor du zurück in die Schweiz reist«, sagt Laura mit einem bestimmenden Unterton. Es hört sich mehr nach einer Aufforderung und nicht nach einem Vorschlag an.

»Woher kommt denn dieser Sinneswandel? Du möchtest, dass ich mit ihm rede, nach allem was passiert ist?«, fragt Emily geschockt.

Laura beißt sich auf die Lippen. »Es könnte ein Missverständnis sein. Vielleicht bedeutest du ihm more, als du denkst.« Das Ende des Satzes lässt sie langsam ausklingen, so als ob noch mehr kommen sollte.

Das letzte Mal, als sie sich so benahm, wollte sie Emily mit Jason verkuppeln. Diese Situation fühlt sich ähnlich an. Nach diesem Jahr weiß Emily, wie sehr Laura es liebt, sich in ihr Leben einzumischen, und merkt auch, wenn sie etwas verbirgt.

»Laura, was verheimlichst du mir?«

Sie seufzt. »Jason war bei Mike zu Hause. Gleich nachdem wir dich zu deinem Auto gefahren haben. Ich wollte es dir sagen, wirklich! Aber ich wollte ihm nicht zuvorkommen und …«

»Was wollte er?«, fährt Emily ihr dazwischen. Ihr Herz zieht sich zusammen, nur um dann schnell zu pochen. Wut steigt in ihr auf. Wie konnte Laura ihr das nur vorenthalten?

»Not … much. Also, ähm …«, stottert Laura. Es ist das erste Mal, dass Emily sie sprachlos sieht. »Er wollte mit dir reden. Meinte, dass Alex ohne sein Wissen gehandelt hat. Irgendwie hatte ich das Gefühl, dass dies die Wahrheit ist, aber er soll dich nicht nochmals verletzen. Deshalb habe ich ihm gesagt, dass er sich sicher sein soll, ob er dich zurück möchte. Entweder er entscheidet sich für eine long distance relationship oder er hält sich von dir fern.«

Emilys Wut verfliegt wie auf Knopfdruck.

Es war ein guter Rat von Laura. Eine Erklärung und Wiedergutmachung ergeben keinen Sinn, wenn er keine Zukunft für die beiden sieht.

»Es ist okay«, flüstert Emily und gibt einen lauten Seufzer von sich. »Ich hätte wahrscheinlich wie du gehandelt.« Trotzdem fragt sie sich, wieso sich Jason an Weihnachten bei ihr gemeldet hat. Hat er sich für die Fernbeziehung entschieden? Aber hätte er dann wirklich nach einem Anruf und einer Nachricht bereits aufgegeben?

»Danke und I'm sorry.« Laura zieht sie in eine feste Umarmung. »Zeit für ein bisschen Ablenkung. Lass uns jetzt die Einladungen verschicken. Ich übernehme Maryland und du die anderen Aupairs«, ruft sie, nimmt ihr Handy und fängt an zu tippen.

Emily tut es ihr gleich.

> Hi! Da Laura und ich nächste Woche Amerika verlassen werden, laden wir dich am Samstag um 10 Uhr zu einem Abschiedsbrunch bei mir zu Hause ein. Wir freuen uns auf dich!
> Grüße Emily

Senden. Dann starrt Emily zu Laura und ihr wird klar, dass dies vielleicht der letzte Abend ist, denn sie zu zweit in Amerika verbringen werden. Sie legt das Handy zur Seite, rutscht zu ihr hinüber und legt den Kopf auf ihre Schulter. »Ich werde dich vermissen«, sagt sie leise.

Laura hebt den Kopf und stützt ihn auf Emilys. »Ich dich auch. Aber zum Glück sind die Schweiz und Deutschland nicht allzu weit voneinander entfernt.«

Jason

Als Jasons gerade in einem Meeting mit seinem Vater sitzt, piept sein Handy. Dieses Mal hat er es pünktlich geschafft. Er entschuldigt sich für die Unterbrechung und nimmt es zur Hand, um es auszuschalten. Lauras Nachricht auf dem Display lässt ihn jedoch zögern.

> Emily und ich feiern einen Abschiedsbrunch am Samstag um 10 Uhr bei ihr zu Hause. Deine letzte Chance, alles klarzustellen. Danach ist sie weg.

»Kann das nicht warten?«, fragt sein Vater auffordernd.

Jason legt das Handy weg und schaut zu ihm. »Natürlich. Entschuldigung.« Doch eigentlich kann es nicht warten.

Den Rest des Meetings bekommt Jason kaum mit, da er zu beschäftigt ist, über die Nachricht nachzudenken. Wieso macht Laura ihn auf die Party aufmerksam? Konnte er sie wirklich von seiner Unschuld überzeugen?

Als das Meeting beendet ist, verabschiedet sich Jason schnell von allen und verlässt das Zimmer.

»Jason, warte«, ruft sein Vater ihm nach.

Er bleibt stehen und dreht sich um.

»Ich bin stolz auf dich und freue mich riesig darüber, dass du nun mehr in der Firma involviert bist.« Er klopft Jason auf die Schulter.

»Danke.« Er grinst zurück.

Sein Vater verschwindet wieder im Büro.

Jason nimmt sein Handy und öffnet die Nachricht erneut. Er spürt einen Stich in seiner Brust. Nachdem Emily an Weihnachten nicht auf seine Nachricht reagiert hat, hat er sich damit abgefunden, sie gehen zu lassen. Sieht Emily es jetzt anders und hat Laura gebeten, ihn zu kontaktieren?

Er senkt sein Telefon und starrt ins Nichts. Wie gerne möchte er Emily noch einmal treffen und küssen, bevor sie sich nie mehr wiedersehen. Aber wäre er nun wirklich bereit, mehrere Monate ohne sie zu sein, auch wenn es ihm dann mies geht?

Am Tag des Brunchs wacht Jason bereits früh morgens auf. Das ist sehr ungewöhnlich für ihn. Er macht sich auf den Weg nach unten. Der Duft von frischem Brot steigt ihm in die Nase und zieht ihn in die Küche.

Seine Mutter räumt gerade den Mixer weg. »Oh, was machst denn du schon hier?«, fragt sie mit einem verwirrten Blick.

»Ich konnte nicht mehr schlafen«, sagt Jason und zuckt mit den Schultern. Er setzt sich.

»Ist es wegen Emily?«

Jason schaut sie verblüfft an.

»Ich bin deine Mutter und kriege solche Sachen mit. Seit du dich nicht mehr mit ihr triffst, verhältst du dich komisch. So, als ob du etwas vor uns verheimlichst.« Sie geht langsam auf Jason zu und setzt sich neben ihn. »Möchtest du darüber reden?«

Er schaut verlegen zu Boden. Er möchte. Doch um seiner Mutter die ganze Story zu erzählen, schämt er sich zu sehr. »Die ganze Fernbeziehungssache ist einfach nichts für mich«, sagt er schließlich.

Seine Mutter schaut ihn verwirrt an. »Woher willst du das denn wissen? Du hattest doch noch nie eine Fernbeziehung.«

Natürlich musste sie mit dieser Aussage kommen. »Emily war für eine Woche weg und mir ging es bereits da beschissen.«

»Ich habe gemerkt, dass du nicht glücklich warst, als sie in der Schweiz war. Aber beweist das zusammen mit den ganzen Sorgen, die du dir machst, nicht, dass es zwischen euch ernst ist?«

Jason seufzt. Klar ist Emily ihm wichtig. Aber reicht das aus? Seine Mutter lehnt sich im Stuhl zurück und betrachtet Jason skeptisch. »Und du kannst die beiden Situation nicht miteinander vergleichen. Du wusstest nicht, ob sie überhaupt zurückkommt. Wenn ihr eine Fernbeziehung führt, habt ihr hingegen Tage, an denen ihr euch wiederseht. Auf die könnt ihr euch freuen.« Sie hat das gesagt, als wäre es sonnenklar. Als ob das eine nichts mit dem anderen zu tun hätte. »Wenn du es nicht zumindest versuchst, wirst du es bereuen, Jason. Glaub mir.«

Jasons Herz fängt an, schneller zu schlagen. Seine Mutter hat recht. Seit Monaten quält er sich mit der Fernbeziehungs-Frage. Das sollte Beweis genug sein, dass er es ernst meint. Nach allem, was mit seinem Vater und Alex passiert ist, weiß er, dass Emily das einzig Richtige in seinem Leben ist. Er möchte sie. Nur sie.

Blitzartig steht er auf und verlässt die Küche.

»Wohin gehst du denn?«, fragt sie verwundert.

Er bleibt stehen. »Ich muss zu ihr, bevor es zu spät ist.« Sein Herz hämmert voller Aufregung.

Seine Mutter geht auf ihn zu und nimmt seine Hand. »Fahr vorsichtig. Sie wird auch in einer Stunde noch zu Hause sein«, sagt sie leise und gibt Jason einen Kuss auf die Wange.

Er nickt. Dann rennt er zum Auto und macht sich auf den Weg nach Virginia.

Emily

Seit die Party begonnen hat, schaut Laura immer wieder zum Fenster hinaus.

»Fehlt irgendjemand?«, fragt Emily schließlich. Ihr erscheint das Ganze ein bisschen verdächtig.

Laura presst die Lippen zusammen. »Ich habe Jason eingeladen«, offenbart sie vorsichtig.

Emilys Herz bleibt für einen Moment stehen und sie verschluckt sich an ihrem Orangensaft, sodass sie anfängt zu husten.

»Sorry!«, ruft Laura. »Aber ich wollte ihm nochmals einen Schubs geben. Ich habe einfach das Gefühl, dass er nichts damit zu tun hatte. Ihr gehört einfach zusammen.«

»Tun wir nicht«, sagt Emily, als ihr Hals wieder frei ist. Sie versteht nicht, wie Laura hinter ihrem Rücken diese Entscheidung fällen konnte, obwohl sie erst vor ein paar Tagen darüber gesprochen haben.

»Er liebt dich, Emily«, platzt es aus Laura heraus.

Emily schaut sie ungläubig an. Ihr Herz setzt einen Schlag aus und ihr wird heiß.

»Er hat es mir und Mike nach dem Vorfall im Motel gesagt. Ich wollte es aber für mich behalten, da ich eigentlich nicht in der Position bin, es dir zu erzählen.«

Ihr Kopf fängt an zu brummen. Die drei magischen Worte sind zwischen ihr und Jason nie gefallen und trotzdem soll er Laura davon erzählt haben? Auch wenn es wahr wäre, kann sie diese Hoffnung nicht mehr mit sich tragen. Sie würde daran zerbrechen.

»Er wird nicht kommen«, flüstert Emily schließlich. Falls Jason sich an Weihnachten gemeldet hat, um es mit der Fernbeziehung zu versuchen, wird sich seine Meinung sicher geändert haben, als Emily nicht darauf reagierte.

»Es tut mir leid, Emily. Ich wollte nur helfen«, sagt Laura schuldbewusst.

»Es ist okay.« Emily legt ihren Arm um ihre Freundin. Sie kann nicht wütend auf sie sein, denn es ist ihr letzter Tag zusammen. Sie müssen jeden Moment genießen und nicht Trübsal blasen. Dass sich Laura gerne einmischt, gehört eben zu ihr dazu.

Gemeinsam stürzen sie sich wieder ins Getümmel.

Es sind so viele Leute gekommen, nur um Emily und Laura nochmals zu treffen und Zeit mit ihnen zu verbringen.

Helen hat sich auch viel Mühe gegeben. Der Abschiedsbrunch sieht köstlich aus. Belegte Brote, Spinat-Quiche, Pancakes mit Ahornsirup und vieles mehr.

Während Laura sich großzügig bedient, nimmt Emily jedoch nur ein paar Bissen. Sie kriegt Jason einfach nicht aus dem Kopf. Es wäre definitiv besser gewesen, wenn Laura ihr nichts von der Einladung erzählt hätte, denn jetzt ist sie diejenige, die heimlich immer wieder zum Fenster schaut.

»Meine Lieben, versammelt euch bitte hier«, ruft Helen in die Runde. »Ich habe noch eine Überraschung für Emily und Laura.«

Es machen sich alle auf den Weg ins Wohnzimmer.

Helen verschwindet in der Küche und kommt Sekunden später mit einer riesengroßen Torte wieder.

Der weiße Fondant mit den Kirschblüten aus Zucker lässt es beinahe aussehen wie eine Hochzeitstorte. Darauf sind die beiden Namen Emily und Laura mit weißer Schokolade geschrieben.

Emily ist sprachlos vor Freude. Doch noch sprachloser macht sie, was sie im Augenwinkel wahrnimmt.

Ein blauer Sportwagen fährt draußen vor.

Laura und Helen folgen ihrem geschockten Blick und schauen ebenfalls nach draußen.

Als Jason aus dem Auto steigt, ergreift Helen das Wort. »Wir gehen wieder ins Esszimmer. Dort gibt es Kuchen, bitte folgt mir. Hopp, hopp.«

Während Helen alle hinausschafft, bleibt Emily immer noch wie angewurzelt stehen. Ihr Herz klopft ihr bis zum Hals, als ihr Blick auf den von Jason trifft.

Er verharrt kurz, geht dann aber weiter.

»Ich lasse dich mit ihm alone. Ruf mich, wenn etwas ist«, flüstert Laura und geht zu Helen in die Küche.

Jason öffnet die Tür und bleibt einen Schritt vor Emily stehen. Sie kann nicht fassen, dass er wirklich hier ist. Es muss ein Traum sein, eine Illusion. Sie möchte nicht, dass alle mitbekommen, wie sie reden. Deshalb geht sie in Richtung Spielzimmer.

Jason folgt ihr und bleibt wieder mit einem großzügigen Sicherheitsabstand vor ihr stehen. »Emily«, sagt er dann, spricht aber nicht weiter.

Seine Stimme genügt, dass sie sich nach ihm sehnt. Nach seinen muskulösen Armen um ihren Körper. Nach seinen warmen Lippen auf ihren. Sie wartet, dass irgendjemand sie zwickt und sie in ihrem Bett aufwacht.

»Es ist alles ein Missverständnis«, fährt er schließlich fort. »Ich hatte keine Ahnung, was Alex, dieses Arschloch, vorhatte. Er hat gelogen, als er sagte, dass es unser gemeinsamer Plan war. Das musst du mir glauben.«

Emily verschränkt ihre Arme und senkt ihren Blick. »Ich hätte nie gedacht, dass du zu so etwas fähig wärst, aber als Alex von eurem Plan geredet hat, hatte ich solche Angst vor dir.« Das Gefühl dieser Nacht kommt zurück und treibt Tränen in ihre Augen.

»Ich würde dir nie etwas antun. Ich war nur so unsicher wegen der Fernbeziehung und Alex wollte es mir wegen seiner Eifersucht heimzahlen.« Jason schaut traurig zu Boden.

Jetzt, da Jason vor Emily steht und erklärt, was passiert ist, kann sie gar nicht anders, als ihm zu glauben. Nach all den schönen Momenten und Bemühungen würde er ihr nie so etwas antun, das weiß sie jetzt. Aber was ist mit Lauras Aufforderung? »Bist du nur hier, um mir zu sagen, dass du unschuldig bist?«

Für einen Moment ist es still.

Sag irgendetwas, denkt Emily. *Bitte.*

Jason beißt sich auf die Lippen und hebt den Kopf. »Ich wollte schon früher mit dir reden, aber der Unfall mit deinem Bruder kam dazwischen und ich wollte dich nicht noch mehr belasten. Ich weiß, dass ich es an Alex Geburtstag mit dir hätte besprechen sollen, aber ich war zu betrunken.« Er holt tief Luft und seine Augen füllen sich mit Tränen. »Ich liebe dich, Emily. Wenn du mir die ganze Sache mit Alex verzeihen kannst, würde ich es gerne mit der Fernbeziehung probieren.«

Emily erstarrt. In einer anderen Situation wäre sie ihm jetzt vor Freude um den Hals gefallen. Doch nach allem, was in den letzten Monaten passiert ist, weiß sie nicht, ob diese drei Worte ausreichen. Sie legt ihre Hand auf ihr Dekolleté direkt auf die Kette ihrer Eltern. Dabei schießen ihr die Worte des Briefes durch den Kopf: *Die Stärke liegt in der Vergebung. Vor allem in der Vergebung an dich selbst.*

Die Aussage trifft sie schlagartig und sie fühlt sich, als würde sie aus dem Wasser auftauchen und nun alles klarer sehen. Jason hat es geschafft, dass Emily sich zum Ereignis mit Kim endlich geöffnet hat und sie der Vergebung an sich selbst einen Schritt näher gekommen ist. Er hat verdient, dass sie die Vergangenheit nun hinter sich lässt und ihm für seine Fehler vergibt.

Emily blickt in Jasons glänzende Augen. Erst jetzt merkt sie, dass auch ihr die Tränen über die Wangen laufen. Wie zwei dünne Wasserfälle kullern sie über ihr Gesicht. Sie geht auf ihn zu und nimmt seine Hände in ihre. »Ich verzeihe dir. Und es tut auch mir leid«, flüstert sie leise. »Es tut mir leid, dass ich dir die Sache mit Ashley nicht geglaubt habe. Es tut mir leid, dass ich dich dazu gedrängt habe, mich deinen Eltern vorzustellen. Es tut mir leid, dass ich mich, während ich in der Schweiz war, so von dir distanziert habe. Und es tut mir leid, dass ich dich nach dieser grässlichen Nacht ignoriert habe, anstatt dich anzuhören.« Sie macht eine kurze Pause. »Ich liebe dich auch.«

Jason lässt sich in Emilys Arme fallen und legt seine um sie. Emily stützt den Kopf an seiner Brust ab und nimmt seinen pochenden Herzschlag an ihrem Ohr wahr. Für einen kurzen Moment möchte sie vergessen, dass es heute ihre Abschiedsparty ist und sie morgen nach Hause reisen wird. Es gibt nur sie und ihn, und die Wärme, die sie umgibt. Trotz allem, was passiert ist, will Emily nicht ohne Jason sein.

Als sie sich wieder aus der Umarmung lösen, legt Jason seine Hand an Emilys Wange und lächelt. »Ich verzeihe dir.«

»Danke«, sagt sie grinsend. Mehr bringt sie nicht heraus, bevor Jason sie hochhebt und leidenschaftlich küsst.

Emily

Am nächsten Tag steht die Abreise bevor. Das Wetter spiegelt die Stimmung perfekt wider. Die grauen Wolken hängen tief und vom sich verdunkelnden Himmel fällt eine Mischung aus Schnee und Regen.

Da Lauras Flug früher ging als Emilys, haben sich die zwei bereits nach dem Abschiedsbrunch verabschiedet. Sie vermisst Laura jetzt schon.

»Hast du alles?«, fragt Helen, nachdem sie mithilfe von Jason die drei Koffer im Kofferraum verstaut hat.

Emily hat während ihres Jahres in Amerika zu viele Sachen gekauft. Jason musste extra mit dem Auto seiner Mutter kommen, damit alles Platz hat. Zusätzlich zu den Koffern, hat Emily sogar schon ein großes Paket mit Kissen, Bildern, Deko und anderen Dingen nach Haus gesendet.

»Ich denke schon. Euch kann ich ja nicht mitnehmen«, meint Emily, um die Stimmung aufzuheitern, und wendet sich dem Haus zu.

Tucker und Maddie warten beim Eingang auf sie.

Gemeinsam gehen sie wieder ins Haus.

Emily setzt sich dort gleich auf den Boden, um auf Tuckers Augenhöhe zu sein und wenigstens ihm zu erklären, was vor sich geht. »Weißt du noch, als ich dir erzählt habe, dass meine Familie weit weg wohnt?«

Tucker nickt.

»Heute gehe ich wieder zu ihnen. Deshalb werden wir uns eine Weile nicht mehr sehen.«

Tucker macht ein paar Schritte auf sie zu und umarmt sie. »Ich werde dich vermissen«, sagt er in einem lieblichen Ton, wie er es auch immer gemacht hat, wenn Emily nur für ein Wochenende wegging.

Es tut weh zu wissen, dass er wahrscheinlich nicht versteht, dass sie nun mehrere Tausend Kilometer weit weg sein wird. Sie werden sich nicht nur ein paar Tage, sondern Monate nicht sehen.

»Ich werde euch auch vermissen«, antwortet Emily und schaut zu Maddie.

Mit ausgestreckten Armen kommt Maddie auf Emily und Tucker zugelaufen und schließt sich der Umarmung an.

Emily drückt die beiden nochmals, gibt ihnen einen Kuss und steht mit Tränen in den Augen auf.

Kaum auf den Beinen, wird sie von Helen fest umarmt. »Danke für alles, was du für uns und die Kinder getan hast.« Sie schluchzt.

Helen so aufgewühlt zu sehen, lässt Emilys Tränen über ihre Wangen rollen. Die Umarmung endet viel zu früh.

Phil gibt ihr einen kurzen Drücker und wünscht ihr alles Gute.

»Ihr müsst jetzt losfahren, sonst verpasst du deinen Flug.« Helen wischt sich die Tränen vom Gesicht.

Emily tut es ihr gleich. »Danke für alles. Ich werde euch so bald wie möglich besuchen«, presst sie hervor und nimmt ihre Handtasche.

Emily setzt sich zu Jason ins Auto und sie fahren los.

Sie winkt ihrer Gastfamilie zu und es fühlt sich an, als würde ihr Herz in tausend Stücke zerspringen.

Im Auto ist es ruhig. Was sollte Emily auch sagen?

»Ich möchte dich im Frühling besuchen«, meint Jason und bricht so die Stille.

Emily schaut überrascht zu ihm und lächelt. »Wirklich?«, ruft sie etwas zu laut, denn der Enthusiasmus nimmt überhand.

Jason lacht und betont, dass er es ernst meint. »Also nur, wenn es für dich okay ist.«

»Ohne jeden Zweifel. Ich würde mich sehr freuen!« Emily stößt einen Freudenschrei aus.

Als sie beim Flughafen aussteigen, rennt sie gleich um das Auto herum und schlingt ihre Arme um ihn. Sie ist in diesem Moment so glücklich. Doch dann realisiert sie, dass dieses Gefühl bald durch den Abschied zerstört werden wird. Sie löst sich von ihm, lächelt kurz und wendet sich dem Auto zu.

Gemeinsam hieven sie die drei schweren Koffer aus dem Kofferraum und bringen sie mithilfe eines Gepäckwagens zum Check-in.

Die Schlange ist kurz – zu kurz.

Danach gehen sie zur Sicherheitskontrolle. Beiden ist klar, dass sie nicht lange zögern dürfen, da Emily für ihren Flug spät dran ist.

»Ich möchte dir danken«, sagt Jason.

Emily ist froh, dass er zuerst spricht, denn ihr fehlen die Worte vollkommen.

»Für die Zeit, die ich mit dir verbringen durfte, und dafür, dass du mir endlich gezeigt hast, was wahre Liebe ist. Ich dachte, ich wüsste es, aber du hast mir klar gemacht, wie falsch ich lag.«

Emily hing an seinen Lippen und genoss jedes Wort. Genau wie ihre Mutter kann er Gefühle perfekt in Worte fassen. Diese Fähigkeit fehlt Emily.

Sie wirft sich ihm um den Hals und küsst ihn leidenschaftlicher denn je zuvor. Ihr ist egal, was andere Leute um sie herum denken. Sie möchte diesen letzten Moment mit ihm noch genießen.

Als sie den Kuss löst, strahlt Jason sie an. »Ich denke, das war deine Art, etwas zu sagen«, witzelt er.

Emily lächelt verlegen zurück. »Ich liebe dich«, flüstert sie zum Abschied.

»Ich liebe dich auch.« Jason gibt ihr noch einen letzten Kuss auf die Stirn, bevor sie durch die Barriere zur Sicherheitskontrolle geht.

Sie stellt sich auf die Rolltreppe, dreht sich ein letztes Mal um und sieht, wie Jason ihr zulächelt. In diesem Moment weiß sie, dass sie alles geben wird, um diesen Mann für immer an ihrer Seite zu haben. Denn ihre Liebe ist größer als jede Distanz.

THE END